Chocolat chaud & filatures

Mily Black

Chocolat chaud et filatures

Assise derrière le volant d'une voiture plus vieille que moi, je soupire une nouvelle fois en attendant le moment opportun d'en sortir. Bon, d'accord, j'en profite également pour me motiver. Si mon plan est clair et simple, il implique pas mal d'improvisation et de zones d'ombre. Assez pour que ma belle assurance se soit fendillée il y a de ça dix minutes quand mon collègue et ami Denis a cessé de me répéter que c'était la pire connerie au monde et que mon frère allait lui fracasser le crâne.

Qu'il se rassure tout de suite, je prendrais cher moi aussi si toute cette affaire venait aux oreilles de Robin.

J'inspire et me tourne vers la maison de notre « cible ». L'homme en question habitant un village de la campagne normande, ou presque, nous avons prévu avec Denis que je sois la pauvre demoiselle en détresse, enfin en panne. Pour que nous soyons crédibles et pour simplifier la mise en scène, il a emprunté la voiture de sa mère qui tombe en panne sur commande. Pour ce faire, il suffit d'enclencher les essuie-glaces en même temps que la radio. Ne me demandez pas le pourquoi du comment, toujours est-il que cela a fonctionné. Au moment précis où une femme est sortie promener son chien…

Avec un sourire nerveux, je lui ai adressé un signe de la main, attendant qu'elle disparaisse au bout de la rue. Et comme mon courage s'est volatilisé entre deux battements de cils, j'ai préféré patienter pour être sûre qu'elle s'était bien éloignée. Oui, l'excuse est bidon, mais je m'apprête à rentrer chez quelqu'un sous un prétexte fallacieux afin de vérifier qu'il est bien le nouveau propriétaire d'une estampe. Et il serait étrange que je sonne chez lui alors qu'une personne se trouve à l'extérieur, prête à me secourir.

Comme je suis une actrice née, ou pas, j'ai mimé la recherche infructueuse d'un téléphone dans mon sac, l'agacement… Et là, je suis à court d'idées, preuve qu'il est temps pour moi de commencer le spectacle.

Pour sublimer le truc, j'ai vidé la batterie de mon portable. À l'ère du tout numérique et du tout connecté, il faut redoubler d'imagination pour justifier d'entrer en contact avec un inconnu. D'autant plus, si le but de la manœuvre est de pénétrer dans une maison alors que le propriétaire est là ! Détail qui ne plaira pas à mon frère… si tant est que je lui en parle un jour, bien évidemment.

— *Go* ! dis-je soudain.

J'actionne la poignée de la portière, mais rien n'y fait. Je la secoue, m'énerve et la prends à deux mains pour tenter de sortir de cette voiture.

— Épave de malheur ! Si j'étais ta proprio, je te brûlerais et danserais autour de ta carcasse…

Elle s'ouvre enfin tandis que je perds l'équilibre et manque de peu de me retrouver le nez au sol. Ce n'est pas vrai ! Cet engin est possédé, ce n'est pas possible autrement ! Déjà sur le chemin, je n'ai jamais réussi à changer la radio, bloquée *ad vitam æternam* sur une station chrétienne alternant psaumes, chants d'Église et sermons.

— Ne rigole pas ! marmonné-je discrètement en direction du revers de mon gilet.

Denis, qui est garé non loin, suit le tout à l'aide d'un micro placé sur moi. Je l'entends déjà raconter ce moment fort embarrassant à l'agence de détectives pour laquelle nous travaillons tous les deux.

— Je te déteste autant que la poubelle que tu viens de me refiler. Tu devrais avoir honte de laisser ta mère conduire cet engin de malheur !

Consciente que je n'obtiendrai pas de réponse, je referme la portière avec plus de force que nécessaire afin d'évacuer mon stress et mon agacement. Je préférerais nettement être chez moi à regarder un film. Ou au pub.

D'un pas mesuré, je me dirige vers la maison de notre cible après avoir feint de chercher âme qui vive dans toutes les directions. Je me dois de jouer mon rôle : une étudiante en panne qui doit appeler son tonton à l'aide. Tu parles !

À l'origine, Denis voulait prétendre être mon père. Seulement, vu notre absence totale de ressemblance, je trouvais ça un peu trop risqué. Sa femme, enfin son ex-femme, a toujours refusé d'avoir des enfants. Sur le moment, il était d'accord, mais avec le recul de l'âge, son avis a changé et il en éprouve désormais un gros regret. Peut-être est-ce pour cela qu'il est si paternaliste avec moi et qu'il gâte ma nièce avec des bonbons et des gadgets de toutes sortes.

Arrivée sur le seuil de la maison, j'appuie sur la sonnette avec un frisson d'angoisse. Dans quelques secondes, je serai seule face à un homme habitué à recevoir des « femmes délurées et consentantes ». Nous avons choisi le créneau horaire auquel il rencontre des professionnelles pour jouer à touche-pipi. Je dois donc arriver avant que la vraie débarque et qu'il comprenne que quelque chose cloche avec moi.

En pleine réflexion, je sursaute en voyant la porte devant moi s'ouvrir sur un homme en chemise et pantalon à pinces. Il est propre sur lui, respire l'assurance et serait presque séduisant si je ne lui trouvais pas cet air fade des personnes à qui tout réussit.

— Bonjour ?

Son ton sec me déstabilise, et mon sourire se fait plus hésitant. Et si contrairement aux autres mercredis soir, il n'avait pas téléphoné à l'agence d'*escorts* pour avoir de la compagnie ?

— Bonjour, désolée de vous déranger, dis-je timidement.

En me comportant ainsi, je sais que je me place dans la catégorie « petites choses sans défense », et je déteste cela. Seulement, d'après la rapide enquête que j'ai menée à ce sujet, notre cible les aime dociles et effacées. Je me dois donc de paraître aussi douce et innocente qu'un agneau. Par chance, mon physique de petite souris joue en ma faveur ! J'exagère un peu, mais comme j'atteins difficilement le mètre soixante-cinq et que je suis très fine, il est très aisé de me comparer à un truc tout mignon et fragile. Ce qui, dans le cas présent, est un énorme avantage !

D'un geste que je veux maladroit, je relève mes lunettes et continue à lui réciter la fable que nous avons mise au point avec Denis :

— Ma voiture est tombée en panne et, bien sûr, je n'ai pas de batterie !

Avec un sourire contrit, je montre mon téléphone inutilisable et songe à ma nièce malade. L'image de Hope dans son lit avec de la fièvre suffit à creuser mes traits. Je sens ma bouche s'affaisser et renforcer l'impression d'abattement que je cherche à montrer. À ce train-là, je suis bonne pour les Oscars !

— Je ne suis pas la meilleure personne pour les problèmes mécaniques, déclare-t-il avec un petit sourire en coin.

— Mais vous avez peut-être une prise où je pourrais brancher mon téléphone le temps d'appeler mon oncle ? répliqué-je doucement.

Pour appuyer ma requête, je le regarde avec des yeux suppliants, version Chat Potté de *Shrek*.

— Mais bien sûr.

Surprise, je manque de me trahir en lâchant un « Ah bon ? » malvenu. Voilà qui me simplifie amplement l'affaire, ou qui au contraire la rend un peu plus glauque. Ai-je l'air d'une prostituée de luxe ? D'accord, elles entrent ici en s'adonnant à un jeu de rôle, mais je pensais qu'un trait de leur caractère trahissait leur métier. Loin de moi l'idée de caricaturer ou stigmatiser les femmes qui exercent ce métier, mais sérieux, je ressemble à une personne qui vend son corps ? Non, parce que personne de sain d'esprit ne laisserait rentrer une inconnue sans s'être assuré qu'il ne risquait rien. Pour lui, je suis sans conteste son rendez-vous hebdomadaire.

Choquée malgré moi, je me concentre sur le moment présent afin de ne pas me trahir. Me souvenant que l'amante de notre cible, l'ex-femme de notre client, est assez portée sur le sexe et ouverte à toutes les expériences, je pénètre dans la maison en craignant de me retrouver face à elle. Ma gorge se noue d'appréhension, et si je me retrouvais dans un plan à trois ? Nerveuse de ne pas avoir pensé à cela plus tôt, je le suis jusqu'au salon, notant tout de même que des prises électriques sont disponibles dans l'entrée.

— Vous n'avez qu'à utiliser celle près du canapé, déclare-t-il en me détaillant des pieds à la tête.

Après la call-girl, je suis officiellement devenue un morceau de viande. Trop cool ! Je sens que je vais demander une prime à mon patron, *Big Boss* qui gère l'agence de détectives privés qui m'emploie. Bien que… Finalement, il est peut-être préférable que lui non plus n'apprenne pas comment j'ai eu mes informations, si tant est que j'en récolte ce soir.

— Merci.

Je lui adresse un sourire que j'espère coquin et plein de sous-entendus. Bon dieu, comment font ces femmes pour séduire des hommes qu'elles ne connaissent ni d'Ève ni d'Adam et avec qui elles vont devoir… Au dernier instant, je réprime un frisson.

— Vous ne rechargez pas votre téléphone ?

Nerveuse, j'acquiesce et sors mon cordon d'alimentation. Comme une bêtasse, je tourne plusieurs fois sur moi-même avant de me rappeler où se trouve la prise qu'il m'a indiquée il y a quelques instants à peine. Incapable de rester immobile alors que ma cible me scrute comme une friandise, je croise les mains devant moi. Timidement, je laisse mon regard vagabonder sur le mobilier hors de prix. Les tableaux sont savamment choisis et harmonieusement placés. Je crois y déceler la patte d'une décoratrice d'intérieur, un homme n'aurait pas opté pour des couleurs aussi douces pour un de ses congénères.

— Désirez-vous quelque chose à boire en attendant ?

Prête à accepter, je me rétracte en me rappelant toutes ces émissions d'affaires criminelles dont l'histoire débutait simplement par un verre drogué.

— Non, merci.

Nouveau coup d'œil autour de moi. Je feins un intérêt poli, mais charmé quant à un tableau pour engager la conversation sur le sujet. Le temps presse, et je n'ai toujours pas repéré l'estampe que je suis venue chercher.

— J'aime beaucoup…

Avec une timidité feinte, je montre le cadre placé le plus près de moi et tente de trouver quelque chose d'intelligent à lui débiter. Seulement mis à part lui signaler que ma nièce dessine mieux que l'artiste responsable de ce gâchis de peinture, je ne vois pas trop quoi dire.

— … ça me fait penser à ce…

Marquant une pause pour lui laisser croire que je ne suis qu'une pauvre jeune fille sans défense, je complète avec un sourire faussement ravi :

— … Andy Warhol !

— C'est un Andy Warhol, répond-il avec bienveillance.

Bah mince ! Moi qui aime bien ses portraits de Marilyn Monroe, me voilà déçue…

— Mon artiste préféré ! renchérit notre cible avec emphase.

— Je suis plutôt aquarelle, fusain… dis-je en m'excusant presque.

— Estampe ?

Frémissante à l'idée de résoudre cette affaire aussi vite, je hoche la tête. Ma joie n'est nullement feinte et mon malaise de plus en plus réel. Le temps passe et bientôt une femme va sonner, prête à jouer à saute-mouton avec lui. Bref, passons, il comprendra que je ne suis pas celle qu'il attendait et je crains sa réaction malgré la panne de voiture bien réelle. Cet homme me hérisse tous les poils du corps. Si je m'écoutais, je sortirais de cette maison en courant et en hurlant. Étrange quand on pense qu'il n'a rien tenté et qu'il est poli et aimable.

— J'en ai une qui devrait vous plaire.

Il penche la tête en avant dans une petite révérence et me désigne la porte par laquelle nous sommes entrés dans le salon.

— Peut-être pourrais-je vous la montrer le temps que votre téléphone charge ?

Franchement, une femme sensée refuserait et partirait avant que tout cela ne finisse mal. Il est même aisé d'imaginer Denis se rongeant les sangs un peu plus loin dans la rue. Pourtant, je me dois de continuer pour boucler cette affaire.

— Je veux bien !

Un sourire timide, et me voilà partie à le suivre dans sa maison. Autour de nous, rien n'est laissé au hasard. Pas un papier ne traîne ni même un grain de poussière. Les pièces sont vastes et lumineuses, enfin de ce que je vois rapidement en passant. L'escalier en bois ne grince pas sous mes pieds, mais renforce mon impression de tomber dans un piège dont je n'ai pas encore saisi l'étendue.

— Entrez, m'invite-t-il en ouvrant une porte.

Au sol, le parquet a été remplacé par de la moquette épaisse. L'envie incongrue d'ôter mes chaussures et mes chaussettes pour en apprécier la douceur me vient. Je l'écarte aussitôt, me concentrant sur l'endroit où nous sommes :

— J'adore votre moquette ! Vous en avez mis dans toutes les pièces de l'étage ?

Ma question a pour but de prévenir mon collègue que je ne me trouve plus au rez-de-chaussée. Pour le cas où… Ne pas penser à ce qui pourrait arriver !

— Non, juste dans ma chambre.

Pas bon. Sa voix rauque et sensuelle m'alerte, pourtant je reste là, dos à lui, tous les sens en éveil.

— Où est l'estampe ? demandé-je en déglutissant difficilement.

— Au-dessus de mon lit.

Lentement, je relève les yeux du sol et remarque le lit d'une largeur incroyable, les tables de chevet de chaque côté et enfin ce que je suis venue chercher. Elle est là. L'ex-femme de notre client a bien donné ou vendu cette estampe à son amant.

— Elle est magnifique ! m'exclamé-je en m'approchant pour confirmer qu'il ne s'agit pas d'une copie.

Sur le rebord de droite, j'observe la petite marque de café caractéristique de l'estampe, un accident malencontreux maintes fois mentionné par notre client.

— Oui.

Surprise par son manque d'entrain, je me retourne vers lui et découvre qu'il a ouvert les premiers boutons de sa chemise et relevé ses manches. Son attitude est plus décontractée et bien trop intime pour un homme en présence d'une inconnue. Dans peu de temps, il va vouloir passer aux choses sérieuses, et moi pas.

— Pourquoi l'avoir mise ici si elle ne vous plaît pas plus que ça ? demandé-je.

— Ma maîtresse aime que je la baise devant.

Soufflée par sa réponse crue, je fais un pas sur le côté. L'homme charmant et bien élevé qui m'a ouvert la porte quelques minutes plus tôt paraît s'être envolé. Devant moi se tient maintenant celui qui attendait une call-girl et qui compte bien mettre fin à la conversation pour entamer le corps-à-corps.

— Cette estampe appartenait à son ex-mari qui la… négligeait, m'explique-t-il avec un petit sourire en coin. Elle adore plus que tout lui parler pendant que je la prends par-derrière. Elle lui énumère toutes les raisons pour lesquelles elle n'a jamais joui avec lui.

Il marque une pause, intensifiant mon malaise alors que les images naissent dans mon esprit. Franchement, il y a des choses que je préfère ne pas savoir. Sans être coincée ou intimidée quand il est question de sexe, je considère que ce sujet est du domaine de l'intime, d'autant plus quand les détails sont aussi « précis ».

— Au travers de cette estampe, elle règle ses comptes avec son ex, ajoute-t-il en s'approchant.

Troublée, je m'écarte un peu de lui.

— Je vais aller vérifier que mon téléphone est assez chargé, dis-je en décidant qu'il est temps pour moi de partir.

Seulement, il est plus rapide et se place entre la sortie et moi. Son air libidineux me soulève le cœur. Je suis dans l'œil du cyclone, ce moment où tout semble calme. Si je ne réussis pas à partir maintenant, la suite ne sera sans conteste pas à mon goût. Ce qui me rassure, c'est qu'il risque d'y perdre quelques dents. Merci, grand frère, de m'avoir imposé ces cours d'autodéfense !

— Yasmine connaît mes goûts.

— Yasmine ?

Il me parle de l'ex-femme de mon client ? Mais pourquoi ?

— Oui, c'est bien elle qui t'envoie, non ?

Mer… Saperlipopette ! C'est elle qui lui envoie des call-girls tous les mercredis soir ? Mais c'est quoi ce couple ? Je veux bien avoir l'esprit ouvert et tout le toutim, mais là, c'est assez… Disons qu'imaginer tout cela, enfin savoir tout ce que je sais maintenant de leurs pratiques, a de quoi me donner la nausée.

— Quand elle ne peut s'occuper de moi, elle n'hésite pas à envoyer des « cadeaux ».

Tous les mercredis ? Son sourire se fait libidineux tandis que j'évite sa main.

— La dernière était trop… active, continue-t-il en me dévorant désormais du regard. Toi, ta fausse timidité… Je bande depuis que tu t'es penchée pour brancher ton téléphone. Je sens que je vais adorer te baiser.

Super ! Tu m'en vois trop ravie, mec !

— Votre femme vous envoie des… femmes quand elle n'est pas là ? m'étonné-je en cherchant un moyen habile de m'extraire de cette situation épineuse.

— Pas ma femme ! me reprend-il avec une expression écœurée. Ma maîtresse…

Mes lèvres se recourbent sur les côtés.

— Genre domina et soumis ? demandé-je, curieuse.

Il acquiesce avant de faire un pas vers moi.

— Et comme je sais bien la faire jouir, elle me récompense.

Pitié, sauvez-moi ! Ce type me touche.

Sous le choc de ses révélations, je ne vois pas sa main s'approcher de mon visage et prendre ma joue en coupe.

— Je te promets d'être tout aussi bon avec toi.

— C'est que...

Est-ce le moment de lui dire que j'ai aquaponey ou un truc du genre ?

— Il faudrait juste que tu me suces pour commencer, m'explique-t-il en s'éloignant vers le lit. Ma journée a été horrible, et j'ai besoin d'évacuer.

Ce n'est pas un Oscar que je vais recevoir pour ma prestation de ce soir, c'est... C'est quoi déjà les récompenses pour les films pornos ? Je cherche un quart de seconde avant de me souvenir que ce n'est pas le moment. L'esprit en déroute, je fixe la porte, ignorant quoi faire. Bon, d'accord, je sais jusqu'au plus profond de mon être que je veux partir loin de tout cela. Je me vois déjà hurler en descendant les marches de l'escalier quatre par quatre, seulement je ne pense pas que ce soit la meilleure chose à faire. Tout comme la fellation est impossible...

— Si ça ne vous dérange pas, je vais...

Mon esprit tourne à vive allure pour trouver une excuse valable.

— Oui, va prendre une douche, je déteste avoir l'impression de passer juste après un autre.

Quel goujat ! Dégoûtée, je baisse la tête et retourne au rez-de-chaussée. Dans le salon, j'attrape mes affaires, téléphone et chargeur inclus.

— Denis, tu as intérêt d'être devant la maison quand je sortirai, murmuré-je, sinon tu devras expliquer à ta mère pourquoi sa voiture a brûlé après avoir été réduite en un vulgaire tas de ferraille.

À pas de velours, j'ouvre la porte de la maison et découvre une femme d'environ mon âge qui me dévisage avec un dégoût évident.

— Tu viens me voler mon job ? s'exclame-t-elle, hargneuse.

— Oh non, je te le laisse !

Je la contourne et ajoute précipitamment :

— Il préfère celles qui ne sont pas trop actives, les fausses timides...

Mon dieu, je suis réellement en train de donner des conseils à une call-girl ?

— Oh, et il préfère que tu prennes une douche avant… ajouté-je en me plantant au milieu du trottoir.

— Une douche ?

— Ouais…

Ma main s'agite dans les airs, trahissant ma nervosité.

— … il n'aime pas passer après les autres.

Pitié, faites-moi taire !

— Bonne soirée !

Franchement ? « Bonne soirée » ? Et pourquoi pas lui souhaiter une bonne bourre ?

Dans mon dos, une voiture s'arrête. Je reconnais la musique qui s'échappe de la fenêtre ouverte. Denis est là. Je vais pouvoir m'éloigner de tout cela. Rapidement, je m'installe sur le siège et frappe le tableau de bord en le priant de partir vite.

— Ça va ? me demande-t-il.

— Je me sens sale.

— Il t'a touchée ?

— La joue, rien de bien méchant, même si le contact n'a pas été le truc le plus agréable de ma vie. L'estampe dans sa chambre est bien celle que nous recherchons.

Les yeux écarquillés, je fixe la route en me frottant les bras convulsivement. Je ne me sens pas bien. L'adrénaline ne fait plus effet, et je réalise à quel point toute cette histoire était dangereuse.

— Ton frère va me tuer !

Et, *a priori*, je ne suis pas la seule. En me tournant vers lui, je découvre son visage marqué par l'angoisse. Il passe une main nerveuse dans ses cheveux gris avant de tirer sur sa ceinture de sécurité qui serre son abdomen rebondi. Mon collègue a certainement pris peur en entendant les propos de notre cible. Tel que je le connais, il a dû se faire violence pour ne pas débarquer sans attendre que je l'appelle à l'aide.

— Denis, je suis une grande fille, et nous avions prévu toutes les possibilités…

— Et qu'aurait-il eu le temps de te faire pendant que moi…

— Cette conversation est nulle à chier ! m'emporté-je. Je n'ai rien, et nous avons résolu notre affaire. Maintenant, s'il te plaît, raccompagne-moi, que je puisse voir la fin du film de la 52.

— C'est quoi comme chaîne, ça ?

— Paramount Channel, ils ne passent que des vieux films…

— Tu devrais sortir plus, grommelle-t-il en s'arrêtant à un stop. Et pas uniquement dans ce pub, bien que je l'adore, tu le sais.

J'opine du chef, touchée par l'affection qu'il laisse entrevoir.

— Denis, cesse de t'inquiéter !

— Mais la prochaine fois…

— Promis, la prochaine fois, tu te feras passer pour la call-girl. Je vois d'ici la tête du gars en face, ajouté-je en éclatant de rire.

— Y a des fois, je me demande s'il ne te manque pas une case, Mathilde, rétorque Denis.

Décrétant que la conversation a assez duré, je monte le son de la radio. Mes oreilles frétillent de joie d'entendre de la musique autre que religieuse. Bien vite, je chantonne pour tenter d'évacuer tout mon stress de la soirée. D'un geste habile, je décroche le micro et le range dans son étui, que je remets aussitôt dans la boîte à gants. Le reste du trajet se passe dans un calme relatif. Mon cerveau légèrement hyperactif ne cesse de repasser le film de la soirée tandis que mon corps est secoué de frissons alors que j'imagine ce que ce type avait prévu de me faire.

— À demain ! dis-je en sortant de la voiture.

Avant de refermer la portière, je me penche pour ajouter :

— Si tu veux, demain on ira rechercher l'épave de ta mère.

— Ne t'inquiète pas de ça ! Je m'en occupe, réplique Denis sèchement.

— Ne fais pas ta mauvaise tête ! Je te promets que je n'aurais jamais altéré l'élégance intemporelle de ce vieux tacot.

— Mathilde, ce type…

— Ce type a des goûts particuliers, mais il ne m'a jamais manqué de respect. Il a juste agi comme si j'étais là pour lui faire du bien.

Son nez se fronce tandis que ma main décrit des cercles dans les airs.

— Bonne nuit, Denis !

Alors que je m'apprête à refermer la voiture, je l'entends m'interpeler :

— Si tu ne te sens pas de venir à l'agence demain...

— Dégage ! m'écrié-je, énervée qu'il ne comprenne pas le message.

D'un pas raide, je me dirige vers la porte d'entrée de mon bâtiment avant de changer d'avis. En moins de temps que d'habitude, je remonte le pâté de maisons jusqu'à la rue où se trouve le pub et franchis les derniers mètres dans un état second.

— Bonsoir, Mathilde !

Freddy me regarde m'installer au bar entre deux groupes de personnes fortement imprégnées. Normalement, je cherche plutôt à m'isoler à une table, mais ce soir elle est occupée et j'ai besoin d'une présence.

— Dure journée ? me demande-t-il en essuyant un verre.

S'il savait ! Lui aussi s'allierait à mon frère pour remettre cet homme à sa place, pourtant... Maintenant que l'adrénaline reflue de mon corps, je réalise que je n'étais pas dans une position confortable. Même si je connais plusieurs techniques d'autodéfense et de combat, je n'en reste pas moins une femme avec un potentiel physique fort peu impressionnant. Et je ne me vois pas remédier à la situation en m'inscrivant à une quelconque salle de sport, et encore moins à celle du quartier où Robin et ses amis ont leur routine.

— Mathilde ?

— Oui ? Désolée, Freddy, j'étais dans mes pensées ! Un chocolat chaud, s'il te plaît.

Surprise de lui avoir dit tout cela sans reprendre mon souffle, je remarque enfin que ce moment avec notre « cible » ne m'a pas du tout laissée insensible. La preuve la plus flagrante est ma venue au pub en dehors des jours habituels.

— Je te prépare ça tout de suite !

Il tapote sur l'épaule de Vincent et quitte le bar pour rejoindre les cuisines où Rudy s'affaire tranquillement. Ce dernier est présent tous les jours, sans aucune absence. Fidèle au poste, il considère toute l'équipe comme sa famille, et cette cohésion renforce la bonne ambiance qui règne dans le pub. Et ses plats sont une véritable tuerie ! Peut-être devrais-je en profiter pour manger quelque chose...

De plus en plus mal, je me frotte le front avant d'appuyer la tête sur mes mains. La surface froide recouvrant le bar engourdit mes coudes. Ce n'est pas extraordinaire, mais cette légère sensation me permet de détourner mes pensées des questions qui m'inondent désormais. Et s'il avait verrouillé la porte d'entrée ? Et s'il m'avait retenue dans cette chambre ? Et s'il ne m'avait pas proposé de prendre une douche avant ? Et si...

— Bonsoir, Mathilde !

Baptiste. Le meilleur ami de mon frère et, accessoirement, le patron du pub. Grand et brun, il est musclé sans outrance, et sa barbe de quelques jours lui donne un air rebelle qui me donne le sourire. Calmement, il s'assoit à côté de moi, laissant l'une de ses jambes tendue.

— Bonsoir, soufflé-je en fermant les yeux.

— Des ennuis ?

L'odeur de chocolat chaud me monte aux narines et déjà je sens mes muscles se détendre. Je suis à l'abri. Cet homme ne m'a pas touchée et ne sait pas qui je suis. Un rire nerveux m'échappe. C'est clair qu'il ne me connaît pas, sinon jamais il ne m'aurait proposé de lui tailler une... Il n'aurait même pas osé prononcer certains mots devant moi. Mes ex-petits amis étaient plutôt respectueux et désireux de ne pas me brusquer. Je n'irais pas jusqu'à dire que je m'embêtais au lit, mais je n'aurais pas été surprise si certains m'avaient demandé à grand renfort de formules de politesse ampoulées s'ils pouvaient ne serait-ce que m'embrasser.

— Mathilde ?

— Fatiguée, réponds-je succinctement.

— Le week-end arrive.

Un frisson me parcourt, me sortant de mon immobilisme. Je ne dois pas me laisser envahir par cette langueur dévastatrice. Après avoir bu la moitié de mon chocolat chaud, je garde la tasse dans mes mains pour me réchauffer et tente de me concentrer sur autre chose que les deux dernières heures.

— Tu veux en parler ?

— Il n'y a pas grand-chose à dire, déclaré-je en me tournant enfin vers lui.

D'autant plus qu'il me paraît plus qu'impossible de lui répéter les mots de cet homme sans bafouiller comme une imbécile. Mon regard dévie de ses lèvres à ses yeux verts pour revenir à sa bouche. Il est si proche que je sens son parfum légèrement musqué et, pour la première fois depuis que je l'ai rencontré, cela me perturbe.

— Et ta journée ? réussis-je à dire avant que ma gorge ne se noue, signe du début d'un bégaiement.

Il sourit.

— Journée relâche. J'ai donc fait la comptabilité, les commandes pour le bar et mes courses.

— Normal, quoi.

— Normal.

Étourdie, je me retourne vers ma tasse et la termine rapidement. Venir ici était certainement une bonne idée, mais je me sens de moins en moins bien. Or, si je ne veux pas que mon frère débarque comme un fou chez moi après l'appel que ne manquera pas de lui passer Baptiste si je m'écroule devant lui, je dois retourner dans mon studio, me changer et dévorer un pot de glace devant un film, n'importe lequel.

— Je vais rentrer, annoncé-je en sortant mon portefeuille.

— Tu es sûre de ne pas vouloir en parler ?

— Oui ! m'exclamé-je avant de rougir.

Un de ses sourcils se lève, et j'ai l'impression d'être la pire des amies. Je devrais être capable de lui raconter ma soirée en veillant à la confidentialité du dossier, bien sûr. Si on étudie attentivement la question, il doit y avoir un côté drôle à tout cela, je suis encore trop sous le choc pour le voir, c'est tout.

— Doit-on craindre une crise de ton frère ?

Je secoue la tête pour montrer mon incompréhension, alors que je sens mes joues se colorer un peu plus.

— Robin va péter un câble quand il saura ? explicite-t-il.

— Robin n'apprendra jamais ce que cet homme m'a…

Le visage de Baptiste s'assombrit aussitôt. Il se redresse sur son tabouret, ce qui attire l'attention de Freddy, qui vient aux renseignements :

— Un problème ?

— Que s'est-il passé ? Qu'a fait cet homme ? demande Baptiste sans me quitter du regard.

— Qui ? m'étonné-je avant de réaliser ma bévue. Non, il n'a rien fait !

Enfin à condition d'oublier la partie où il me caresse la joue. Mes yeux s'écarquillent alors que je m'interroge sur ce qu'a touché sa main avant. Je vais prendre une douche. Non, deux avec un masque à l'argile pour être certaine d'ôter toute trace de ce moment écœurant.

— Mais tu…

— Dans le cadre d'un dossier, j'ai rencontré un type… Il a juste été très…

Embarrassée de leur en parler à tous les deux, je cherche un mot à la fois précis et vague. La tâche est dure, mais je pense l'avoir trouvé :

—… imaginatif.

L'expression de Baptiste ne se détend pas alors que Freddy s'amuse visiblement de la situation.

— Vas-y, Mathilde, fais-moi rêver !

— Hors de question ! me défends-je en évitant le regard de mon voisin le plus proche.

— Allez ! insiste Freddy en s'accoudant au bar. Je fais ceinture depuis un mois à cause des contractions.

— Elle a dit non, grogne Baptiste.

— C'était cochon à quel point ? me demande Freddy sans se soucier de son intervention.

— Au point que je vais me laver les oreilles avec de l'eau de javel ! rétorqué-je en remettant mon manteau.

— Oh, c'est bon ça ! s'exclame Freddy, hilare. Tu sais ce qu'on fait, tu me l'écris et je le lis en rentrant à la maison.

— J'aimerais surtout oublier... tout.

— Ce sera un bon exorcisme ! réplique-t-il.

— OK, intervient Baptiste. Toi, tu retournes bosser avant que je te botte le cul. Et avant que tu n'ajoutes quoi que ce soit, rappelle-toi que c'est moi qui signe tes chèques.

— Ce sont des virements... commente Freddy avant de mimer l'action de verrouiller sa bouche.

— Mathilde, tu rentres chez toi et...

— Et ne rêve pas trop de...

— Freddy, ta gueule ! s'écrie Baptiste avec brusquerie.

Surprise par son ton ne tolérant aucune réplique, je pose la main sur son avant-bras. Le contact est à la fois doux, chaud et ferme. Alors que j'espérais le calmer, je réalise que cela a également un effet apaisant sur mes nerfs.

Sans l'avoir vu venir, je me retrouve collée contre un torse ferme dont la chaleur et l'odeur me troublent plus de raison. Mes jambes se font un peu plus molles, mes yeux se ferment... Pourquoi ? Pourquoi Baptiste m'étreint-il de la sorte ? Pour me rassurer ? Ou est-ce pour lui ? Un petit raclement de gorge me sort de mes pensées et des douces sensations qui m'avaient envahie.

— Bonne soirée, grommelle Baptiste en s'écartant aussitôt.

Lasse, je les salue tous les deux et m'éloigne à mon tour. Mon corps réclame plus de contact alors que ma tête cherche à analyser les deux dernières minutes. Que s'est-il passé ?

Sur le point de passer la porte du pub, je regarde dans leur direction. Freddy est occupé à servir une pression à une femme penchée sur le bar. Nul doute qu'il a un aperçu plongeant sur ses attributs, et qu'il n'y jette pas un coup d'œil. Il est bien trop amoureux de sa copine pour penser profiter d'une telle aubaine. Baptiste, quant à lui, est tourné vers moi, soucieux. Se demande-t-il ce que m'a dit cet homme ? Ou s'il doit répéter tout cela, mentionner ma visite impromptue et mon trouble à Robin ?

Refusant d'y réfléchir plus, je sors après lui avoir adressé un dernier signe de la main. À l'extérieur, l'air frais du port m'accueille et me ramène au moment présent. Sur les trottoirs, des gens marchent rapidement, cols relevés et yeux braqués sur le sol. Tout est normal, ou presque : Baptiste m'a serrée dans ses bras alors qu'il ne l'avait jamais fait auparavant.

Pour la première fois depuis des mois, je suis réveillée bien avant mon réveil. Toujours dans le noir, je regarde en direction du mur pour tenter de trouver la solution, ou une aide à mon nouveau « problème ». À ce niveau-là, ce n'est plus un souci ou un embarras, c'est carrément la honte internationale doublée d'une gêne monstrueuse. J'ai joui. Dans mon sommeil, sans aucun autre stimulus que mon rêve dans lequel Baptiste se révélait être un partenaire très actif et imaginatif. Ça a de quoi réveiller en sursaut !

Sans parler de mon cœur qui a du mal à retrouver son calme tandis que mon cerveau fait des triples saltos devant le résultat. Et cette langueur… Je crois n'avoir jamais été aussi comblée après avoir couché avec un de mes ex ! Mis à part le côté hautement satisfaisant de la jouissance en solo, il est gênant que tout ceci se soit produit à l'insu de ma volonté propre. J'ai la désagréable impression que mon corps s'est allié à mon esprit pour me jouer un vilain tour. Et le mot vilain est à prendre également dans le sens coquin !

21

— Pauvre de moi !

C'est vrai ça, jouir contre sa volonté, c'est… divin ? Troublant ? Je ne sais pas si je dois espérer renouveler l'expérience rapidement ou aller consulter quelqu'un. J'ai fait un rêve érotique. Ça passe. J'ai joui dans mon sommeil. Ça commence à faire beaucoup, mais pourquoi pas. Alors que j'ai fait tout cela avec Baptiste dans le rôle principal… Gênée, je grommelle et me cache sous ma couette.

Comment vais-je pouvoir le regarder désormais ? Je le vois encore à demi nu, debout devant mon lit, prêt à « s'occuper de moi ». Une vague de chaleur me submerge tandis que les images de la suite se forment. Sa peau, sa force… Contrairement à mes précédents amants, il se montrait exigeant et dominateur. Je dirais presque violent si le mot n'avait pas cette connotation malsaine. Ses mouvements étaient secs, précis et pourtant empreints d'un grand respect. Enfin, cela venait aussi peut-être de mon cerveau libidineux.

Bien que ce dernier n'ait pas réellement fait preuve d'imagination, puisqu'il s'est contenté de reprendre la scène d'hier, dans ce pavillon de province, pour la poursuivre. L'estampe était même là, pendant que Baptiste…

OK, on va se lever ! Je jette rageusement ma couette et saute hors de mon lit. Pas question d'y traîner une seconde de plus ! Dans ma douche, je me frotte le corps un peu trop énergiquement pour effacer toute trace de mon orgasme. Ce n'est pas honteux d'avoir du plaisir seule, et je suis adepte de la masturbation quand le désir s'en fait ressentir, mais jamais au grand jamais, je ne m'imagine avec un des amis de mon frère ! Ils sont les piliers de ce dernier, et je ne voudrais pas mettre le chaos dans la vie qu'il s'est construite. Et encore moins avec Baptiste que je croise très régulièrement au pub ou chez Robin.

Décidée à trouver l'aspect positif de toute cette histoire, je réfléchis à ce que je peux tirer comme enseignement de tout cela. Que j'aime quand c'est un peu rude ? Si mes rêves étaient de cet ordre-là, je ne l'ai jamais véritablement testé alors… Oh, mon dieu ! Je suis réellement en train d'imaginer Baptiste me faisant l'amour plus « doucement » ? Pourquoi faut-il que mon esprit se focalise ainsi sur lui ? Parce qu'il m'a prise dans ses bras ?

Agacée par le cours de mes pensées, je finis de me préparer et mange un bon petit déjeuner, assise dans mon salon-chambre à coucher. J'observe mon canapé toujours déplié en lit, il serait peut-être temps que je trouve un deux-pièces pour ne plus avoir l'impression de vivre comme une étudiante. Seulement je risque de devoir quitter le quartier et de m'éloigner de Robin et Hope, qui habitent à peine à quelques rues. Sans parler de Charlie et, bien sûr, de Baptiste.

Désireuse de ne pas songer tout de suite à lui, je débarrasse ma table et enfile mon manteau avec quinze minutes d'avance sur mon horaire habituel. Voilà qui me permettra de bien avancer le rapport d'hier soir avant l'arrivée de Denis.

Dans la rue, je me gorge de l'air frais et regarde les gens qui se pressent comme moi sur le chemin de leur travail. Des enfants râlent, les yeux encore endormis, tandis que les parents les poussent à monter en voiture. Au loin, je vois un homme courir, venant dans ma direction avec un air familier. C'est la légère claudication que je perçois dans ses foulées qui me tétanise autant qu'elle m'électrise.

Baptiste s'approche dangereusement de moi dans une tenue… convenable ? Suis-je réellement en train de me demander si son jogging et son T-shirt moulant sont *convenables* ? Quand bien même ils ne le seraient pas, je serais la dernière personne à me plaindre. Et, vu l'œillade appréciatrice que lui adresse la femme à l'arrêt de bus, peu oseront critiquer ses vêtements de sport.

— Bonjour, Mathilde ! dit-il en arrivant à mon niveau.

— Bonjour.

Je baisse les yeux dans l'espoir vain de dissimuler ma gêne. Comment réagirait-il s'il apprenait que j'ai honteusement profité de son corps dans mes rêves ? Que je me suis gorgée de lui à un point difficilement descriptible.

— Tu as l'air fatiguée, s'inquiète-t-il en se penchant pour me dévisager.

Pitié, qu'il ne remarque pas que je rougis, qu'il ne fasse pas de commentaires sur mon regard qui se pose partout sauf sur lui… Tel que je le connais, il me paraît impensable qu'il m'interroge là-dessus, mais il y a bien une première fois à tout !

— C'est à cause d'hier ?

— Oui, réponds-je avant de me mordre la langue.

Fait-il allusion à son étreinte ou à autre chose ?

— Comment ça ?

— Tu as mal dormi à cause de l'homme d'hier soir, ajoute-t-il avec un mouvement d'épaule.

J'avoue sans honte que je suis tentée d'acquiescer. Ce serait facile de lui mentir et m'éviterait tout un tas de circonvolutions pour le rassurer sans lui raconter la scène de la veille et ma nuit orgasmique.

— C'est plus compliqué.

Il se redresse, hausse son sourcil, signe qu'il ne comprend pas et qu'il aimerait que je développe. C'est hors de question !

— Je pense que pour notre « amitié », il serait préférable que nous coupions court à cette conversation, dis-je.

Mon sourire s'élargit et se crispe lorsque je perçois sa détermination. Dans ma grande stupidité, j'ai plongé mon regard dans le sien afin de donner plus de poids à mes paroles. Et tout serait parfait, si je ne craignais pas qu'il puisse y lire quelque chose d'autre qu'amical. Je détourne alors les yeux et cherche les clés de ma voiture dans mon sac avant de me souvenir que je les tiens dans ma main. Si je pensais ne pas pouvoir me ridiculiser plus face à lui, je suis en bonne voie pour me prouver que c'est possible.

— Mathilde…

Mes yeux se ferment sous la caresse de mon prénom prononcé si gentiment, presque tendrement, par Baptiste. Comme cette nuit…

— … Tu me dirais s'il y avait quelque chose de grave ?

— Denis… il était là.

— Et il n'a rien fait ? s'exclame Baptiste en glissant ses doigts dans ses cheveux bruns.

Oh mince, je crois que j'ai de nouveau levé la tête vers lui. Son geste m'hypnotise. Dans mon rêve, combien de fois l'ai-je imaginé faire de même ?

— Mathilde ?

Je fronce les sourcils, puis me sermonne. Je dois rester concentrée pour ne pas passer pour une imbécile dotée d'une cruche. De quoi parlait-il avant de se recoiffer ? Denis. Hier soir...

— Il ne pouvait pas, défends-je mon collègue. Je... il...

Et voilà, je recommence à m'enliser dans les mots ! Vaincue, j'inspire un grand coup et rassemble mon courage, à moins que ce ne soit toute mon énergie, pour faire une phrase cohérente et ferme :

— Nous étions en infiltration, son intervention aurait ruiné notre dossier.

— Et jusqu'où es-tu prête à aller pour résoudre une enquête ? réplique-t-il sèchement.

Choquée par le sous-entendu, je sens mon visage se crisper tandis que je recule d'un pas. Jamais je n'ai vu Baptiste ainsi. Avec moi, il a toujours été égal à lui-même, calme et pondéré, mais là...

— Je ferais mieux d'aller travailler.

Moi qui aurais pu me réjouir de cette agréable coïncidence, je me retrouve à vouloir y mettre fin le plus rapidement possible.

— Attends, Mathilde ! Excuse-moi, c'est juste que...

Et si je m'étais trompée sur lui ? songé-je en l'observant passer et repasser la main dans ses cheveux. Peut-être n'est-il que gentil en apparence. Combien de femmes ont découvert des facettes totalement différentes de leurs copains une fois les choses devenues sérieuses ? Et pourquoi est-ce que je pense à Baptiste comme un potentiel petit ami alors que jusqu'à aujourd'hui il était un être asexué au même titre que mon banquier ?

— Je vais te laisser, dis-je en le contournant.

Ses doigts se referment sur mon poignet. Le contraste entre ses tatouages, un mélange de volutes et de chiffres sur ses phalanges, et ma peau vierge de toute inscription me trouble. Des images de cette nuit reviennent danser sous mes yeux alors que mon cœur accélère la cadence. Si je sais qu'un immense tatouage recouvre tout son côté gauche, de l'épaule au pied, ce n'est qu'après avoir entendu mon frère en parler avec lui. J'ai aussi appris, en laissant traîner mes oreilles, que ces dessins recouvraient les cicatrices d'un accident de moto qui lui a valu l'arrêt brutal de sa carrière dans l'ovalie. Toujours est-il que cette nuit, mon imagination a comblé le vide tandis que ma langue suivait les courbes tracées à l'encre sur son corps. Et il aimait ça !

Je secoue la tête et m'admoneste : je ne dois pas continuer sur cette voie si je tiens à conserver l'amitié toute relative qui nous lie. En effet, Baptiste et moi ne sommes techniquement pas amis. Je suis juste la petite sœur de son meilleur ami ainsi qu'une cliente fidèle et régulière. Son chocolat chaud est orgasmique ! Non, pas ce mot... Divin ? Oui, divin, c'est mieux !

— Mathilde, excuse-moi. Ce n'est pas ce que je voulais dire.

— Mais c'est ce que tu as fait, répliqué-je, agacée.

D'un geste sec, je tente de me défaire de sa poigne, mais il reste solidement accroché à moi. Comme cette nuit. Quand il maintenait mes mains dans mon dos tout en... Mes joues s'échauffent.

Pitié, pense à autre chose ! Et rentre-lui dans le lard ! Il n'a pas à se mêler de tes affaires, et encore moins de ton travail.

— C'est juste que... Tu étais si...

Surprise qu'il ne trouve pas ses mots, je cesse de me débattre et attends qu'il poursuive.

— Après ton départ, je n'ai pas arrêté de me poser des questions sur cet homme, ce qu'il t'avait dit et comment. Mais aussi sur ce que tu avais fait, dit...

Son air totalement désemparé m'émeut, alors je lui résume la soirée :

— Il m'a prise pour une *escort girl*. J'avoue que c'était le but que je m'étais fixé pour entrer chez lui et découvrir si... Enfin, je devais vérifier s'il avait bien quelque chose.

Une moto passe à notre niveau tandis que je ferme les yeux et secoue la tête avant d'ajouter :

— Je te passe les détails, mais il m'a décrit très crûment à quoi il comptait passer sa soirée. Et plus particulièrement ce qui m'incluait.

N'entendant aucune réaction de sa part, je le regarde pour le trouver m'observant de la tête aux pieds. Cette inspection échauffe mes sens alors que son visage se fait un peu plus sombre.

— Et comment as-tu fait pour partir ?

— Il m'a demandé de prendre une douche, réponds-je avec un petit rire nerveux, parce que, je cite, il ne voulait pas avoir l'impression de passer après les autres. Vaste ironie quand on voit le désert qu'est ma vie sentimentale !

Finalement, je crois que je préférais quand je n'étais pas capable d'articuler deux mots. Pourquoi a-t-il fallu que je lui dise que j'étais célibataire ? Il n'en a rien à faire. Et maintenant, il va se demander la raison de mon aveu… Ou alors cela ne le préoccupera pas plus que cela, et je suis résolument la seule à me poser des questions.

— Tu en as profité pour t'enfuir par la fenêtre ?

— Non, par la porte.

Ses sourcils se froncent et m'encouragent ainsi à développer.

— Il est resté dans la chambre…

Le visage de Baptiste se durcit.

— Non, ce n'est pas ce que tu crois, il me montrait juste… un truc.

Et si je me taisais ? J'ai l'impression que chaque mot qui s'échappe de ma bouche ne fait que m'enfoncer un peu plus.

— J'aurais seulement deux questions : Sous quel prétexte es-tu rentrée chez lui ? Et ne considères-tu pas que c'est inconscient de suivre un homme jusqu'à sa chambre si tu n'as pas l'intention de…

Étonnée qu'il soit de nouveau incapable de finir sa phrase, je sens un coin de mes lèvres se recourber pour vite retomber. Me moquer de lui est certainement la dernière chose à faire quand on songe qu'il va vouloir tout répéter à mon frère. Non, je me dois de la jouer convenablement pour que tout cela reste entre nous.

— Denis m'avait prêté la vieille voiture de sa mère, j'ai prétendu être en panne et ne plus avoir de batterie de téléphone.

— Et il t'a laissée entrer ?

J'acquiesce et enchaîne :

— Le mercredi soir, il a souvent... de la compagnie. Le coup de la panne était juste le plan B, au cas où l'*escort* soit déjà là ou qu'il n'en ait pas demandé. En me voyant, il a cru que j'étais... et...

Consciente que je m'aventure sur un terrain miné, je vais pour agiter les mains quand je réalise qu'il me tient toujours le poignet.

— Il n'a jamais été incorrect, Baptiste, promis ! Ses propos étaient justes très détaillés. Je n'ai pas l'habitude qu'un homme me décrive par le menu ce qu'il compte me faire... Ou ce qu'il fait avec sa maîtresse, ajouté-je avec une petite moue de dégoût.

— Ça t'a...

Pitié, tout, mais pas ça ! Je ne veux pas avoir cette conversation avec lui. Avec personne pour être honnête, enfin si, avec Charlie, mais pas avec l'homme qui a été mon amant le temps d'un rêve qui m'a laissée tremblante.

— Baptiste, le supplié-je en tirant sur ma main captive.

Comme brûlé au fer chaud, il me lâche et recule. La distance qu'il instaure ainsi entre nous me permet de respirer de nouveau normalement. L'intensité de cette rencontre m'a pénétrée jusqu'au plus profond de mon âme, et je sens que quelque chose est en train de changer.

— Bonne journée, dis-je avec un petit sourire.

Après un signe de la main auquel il répond rapidement, je me précipite vers ma voiture et m'y installe. Mes contrôles sont vite de l'histoire ancienne, et dès que possible, je quitte ma place de stationnement. Avec tout cela, je vais finir par être en retard ! Non, non, je ne fuis pas... quoique...

— Eh mer...

Dans la précipitation, j'ai totalement oublié de lui demander de garder tout cela pour lui. À un feu tricolore, je laisse ma tête retomber contre mon volant, émettant un long bruit de klaxon.

Il ne me reste plus qu'à chronométrer le temps qu'il faudra à Robin pour venir jouer le grand frère moralisateur qui aimerait que sa sœur ait un travail moins dangereux. Quand j'entre dans les locaux de l'agence, je n'ai toujours pas de nouvelles de ce dernier. Baptiste aurait-il décidé de garder l'information pour lui ? Vaste blague quand on sait qu'ils se montrent tous les deux très protecteurs dès qu'il est question de ma petite personne.

— Bonjour, Mathilde ! me salue Denis, assis derrière son bureau. Je ne pensais pas te voir ce matin après... tu sais quoi.

— Bonjour, grogné-je en ôtant mon manteau.

Agacée, je claque mon tiroir après y avoir rangé mon sac à main.

— Et pourquoi ne serais-je pas venue ? demandé-je.

— Mathilde, ce type...

— Il n'a fait que parler ! Et on se doutait qu'il ne ferait pas dans la dentelle, puisque je devais me faire passer pour une call-girl. Et je suis une grande fille !!

— Et hier tu paraissais sous le choc, se défend-il.

— Toi, tu ne le serais pas si un homme te décrivait ses pratiques sexuelles avant de t'assurer qu'il va te faire prendre un pied d'enfer ? lui jeté-je au visage.

— Excuse d'avance mes propos sexistes, mais d'un, je ne suis pas une femme. Donc qu'il me dise ce qu'il fait à sa nana, pas de souci. Pour la partie où il va me faire grimper au rideau...

J'acquiesce, consciente que cette partie ne le concerne pas.

— De deux, je suis plus gros qu'une crevette rachitique.

— Une crevette rachitique ? m'emporté-je.

— De trois, j'ai plus d'expérience sexuelle qu'une minette comme toi qui ne fréquente aucun mec depuis...

Avant qu'il finisse sa phrase, j'interviens, sidérée :

— Ne me dis pas que tu t'intéresses à ma vie privée !

— Mathilde, tu es comme une fille pour moi, alors entendre ce pervers et te retrouver avec les yeux gros comme des hublots, ça a suffi pour me retourner le cerveau !

— Denis, je te promets que ça va mieux.

— Tu as été au pub, n'est-ce pas ? me demande-t-il en se frottant le menton.

— Je ne vois pas ce qui te fait dire ça.

— Facile ! Grand, bruns, les yeux verts... Je continue ?

— Ce ne sera pas la peine, grommelé-je.

Il y a quelques mois Denis a émis l'hypothèse ridicule d'un béguin de ma part pour Baptiste. Sur le moment, j'ai ri, nié et secoué la tête. Aujourd'hui, j'aurais beaucoup plus de mal à faire tout cela. Pourtant, je suis convaincue que Baptiste ne restera pour moi qu'un ami ou presque. Jamais jusqu'à cette nuit je n'ai envisagé autre chose avec lui, même si notre première rencontre est un excellent souvenir. Me serais-je voilé la face ?

Agacée par le tour que prennent mes pensées, je me lève pour rejoindre la salle de pause.

— Tu veux un café ?

— C'est ça, fuis !

Embarrassée, je tente de relativiser. Il ne sait pas pour notre rapprochement hier et l'état post-orgasmique dans lequel je me suis réveillée ce matin. Mon collègue est toujours agréable avec moi. Nous parlons beaucoup tous les deux et de tout. Il est comme un oncle, doux, protecteur et un bon confident. En gros, pas quelqu'un à qui je confierais mon dernier fantasme, enfin rêve érotique dans le cas présent.

— Respire, fillette !

Effrayée, je porte la main à mon cœur et me retourne vers la porte de la salle de pause où se trouve René, un des deux autres détectives de l'agence. Toujours vêtu d'un pull sur une chemise et une cravate, il est l'image même de l'homme de confiance.

— Denis m'a dit pour hier...

Super ! Pourquoi faut-il que mon collègue soit si prompt à partager ce genre d'information ?

— Il s'est fait du souci, tu sais.

Touchée, je réalise qu'il devait être très inconfortable pour Denis d'entendre cet homme me parler de la sorte sans pouvoir intervenir. De plus, il se trouvait relativement loin, et l'idée d'arriver trop tard si les choses venaient à se dégrader l'angoissait très certainement.

— Merci, René, dis-je, beaucoup moins énervée.

La cafetière toujours dans la main, je sers une deuxième tasse que j'apporte dans notre bureau en signe de paix.

— On débriefe ? demandé-je en buvant quelques gorgées.

— Veux-tu que je me charge de la paperasse ? propose aussitôt Denis.

— Non, et j'aimerais bien que vous cessiez tous de me prendre pour une petite fille qu'il faut à tout prix protéger !

Mon éclat est suivi d'un silence que je romps rapidement :

— Maintenant, ce que je voudrais bien savoir, c'est comment notre client va faire pour récupérer son estampe. Son ex-femme et son amant y semblent particulièrement attachés.

— Par chance, ce n'est pas notre boulot, réplique Denis en croisant les bras sur son torse.

Je hausse les épaules et m'installe pour rédiger notre rapport. Tout coule de source, jusqu'au moment où je me remémore mon entrée dans la maison.

— Un problème ?

— Je ressemble réellement à une *escort* ?

Les yeux de Denis s'ouvrent en grand tandis qu'il regarde autour de nous. Visiblement ma question l'indispose.

— Allez… insisté-je.

— De nos jours, les *escort girls* et autres femmes travaillant dans le milieu du sexe s'habillent « normalement ». C'est finalement dans leur attitude qu'on comprend qu'elles attendent quelqu'un. Enfin, un client.

Il marque une pause avant de reprendre :

— Dans le cas présent, tu t'es présentée chez lui à l'heure habituelle de ses visites hebdomadaires. Il n'avait aucune raison de penser que tu étais une détective privée chargée de retrouver l'estampe devant laquelle il tamponne sa maîtresse.

— Tamponner ? répété-je, outrée.

— Mathilde, as-tu écouté ce qu'il te racontait ?

Oh oui ! Ou tout du moins assez pour que mon cerveau me joue un tour pendable !

— Tu pourrais utiliser un vocabulaire plus…

Réalisant que je viens de réduire à néant toutes mes tentatives de passer pour une femme à qui on ne le fait pas, je redresse le menton et conclus :

—… soutenu.

— Tu sais, j'aurais pu dire bien pire ! s'amuse-t-il. Sinon, tu te demandes réellement pourquoi il t'a laissée entrer si facilement ?

— Franchement, n'importe qui m'aurait tendu le téléphone fixe avant de me dire de retourner patienter dans ma voiture ! Qui permet de nos jours à un étranger d'entrer dans sa maison ?

Je lève les mains pour le stopper, sachant ce qu'il va dire, et j'enchaîne :

— Oui, il attendait une femme pour… « jouer ». Mais ne devrait-il pas convenir d'un code avec l'agence pour s'assurer d'être en face de la bonne personne ?

— Je pense qu'il va le faire désormais ! réplique-t-il avec un sourire en coin.

— Oui, bien sûr, mais…

— Cesse de te torturer là-dessus ! s'exclame Denis avec un petit rire. Et pitié, n'écris pas dans le rapport ce que nous avons appris hier. Notre client n'apprécierait pas et *Big Boss* non plus.

— Tu m'étonnes !

Notre patron, un trentenaire plutôt bien dans sa peau, nous impose de respecter le client au point de friser l'obséquiosité. Il tient à ce que les commentaires soient plus que positifs sur nous, ainsi que sur son agence de sécurité. Les clients sont rois et n'ont pas à tout savoir si cela risque de les contrarier.

— J'ai rendez-vous dans trente minutes avec l'ex-mari, déclare Denis en se penchant pour lire l'écran de son ordinateur.

— Tes lunettes, grogné-je.

— Pas besoin !

Retenant un rire sarcastique face à sa rébellion contre le temps qui passe, je continue de décrire où se trouve l'estampe et les différentes caractéristiques que j'ai pu noter comme la tache de café. Je me relis, corrige les fautes qui sautent aux yeux et imprime une version pour que Denis puisse vérifier. Pendant qu'il l'annote, je sors mon téléphone portable.

— Je reviens !

Sur le trottoir devant l'agence, j'appelle ma meilleure amie pour un rendez-vous d'urgence :

— Salut, bougonne-t-elle.

— Mauvaise nuit ?

— J'aurais pu te le dire si j'avais réussi à aller jusqu'au bout…

— Charlie, il est bientôt 10 heures !

Elle grommelle quelque chose avant de me demander la raison de mon appel.

— Je vais faire vite et décousu, *Big Boss* arrive.

Une splendide berline noire entre sur le parking et se gare à la place qui lui est réservée.

— Soirée de folie hier. Rêve de malade cette nuit.

— Malade, genre *Massacre à la tronçonneuse* ou *Joséphine, ange gardien* ?

Je fronce les sourcils, surprise par ses références télé.

— En quoi un rêve de malade peut avoir un lien avec Mimie Mathy ?

— Elle est flippante, répond Charlie. Elle est toujours de bonne humeur. Elle n'arrête jamais de sourire… Franchement, elle est trop bizarre cette série !

— Pas plus que l'idée que tu regardes cette série…

Avisant l'arrivée imminente de *Big Boss* à mon niveau, je ne termine pas ma phrase et attends qu'il passe devant moi.

— Bonjour, mademoiselle Piono !

— Bonjour, monsieur Steiner, dis-je avec amabilité.

— Votre mission d'hier soir a-t-elle été fructueuse ?

J'acquiesce et évite son regard d'un bleu si clair qu'il paraît blanc. Cet homme est dérangeant par le charisme qu'il jette au visage de ses interlocuteurs et l'aura de mystère qui l'entoure. Entre ses costumes impeccables et son allure militaire, il est un curieux mélange d'homme d'affaires et de soldat.

— Êtes-vous prête à faire votre rapport ? s'enquiert-il.

Comprenant qu'il souhaite que je mette fin à mon appel, je me permets de répondre :

— Denis le lisait quand je suis sortie. Nous pouvons vous rejoindre dans votre bureau d'ici cinq minutes. Grand maximum.

— À tout de suite.

Il s'éloigne vers l'entrée de l'agence tandis que Charlie reprend :

— Je m'ennuie, voilà pourquoi je regarde cette série.

— Je vais devoir te laisser, dis-je.

— Compris. Quelle heure ?

— 18 heures chez moi ?

Elle accepte et me propose d'apporter de quoi dîner. Je ne sais pas si ce soir je lui raconterai mon rêve, mais j'aimerais avoir un avis extérieur. Et ma meilleure amie est la personne idéale pour cela !

— Bonsoir, Mathilde !

Avec un sourire poli, je salue Freddy, qui se tient non loin de l'entrée du pub.

— Comment va le bébé ? demandé-je en m'arrêtant à ses côtés.

— Toujours au chaud.

Il accompagne sa réponse d'un rire nerveux qui témoigne de son angoisse croissante à l'approche de la date fatidique : celle de l'accouchement. Avec beaucoup de discipline, je m'interdis de me moquer ouvertement de lui. Cet homme d'une trentaine d'années est un ancien militaire revenu dans la vie civile par choix. Grand, musclé et toujours les cheveux à ras, il me semble terrifié à l'idée de devenir père. Pourtant, quelque chose me dit qu'il a dû voir et faire bien pire lorsqu'il portait encore l'uniforme.

— Je suis sûre que tout se passera très bien ! ajouté-je en posant la main sur son bras.

— J'espère…

D'un mouvement preste, il sort son téléphone. Sur l'écran une femme blonde toute menue sourit en touchant un ventre déjà rebondi. Elle est resplendissante, et visiblement heureuse.

— C'est l'heure… Il est temps pour moi de prendre mon service.

Après une petite inspiration, il remue les épaules, s'étire et me regarde avec un air désolé.

— Je ne me suis jamais senti aussi tendu que ces derniers jours, dit-il en baissant la tête. Et toi, ça va mieux ?

Sentant poindre une conversation que je n'ai pas envie d'avoir en ce vendredi soir, je lui souris et acquiesce.

— T'avais une tête à faire peur mercredi !

Et il ne m'a pas vue hier soir, avec de l'alcool dans le sang et une Charlie toujours plus désireuse de connaître les détails de mon rêve. Je ne sais combien de fois je le lui ai décrit. Pourtant, elle trouvait inlassablement une question sur un point que je n'avais pas développé. Et il n'y en a qu'un sur lequel j'ai volontairement omis toute précision : mon partenaire. Pas qu'elle soit indigne de confiance ou susceptible de lâcher l'information au pire moment, c'est juste que je ne tiens pas à en parler tant que je ne sais pas ce que cela signifie. Et que cette conversation a réveillé mon mal-être vis-à-vis de Baptiste.

— La fin de journée avait été rude…

— Et tu n'as toujours pas raconté à tonton Freddy…

Je secoue la tête alors que son visage se fait plus sérieux.

— Tu sais, sur le moment je plaisantais, mais c'était surtout pour que tu retrouves un peu de couleurs.

— J'étais si pâle ?

— Mathilde, tu paraissais sur le point de t'écrouler. Déjà en temps normal, tu sembles fragile…

Mon regard l'arrête dans son élan, alors qu'il lève les mains devant lui pour se défendre.

— J'ai dit que tu semblais l'être, pas que tu étais fragile !

— Bien, grommelé-je.

— En tout cas, je suis heureux de voir que tu es plus réactive que mercredi.

Embarrassée, je hausse les épaules et me dirige vers la porte. Galant, Freddy m'ouvre et aussitôt je retrouve l'ambiance que j'aime tant. La musique pop recouvre légèrement le bruit des conversations pour permettre une intimité toute relative. Derrière le bar, Baptiste s'agite, préparant un verre. Il sourit en direction d'un groupe de femmes qui s'éventent dès qu'il a le dos tourné. Une bouffée de jalousie m'envahit. C'est nouveau ça !

Décidée à repousser ce trouble malvenu, je rejoins la table du fond, celle qui nous est réservée tous les vendredis soir. D'où je suis, j'ai une vision globale de l'établissement et du dos de Baptiste. Mon cœur loupe un battement, ou je ne sais quoi. Non, non, non ! Je ne vais pas devenir une bécasse qui craque pour le meilleur ami de son frère. Tout, mais pas ça ! J'ai vingt-cinq ans, je suis une adulte posée et responsable. Certes, le rêve de l'autre nuit était assez déstabilisant, mais il est hors de question qu'il perturbe mes repères.

— Comme d'habitude ? me demande Freddy avec un sourire bienveillant.

Irritée qu'il ait perçu ma gêne, je hoche la tête et ôte mon manteau. Dès que je suis correctement installée, je sors ma tablette et me connecte au wi-fi de l'appartement du dessus, celui de Baptiste. Cinq ans ! Cela fait cinq longues années que je suis le même rituel. Je me présente au pub un peu avant Robin et Hope, je consulte mes mails et réponds à certains. Ils arrivent, et nous dînons tous les trois. Une mécanique bien huilée qui s'enraille ce soir.

Mon écran reste obstinément noir tandis que mon esprit divague. Voilà deux jours que je suis à côté de la plaque, me rejouant inlassablement mon étreinte avec Baptiste et la scène chez la cible avant de tomber dans un film érotique. Ce matin encore, je me suis réveillée avec le corps en feu. Et un mal de crâne carabiné. Boire de l'alcool en pleine semaine n'était pas une bonne idée, d'autant que Denis a gardé un œil sur moi toute la journée, comme une poule couvant son œuf. J'ai craqué en début d'après-midi et lui ai demandé pourquoi il m'observait avec cet air de poisson hors de l'eau.

— Tu n'es pas comme d'habitude, et ça m'inquiète, a-t-il répliqué en penchant la tête sur le côté.

Une gueule de bois ! Voilà ce que j'avais ! Mes doigts se posent sur ma tempe alors qu'une légère douleur m'interrompt dans mes réflexions. Et je ne suis pas certaine d'en avoir terminé avec.

— Bonsoir, Mathilde !

Pourquoi faut-il justement que Baptiste apparaisse à mes côtés quand j'analyse les raisons de ce rêve ? Ai-je un karma bas de gamme pour que tous les éléments s'alignent et m'empêchent de retrouver ma sérénité ?

— Ta journée a été bonne ?

Sa voix légèrement cassée résonne en moi et réveille toutes mes terminaisons nerveuses, et j'ai bien dit *toutes* ! Accompagnez-la d'un corps splendide et parfaitement entretenu, d'un regard vert doux et chaleureux, d'une petite barbe et de cheveux bruns un peu trop longs, et vous obtenez Baptiste. C'est déjà beaucoup pour une femme lambda, mais pour une qui a pu se repaître dans son corps... Punaise, à m'écouter, nous avons réellement couché ensemble !

— Mathilde ?

Un coin de ses lèvres se relève, et je sais que mon mutisme l'amuse. Oui, depuis quelque temps, j'ai compris qu'en plus d'être la petite sœur de son meilleur ami, j'étais une source d'amusement pour lui. Pas de quoi lui donner envie de découvrir la couleur de mes sous-vêtements ! Ou de réaliser les quelques positions que mon esprit fertile se plaît à imaginer...

— Salut, oui, dis-je.

— Oui ?

Ses sourcils se froncent tandis que son sourire s'accentue. Il va me tuer s'il continue à me regarder de la sorte ! Mes joues s'échauffent alors que j'imagine sans mal une scène bien plus osée : moi, allongée sur le sol après être tombée en pâmoison, comme dans ces films des années soixante et lui, penché au-dessus. Et mon frère l'expédierait tout de suite six pieds sous terre.

Robin est un brin trop protecteur, à moins que le terme adéquat soit plutôt possessif. Mes petits amis n'ont jamais été approuvés par monsieur, qui ne s'est jamais gêné pour les effrayer. Chose très facile quand on voit le spécimen.

— Mathilde ? Ça va ?

— Gueule de bois, déclaré-je en me servant du premier prétexte venu pour expliquer mon manque de réaction.

— Un vendredi soir ?

— Non, hier soir…

Je secoue la main et me décide à développer mes propos :

— Soirée entre filles hier. Avec Charlie, nous n'avons pas compté les verres…

— Tu avais besoin de ça pour…

Ses yeux plongent dans les miens. Je sais que je dois compléter la phrase, mais à cet instant précis d'autres envies me prennent. Une bouffée de chaleur plus tard, je secoue la tête et tente de retrouver mon calme. Mon cœur bat trop vite, mon entrejambe semble quémander de l'attention… Je suis en feu.

Embarrassée par mon attitude, je secoue la tête et observe ses lèvres se tordre pour retenir visiblement un rire moqueur.

— Il n'y avait pas de raisons particulières, dis-je en avisant Freddy qui s'approche de nous.

— Tiens, Mathilde, ton chocolat chaud ! déclare-t-il en posant devant moi une tasse dont un délicieux fumet s'échappe.

— Je vais te laisser boire ton chocolat, dit Baptiste en se redressant.

Il se tourne, me permettant d'admirer son dos. D'une démarche rendue plus virile à mes yeux à cause de son léger boitement, il reprend sa place derrière le bar sans un regard supplémentaire dans ma direction.

— Mathilde ?

La voix toute proche me fait sursauter, mais c'est surtout le visage bienveillant de Freddy qui me replonge directement dans la réalité.

— Je…

Je, quoi ? Que dire ? Il m'a surprise en train de loucher sur le dos de son patron, et ? Et ce n'est pas comme si mon regard avait dévié plus bas. Il faut bien que j'aie de quoi nourrir mes fantasmes !

— Tu baves.

Mes yeux s'écarquillent tandis que mes mains se posent à la commissure de mes lèvres. Rien.

— Tu sais que dans certains pays déshabiller quelqu'un du regard comme ça est passible de prison ? ajoute-t-il sans réellement dissimuler son hilarité.

— Comme le meurtre, bougonné-je.

— Mathilde, tu es comme une sœur pour moi alors…

— Alors rien du tout ! m'insurgé-je. J'ai déjà un grand frère ultra… ultra, répété-je, faute de mots, donc pas besoin que tu t'en mêles.

— Mais écoute ce que j'ai à te dire ! s'exclame Freddy.

— Non, merci !

Sans m'attarder sur lui, j'allume ma tablette et m'apprête à consulter mes mails quand il insiste :

— Mathilde…

— Chut, sinon je joue aux fléchettes sur toi !

— C'est bon alors, je ne crains rien ! se moque Freddy en repartant vers le bar.

Agacée qu'il me rappelle mes piètres performances, je me concentre sur le message d'une cousine que je n'ai pas vue depuis longtemps et qui reprend contact justement ce soir. Je repousse le souvenir d'une soirée fléchettes où, maladroite comme jamais, j'avais planté l'une des miennes dans la chaussure d'un client qui se tenait bien à deux mètres à gauche de la cible.

Quand je relève la tête une bonne demi-heure plus tard, le pub est rempli. La plupart des tables sont occupées par des gens aux sourires avenants. Tous cherchent à se détendre et les regards féminins m'indiquent que Baptiste a encore du succès.

Au bar, il essuie un verre tout en discutant avec les clientes assises devant lui. Blondes toutes les deux et habillées soigneusement, elles paraissent sous le charme. Et qui ne le serait pas ? En plus d'avoir un physique de rêve, Baptiste a de l'humour et de la conversation.

— Tiens !

Perdue dans mes pensées, je n'ai pas vu Freddy revenir avec un nouveau chocolat chaud.

— Merci.

— Ça ne vient pas de moi, réplique-t-il avec un petit sourire.

Par-dessus son épaule, j'observe Baptiste confectionnant un cocktail. Il a de belles mains, qui s'agitent pour aller le plus vite possible. Ses doigts à gauche sont un peu plus gourds et recouverts de dessins jusqu'à la base de l'ongle. Cette différence attise la curiosité de tout un chacun et titille le désir de pas mal de femmes. Jusque-là, je n'en faisais pas partie, mais maintenant…

— Je peux prendre une mini-pause avec toi ?

— Bien sûr, Freddy !

Avec fluidité, il s'assoit devant moi et ferme les yeux un bref instant.

— Tu as déjà essayé des exercices de respiration pour gérer ton stress ? demandé-je.

— Vu mon état, c'est plus des tranquillisants qu'il me faudrait, et une dose de cheval !

Deux semaines avant que sa femme arrive à terme. Avec de la chance, le bébé pointera le bout de son nez en avance… Pas certaine que ce soit la chose à lui dire, je change de sujet de conversation pour le divertir.

— Pourquoi n'allez-vous pas au cinéma ? J'ai lu qu'un film… *Intouchables*, je crois, a déclenché pas mal de naissances à sa sortie à cause des fous rires qu'il déclenchait. Si tu le souhaites, je peux retrouver les statistiques…

— Pas la peine, m'arrête Freddy. Nancy ne veut pas sortir pour le cas où le travail débuterait.

— C'est dommage, ça ferait une histoire sympa à raconter ! plaisanté-je. À moins que ce ne soit un film d'horreur, là ce serait un peu moins… mignon.

— Tu peux toujours mentir sur le film quand tu racontes l'anecdote des années plus tard, renchérit Freddy.

— Dire que tu as été voir… *Le Roi lion* au lieu d'*Alien la résurrection*, par exemple ?

Amusé, il rejette la tête en arrière et rit de bon cœur. Pendant un bref instant, toute sa fatigue et son stress s'envolent.

Malheureusement, ses soucis reviennent rapidement marquer ses traits.

— Le pire, c'est que ma mère ne cesse de me répéter que nous n'en sommes qu'au début, ajoute Freddy en passant la main sur ses cheveux. Elle dit que nous serons toujours angoissés pour nos enfants, et ce jusqu'à notre dernier souffle.

Mon sourire s'estompe. Une sueur froide me parcourt, m'obligeant à croiser les bras pour tenter de garder ma chaleur. Mes parents ne font pas vraiment partie de cette catégorie. Si je n'ai rien à leur reprocher, mon frère a, quant à lui, une belle liste de griefs. Si les torts sont partagés, mes parents n'ont pas su tendre lui la main au moment où il en avait le plus besoin.

— Mathilde…

Ramenée gentiment à la réalité par une brève pression sur mon bras, je tente de reprendre une attitude sereine. L'effort est inhumain, mais huit ans après l'explosion de ma famille, je trouve la force de m'extraire de mes souvenirs.

— Je ne voulais pas, s'excuse Freddy avec une expression désolée.

— Je sais.

D'une main tremblante, j'attrape ma tasse de chocolat pour en boire une gorgée. Aussitôt le liquide me réchauffe et m'apporte un peu de réconfort. Comme avant… Ma mère adorait me faire une tasse avant que j'aille dormir, ou après une journée fatigante. Nous nous asseyions autour de la table pour discuter de tout. De ce qui me troublait, de mes cours, de ma vie amoureuse ou encore de Robin. C'était notre moment à nous. Puis il y a eu ce soir-là. Robin s'était joint à nous pour leur demander de l'aide pour se sortir de ses addictions. Elle a refusé. Mon père est arrivé et a mis mon frère à la porte. Et je n'ai plus voulu partager une tasse avec elle.

— De quoi parlions-nous ? demandé-je, avant de me souvenir de ses propos sur les parents qui s'inquiètent.

Après avoir dégluti pour empêcher mon mal-être de revenir à la charge, j'ajoute :

— Elle n'a pas tort ! Il te suffit de regarder Robin avec Hope.

À la simple mention de ma nièce, je sens un sourire fendre mon visage. Cette gamine est un ange descendu sur Terre pour remettre mon frère sur le droit chemin. Franchement, quand Robin nous a annoncé que sa copine était enceinte, j'étais dubitative. Seulement aujourd'hui, je suis ravie qu'il ait tenu bon.

La porte du pub s'ouvre, et le bruit des conversations baisse de plusieurs décibels. Des clients cherchent la raison de ce changement d'atmosphère et fixent le nouvel arrivant debout dans l'embrasure. Les hommes se rengorgent, comprenant qu'ils ne sont pas en présence de n'importe qui, tandis que les femmes hésitent entre fuir à toutes jambes et se rouler au pied du nouveau venu. Ça, c'est l'effet Robin.

Cheveux ras à peine plus longs sur le dessus, il a le regard d'un bleu très clair et une légère barbe qui renforce son côté ténébreux, *dixit* ma meilleure amie Charlie. Pour ne rien arranger, il porte son sempiternel blouson de cuir et un T-shirt blanc qui montre le résultat d'heures de musculation au club du coin. De son col s'échappent ses tatouages qui remontent jusqu'à la base de sa mâchoire.

Franchement, je croiserais un type pareil en pleine nuit, je hurlerais à pleins poumons.

Imperturbable, il scrute la salle, son regard rencontrant rapidement le mien. C'est son rituel. Avant d'entrer dans le pub, il vérifie que tout est normal. Il ne veut pas se retrouver mêlé à une bagarre à cause de son look ou d'anciennes querelles. Visiblement rassuré, il s'avance et aussitôt une petite blonde se place devant lui à sa droite. Hope, ma nièce, est toujours dans l'ombre de son père. Elle ne voit que par lui et n'a pas l'attitude d'une fillette de sept ans. Elle adore les motos, ne s'habille qu'en salopette et ses cheveux mériteraient un tour chez le coiffeur.

— Bonsoir, Ti'Ma !

Ravie de la voir, je la serre contre moi en l'embrassant sur les deux joues. Malgré son apparence presque négligée, elle sent divinement bon et est d'une douceur à toute épreuve. Enfin avec nous…

— Elle s'est encore battue, ronchonne Robin en se penchant pour me faire la bise.

— Pour quelle raison ? demandé-je à la principale intéressée.

— Joachim a dit que mes parents n'étaient que des drogués, répond cette dernière.

Et jusque-là, il n'a pas tort.

Mon frère est un homme merveilleux qui a sombré dans l'alcool, le sexe puis la drogue à l'âge où d'autres choisissent leur cursus universitaire. Il était en couple avec une fille qui l'a entraîné dans ses travers et, bien vite, mes parents n'ont plus eu leur mot à dire sur le sujet. Il était absent, menteur avec eux, mais toujours adorable avec moi. Il m'attendait à la sortie du lycée sans prendre la peine de rentrer à la maison pour les saluer.

Et puis il a arrêté de venir un temps. Mes parents ne parlaient plus de lui et fuyaient toute conversation le concernant. J'étais seule et perdue sans mon roc. Un soir, il nous a rendu visite. Il s'est installé à la table pour nous parler de ce bébé qui grandissait dans le ventre de sa copine. Il voulait de l'aide pour remettre sa vie dans le droit chemin. Il comptait être un père exemplaire.

Ma mère lui a jeté des horreurs au visage, des insultes qui ont autant blessé mon frère que moi. Mon père a parfait le tout en le mettant à la porte. Il lui a demandé de disparaître, jurant de me chasser de la maison si nous entrions en contact l'un avec l'autre d'une quelconque manière. Robin avait interdiction de me contacter s'il voulait que mes parents prennent en charge mes études et les à-côtés. J'étais à la fois l'otage, l'une des victimes et une de destinataires de cet atroce chantage.

De mon côté, j'ai pleuré, supplié… Pendant des jours, j'ai fait de leur vie un enfer, récoltant toujours plus de menaces. Alors je suis allée retrouver mon frère dans le squat où il vivait à l'époque. Nous avons parlé. Beaucoup. Il m'a expliqué qu'il avait pris rendez-vous dans un centre de désintoxication pour se sevrer avec sa copine… que tout allait bien se passer. Il m'a juré qu'il garderait un œil sur moi et qu'il me contacterait plus tard. Mon cœur s'est brisé quand je l'ai quitté ce soir-là.

Pendant des semaines, je suis restée sans nouvelles, m'inquiétant chaque jour un peu plus. Mon grand frère, cet homme perdu, était pourtant ma bouée depuis ma naissance. Malgré ses erreurs, il était toujours mon phare dans la nuit.

— Ti'Ma ?

Émue par le surnom que m'a donné Hope, je lui adresse un sourire et l'invite à continuer :

— Qu'as-tu fait ?

— Je lui ai dit qu'il avait raison, répond-elle en redressant le menton. Mon papa a fait des erreurs, il ne faut pas en avoir honte, juste...

Ses sourcils se froncent alors qu'elle cherche la fin de cette phrase que Robin lui a souvent répétée.

— Ah oui ! s'écrie-t-elle en relevant fièrement son index. Il ne faut pas en avoir honte, juste en tirer les bonnes leçons.

— Et à quel moment tu te bats ? m'enquiers-je en jetant un coup d'œil à mon frère qui revient avec une chaise.

— Il n'a pas apprécié que je lui dise que son père embrassait Predator.

— Predator ?

— Oui, la dame de la garderie ! Tu sais, celle avec les longs cheveux.

Super, les trois femmes que j'ai croisées à la garderie avaient les cheveux longs. Je grimace pour lui montrer que je ne vois pas de qui elle parle exactement. Hope lève les yeux au ciel avant d'ajouter :

— Celle qui drague papa !

Mieux... je n'ai plus que deux possibilités sur trois.

— Tu n'avais pas à dire ça, intervient Robin.

— Mais c'est la vérité ! Tous les soirs, le papa de Joachim l'embrasse, genre soupe de langues.

— Robin, il faudrait vraiment que tu veilles à...

Mes mains s'agitent sans que je réussisse à déterminer le pire : sa référence à *Predator* ou son expression « soupe de langues ».

— Elle n'a que sept ans !

— Et pas toutes mes dents ! s'écrie ma nièce en me montrant un espace vide dans sa bouche. Elle est tombée pendant la bagarre. Mais papa ne veut pas me donner une pièce.

— Tu veux dire la petite souris ? dis-je avec un sourire.

— La petite souris ? Tu y crois toujours ? s'étrangle ma nièce.

— Mais tous les enfants…

Abasourdie, je me tourne vers Robin, qui se décale pour laisser Freddy poser sa bière devant lui et le jus de poire de Hope.

— Elle m'a chopé avant l'été en train de mettre la pièce sous son oreiller, avoue mon frère. Et attends qu'elle te parle du père Noël !

— Mais papa, même avec la meilleure cylindrée du magasin, il ne pourrait jamais livrer tous les cadeaux à temps ! s'exclame Hope.

— À la garderie, elle a fait pleurer des gamins de maternelle, ajoute Robin. D'après…

Il plisse les yeux, cherchant visiblement quelque chose avant de continuer :

— Pour Predator, son argumentaire était étayé, documenté et inattaquable.

— Ne me dis pas que tu es fier de ta fille ? demandé-je, outrée que ma nièce brise les rêves d'autres enfants.

Sans prendre la peine de répondre, Robin enlève enfin son blouson. De ses manches de T-shirt dépassent ses tatouages, il donne une impression de force qui me rassure. Les autres femmes, quant à elles, sont à deux doigts de la syncope.

— Bonsoir, dit Baptiste en nous rejoignant.

Là, c'est moi qui suis à deux doigts de m'évanouir. Bien que non, je suis trop remontée contre mon frère qui laisse ma nièce se transformer en petit monstre.

— Robin, Hope doit faire attention à ce qu'elle dit et ne pas…

Mes mots se meurent dans ma gorge alors que je réalise que je fais la morale à mon grand frère devant témoin.

— Qu'a-t-elle dit ? demande Baptiste.

— Que le père de Joachim embrassait Predator.

Il hoche la tête sans se soucier du surnom peu flatteur attribué par ma nièce à une adulte représentant l'autorité.

— Et que le père Noël n'existait pas.

— Je vois…

— Et Ti'Ma est déçue, ajoute Hope. Elle ne savait pas que la fée des dents n'existait pas non plus.

Super !

— Je ne suis pas *déçue*, répliqué-je en appuyant sur le dernier mot. C'est juste qu'il est bon de garder un peu de magie… d'espoir.

Après tout, Robin l'a nommée Hope, parce qu'elle était son espoir d'une vie meilleure. Alors pourquoi ne cherche-t-elle pas à conserver son âme d'enfant pour pouvoir s'extasier sur ce qui l'entoure ?

— C'est qui Predator ? demande enfin Baptiste.

Robin balaie sa question d'un geste de la main tandis que je porte ma tasse de chocolat à mes lèvres.

— La dame qui a donné une culotte à papa avec son numéro de téléphone dessus.

Sous le coup de la surprise, je manque de m'étrangler.

— C'est quoi cette histoire encore ? m'exclamé-je.

— Tu es trop jeune, rétorque Robin.

— Et pas ta fille, peut-être ?

— Ce n'est pas la même chose, grogne-t-il. Elle était là.

— Elle te l'a donnée devant elle ?

— Elle a tenté de la glisser dans la poche de mon cuir… Pourquoi fais-tu cette moue écœurée ?

— J'hésite entre hurler de dégoût face à cette technique de drague et rire de sa déconvenue.

— Papa, il n'a pas rigolé, intervient Hope. Il la lui a gentiment redonnée.

Oh, la honte pour elle !

— Bah quoi, je ne vais pas…

Mes yeux s'écarquillent alors que je crains la suite de sa phrase, mais il se reprend :

— Sortir avec une femme que je croise presque tous les jours.

En gros, il ne va pas coucher avec une qu'il sera contraint de côtoyer régulièrement. Et, même si cela va à l'encontre de ma mentalité, je ne peux que le féliciter de garder ses coups d'un soir loin de ma nièce.

— Vous mangez comme d'habitude ?

Surprise, je relève le visage vers Baptiste qui sourit. Mon esprit s'arrête, oublie les contrariétés de la journée, de la semaine… *Je ne suis pas dans la merde ! Oups, c'est dit…*

Avec un grondement, j'éteins mon réveil et contemple le plafond de mon studio. Je n'ai pas réellement le temps de traîner. Marmotte dans l'âme, j'aime me lever au tout dernier moment pour profiter au maximum de ma nuit. Sans compter que ce matin, je rêvais de Baptiste et moi dans une position… L'imaginer me léchant et me mordillant ne va pas m'aider à me sentir à l'aise en sa présence !

Décidée à me changer les idées pour que les effets de ce rêve s'estompent, je sors de mon lit et frissonne. L'automne est déjà là. Malgré des journées aux températures supérieures aux normales de saison, les matins sont de plus en plus frais. Bientôt il me faudra remettre mon gros manteau d'hiver et mon bonnet.

La vie est un perpétuel recommencement. Même si je ne suis pas encore prête à tomber dans la mélancolie ou la nostalgie des Noëls passés, je ne peux m'empêcher de songer que ma vie est tristement routinière. Cela fait bien longtemps que je n'ai pas eu d'homme, depuis le printemps plus exactement, juste avant que je comprenne que celui avec qui j'étais allait aussi détaler comme un lapin en rencontrant mon frère.

Aucune prise de risque, des moments détente. Mon quotidien était banal. Sans le vouloir, Baptiste l'a pointé du doigt vendredi soir avec sa question : « Vous mangez comme d'habitude ? » Robin et moi sommes si prévisibles ! Il paraît difficile à croire que nous ayons bravé les interdits de mes parents pour nous voir. Après plusieurs semaines, un camarade de classe m'a donné un bout de papier plié en quatre avec un petit sourire. Sur le moment, j'ai pensé à une déclaration d'amour, et mes mains sont devenues brusquement moites.

Quand j'ai ouvert la feuille, j'ai tout de suite reconnu l'écriture de mon frère. Ses pattes de mouche étaient identifiables entre mille pour moi. J'ai lu et relu sa lettre, me gorgeant de l'optimisme qui transparaissait dans la forme, et ce malgré le fond. Avec une joie sans égale, il mentionnait sa rechute après la dispute. Il avait replongé dans la drogue avant le nouvel électrochoc : la première échographie.

Sans se perdre dans les détails, il parlait ensuite du battement du cœur de son bébé qui avait retenti dans la pièce et lui avait permis de réaliser qu'il était de nouveau sur la mauvaise pente. Seulement cette fois-ci, un être innocent allait plonger avec lui. Son amour pour ce bout de chou irradiait de chacun de ses mots. C'était à la fois beau et effrayant. Un enfant allait dépendre de lui et de cette femme. Pendant des jours, puis des semaines, je n'ai pas eu de ses nouvelles. J'avais peur pour ce bébé. La mère continuait-elle de se droguer ? Prenait-elle des placebos en attendant ?

J'ai fini par avoir mon bac. De justesse après une année difficile. Les professeurs m'ont félicitée. Mes parents m'ont, quant à eux, invitée au restaurant. Et Robin ? Il n'avait plus réellement de moyens de me joindre. Tout l'été, j'ai travaillé dans un centre aéré. Entourée d'enfants, je n'ai pas vu mes vacances passer. Ce n'est qu'une fois rentrée que l'absence de nouvelles de Robin m'a frappée de plein fouet.

Au mois de septembre, j'ai commencé à regarder sur Internet les avis de décès avec une boule au ventre qui ne me laissait jamais en paix. Puis je faisais des recherches simplement sur son nom, sur les personnes retrouvées sans identité… Il me manquait terriblement quand mes cours à la faculté ont débuté. Désireuse de réussir, j'ai passé des heures et des heures à la bibliothèque, plongée dans des livres.

Et un jour, j'ai trouvé une nouvelle lettre dans mes affaires. Robin était papa depuis une semaine d'une petite Hope. Son amour était évident. J'ai pleuré de soulagement, de joie et d'amour pour ce minuscule être que je ne connaissais pas encore. Entourée d'inconnus, j'ai sangloté à l'idée que mon frère était vivant quelque part.

Pendant près de trois ans, ma vie a été ponctuée de messages et de photos déposés discrètement dans mon sac ou glissés dans mes livres. J'ai ainsi appris que sa copine était restée sobre pendant la grossesse, mais qu'une fois l'accouchement terminé, elle avait replongé. Alors il l'a quittée en emportant Hope avec lui. Sans difficulté, elle a renoncé à ses droits parentaux, et Robin a eu le but qui lui manquait pour ne plus toucher à la drogue.

Seulement, il ne pouvait clairement pas s'occuper de moi en plus de sa fille. Il est donc resté loin. Il m'a raconté son amitié avec un garagiste qui l'a introduit dans le monde de la moto. Peu à peu, il a trouvé une stabilité, construisant sa vie autour de ma nièce.

Et un jour, il m'a invitée dans un parc à l'autre bout de la ville, là où il savait que nos parents ne nous verraient pas. Je suis arrivée en avance. J'ai observé autour de moi, cherchant celle qui pourrait être ma nièce. Dix minutes avant l'heure du rendez-vous, j'ai aperçu un homme avec une fillette sur les épaules, souriant dans ma direction. Devant moi, il a fait descendre un ange blond, s'est agenouillé et nous a présentées :

— Hope, voici Tatie Mathilde.

— Ti'Ma ! s'est-elle exclamée en me sautant au cou sans pour autant lâcher son doudou Winnie.

— Je lui ai beaucoup parlé de toi.

La gorge nouée, j'ai de nouveau pleuré. Serrant contre moi ce petit corps en bonne santé, j'ai attiré mon frère dans mon étreinte.

Je me suis gorgée de sa force, de son odeur... À cet instant, ma vie est revenue sur les rails.

Mais aujourd'hui, cinq ans plus tard, j'ai de nouveau l'impression d'être une simple spectatrice. Sans le savoir, et sans le vouloir, j'ai cessé d'avancer pour me contenter de ce que j'avais : des amis adorables et une famille géniale. Enfin sur ce dernier point, je parle uniquement de mon frère et ma nièce, puisque ma mère reste sur ses positions et refuse de rencontrer sa petite-fille. Quant à mon père, il suit le mouvement donné par sa femme.

Consciente que je vais être en retard au travail si je continue à ruminer le passé, je file dans la salle de bains. Le jet de la douche me frappe de plein fouet, me réveillant aussitôt. Quand je me drape dans ma serviette, mes idées sont plus claires, même s'il me semble toujours impératif de trouver une solution vis-à-vis de Baptiste et des rêves érotiques qui me poursuivent depuis mercredi.

Et dire que je l'ai rencontré pour la première fois il y a cinq ans ! Depuis que Robin m'a laissée entrer dans sa nouvelle vie. J'étais si fière de connaître les gens formidables qui avaient su l'entourer alors qu'il se retrouvait seul dans une position précaire que je les ai idolâtrés, Baptiste en premier, puisqu'il s'est vite avéré le meilleur soutien de Robin.

Agacée par le cours de mes pensées, je revêts une robe de saison avec un legging noir. Je relève mes cheveux bruns en une queue haute et maquille discrètement mes yeux en mettant leur couleur bleue en avant. Quand je me sens prête, je file dans la cuisine pour attraper deux tranches de brioche que je mange en consultant mon téléphone.

Une fois mon bac en poche, je me suis tournée vers le droit. Avec Charlie, ma meilleure amie, nous comptions devenir toutes les deux détectives privées. Nous nous imaginions souvent telles les drôles de dames, risquant notre vie pour venir en aide aux autres. Notre goût pour l'aventure et les énigmes nous guidaient vers cette carrière. Mais je suis la seule à avoir intégré une licence professionnelle sécurité des biens et des personnes, spécialité activité juridique, directeur d'enquêtes privées. Avec deux jours de cours par semaine à Paris, je travaillais le reste du temps dans l'agence de détectives qui m'emploie désormais.

Sur le terrain, mon âge et ma corpulence sont un frein lorsque je cherche à avoir l'attention de gens parfois influents et souvent arrogants. Ils me regardent bien souvent de la tête aux pieds avant de retourner à leurs occupations sans prendre le temps de répondre à mes questions. Le détective privé en charge de ma formation au sein de l'agence s'en est amusé au début, puis il a compris que le problème venait de la perception des autres.

Toujours est-il que j'ai validé mon année avec la ferme intention de résoudre des enquêtes, et ce en allant le plus possible sur le terrain pour montrer à tout le monde que je pouvais être un atout.

Pressée par le temps, je quitte mon appartement en veillant à le fermer derrière moi. Lorsque j'ai fait part à mes parents de ma volonté de m'installer seule, ils ont grimacé sans pour autant m'en empêcher. La réaction de Robin a été tout autre… Après avoir farouchement montré son opposition à mon projet d'emménagement, il a tenté l'intimidation en me racontant tout ce qu'une femme seule risque. Soit il a trop regardé les émissions sur les faits divers, soit il a l'esprit vraiment tordu !

Je marche rapidement en direction de ma voiture pour éviter d'être trempée par la pluie qui a décidé de s'inviter aujourd'hui. Les parapluies sont de sortie et égayent la rue par leurs couleurs. Je mets le contact et allume aussitôt la ventilation pour empêcher la buée de se former. Je fais mes contrôles et me mêle à la circulation. Arrivée sur mon lieu de travail, je me gare à ma place et inspire en grand coup avant de sortir de ma voiture. Depuis quelques semaines, l'ambiance n'est pas au beau fixe. Un des deux associés a quitté l'agence, emportant avec lui des clients relativement importants. *Big Boss* est donc sur les nerfs, et nous aussi au passage.

— Bonjour, Mathilde !

Avec un sourire engageant, je réponds à René :

— Bonjour, comment allez-vous ?

— Bien. Ton week-end s'est bien passé ?

— Doucement. Et le vôtre ?

— Mon fils est venu avec sa petite famille.

Touchée par son air satisfait, je le suis dans le couloir et m'arrête à la première porte.

— À plus tard.

Il me fait un signe de la main. Comme d'habitude, Denis n'est pas encore arrivé quand j'entre dans la pièce que nous partageons. Nos deux bureaux se font face pour que nous puissions échanger plus rapidement et sans quitter nos écrans des yeux. Bon, d'accord, ça, c'est surtout pour moi, puisque Denis lui préfère les contacts humains, et la bonne chère. Souvent il retrouve ses informateurs dans un bar, un bistrot ou un restaurant. Cela lui permet de manger aux frais de l'agence. Enfin lui permettait, puisque les changements sont en cours...

L'organigramme de la société est assez facile à décrire. Tout en haut se trouve M. Steiner, le désormais unique patron du bateau. Juste en dessous, il y a deux détectives seniors : René et Denis, avec qui je travaille. Ils sont chargés des enquêtes et en réfèrent au grand patron si besoin. Afin de les seconder, chacun a un détective junior.

Souvent, j'ai espéré que Charlie passe sa licence et me rejoigne dans cette agence. Nous aurions résolu des affaires avec élégance et facilité, nous jouant du danger... Mais cela n'a jamais eu lieu. Soyons honnêtes, au début, toutes les deux nous étions plutôt comme chien et chat. Ses parents avaient de grandes ambitions pour elle, et elle a toujours cédé, abandonnant même l'idée de monter une agence de détectives privés avec moi. Après avoir terminé brillamment de grandes études et décroché un travail fort bien payé dans une banque, elle a fini par leur claquer la porte au nez au mois de juin. À eux et à son fiancé.

Toujours est-il qu'au lycée, nous étions toutes les deux à des niveaux bien différents sur l'échelle de la popularité : elle comme l'étoile montante à atteindre ; moi comme la pauvre fille qu'il vaut mieux oublier. Seulement à un moment, en terminale plus précisément, Charlotte a surpris tout le monde en se rapprochant de moi. Loin d'être une de ces élèves populaires prétentieuses et égocentriques des séries pour ados, elle était d'une gentillesse piquante. Bien que pleine d'empathie, elle n'a pas hésité à me rentrer dedans pour que je ne m'enfonce pas dans une mélancolie destructrice à la suite du départ de mon frère.

Si on y réfléchit bien, elle est certainement celle qui m'a le plus aidée au moment où je me sentais abandonnée par tous. Attention, je ne veux pas dire par là que mes parents me négligeaient. Au contraire, même ! Ils prenaient tellement à cœur mon bien-être que je me suis souvent surprise à étouffer, au sens littéral de la chose, j'entends. Ma relation avec mes parents était basée sur les non-dits et les interdits. Chaque mot devait être posé et un prénom tu à jamais.

Émue au souvenir de ma vie d'avant, je marque une pause dans ma routine du matin. Assise dans mon fauteuil, face à mon bureau exempt de toute photo, je tente de reprendre le contrôle de mes pensées. Commencer une journée en songeant à cette période de mon existence est la pire façon d'aborder une nouvelle semaine. Après toutes ces années, je n'ai pas encore totalement fait le deuil de ces moments si doux. De plus, une petite voix perfide, et malheureusement perspicace, ne cesse de me répéter que je ne le ferais jamais réellement.

— Bonjour, Mathilde, me salue Denis en entrant.

— Bonjour !

De sa démarche assurée, il déplace ses cent kilos vers son fauteuil et s'y laisse tomber avec un soupir de contentement. D'un geste nerveux, il repousse ses cheveux grisonnants à l'arrière, signe de son agitation.

— Un problème ? demandé-je en refermant le tiroir dans lequel je range mon sac à main.

— Rien, rien, répète-t-il en évitant mon regard.

Peu habituée à cette attitude distante, je me réfugie dans mes recherches Internet. Satisfait d'être en binôme avec moi, il n'hésite d'ordinaire pas à se montrer bien trop paternaliste et exigeant envers moi. De bonne constitution, patiente et tolérante, j'ignore ses écarts et veille à toujours faire correctement mon travail.

— As-tu lu le dernier mémo ? m'interroge-t-il en se penchant vers l'avant afin de s'appuyer ses coudes sur son repose-mains.

— Pas encore, dis-je en ouvrant ma boîte mail professionnelle.

Aussitôt je vois un message de M. Steiner avec pour objet un laconique « attention ». Toutes les semaines depuis qu'il gère seul l'agence, nous avons le droit à un nouveau mémo qui limite un peu plus les prétendus privilèges que nous avions avant. Personnellement, je n'étais pas au courant qu'une voiture de fonction était à notre disposition jusqu'au message m'annonçant qu'elle allait être mise en vente.

— Il a été envoyé hier soir, me signale Denis en haussant un sourcil.

Cherche-t-il à me faire sentir honteuse de ne pas l'avoir découvert dimanche soir ?

— Le droit à la déconnexion, dis-je simplement.

Il ronchonne dans la barbe qu'il n'a pas et reprend sans se soucier plus de mon intervention :

— Nous ne pouvons plus payer à boire ou à manger à nos informateurs, m'annonce-t-il sombrement.

— D'accord.

Peu touchée par cette nouvelle, j'ouvre mon dernier document de vendredi concernant un mari qui aimerait savoir à quoi sa femme occupe ses journées. J'entreprends de planifier mes tâches pour la journée.

— Mathilde, tu devrais te rebeller contre toutes les restrictions que M. Steiner nous impose…

— Nous avons perdu beaucoup de clients, lui rappelé-je.

Toujours plongée dans mes réflexions, je mordille le bout de mon stylo tout en répertoriant les autres pistes exploitables pour mon enquête. Franchement, le plus simple aurait été de demander à la femme pourquoi elle se montrait si distante ces dernières semaines. Mais non, notre client préfère nous payer pour… Pour quoi au juste ? La surprendre avec son amant ? Découvrir qu'elle prend des cours de cuisine ou de macramé ?

— Ce n'est pas une raison pour devenir une agence de seconde zone ! s'exclame Denis en tapant du poing sur son bureau.

— Il nous demande seulement de ne plus payer de repas à nos informateurs.

Ma voix est calme, posée et ne montre aucunement l'agacement qui naît en moi. Robin prétend que je suis un maître zen réincarné. De mon point de vue, je choisis juste mes batailles. Et, jusqu'à aujourd'hui, j'en ai livré très peu.

— Mais c'était le meilleur moyen de les dédommager pour le travail qu'ils font pour nous !

— Quel travail ? m'entends-je demander.

Ahurie de relancer ce débat stérile avec mon collègue, je mordille de plus belle mon stylo en me fustigeant. Quand apprendrai-je à me taire ?

— Mathilde, tu ne devrais pas dévaloriser les recherches faites sur le terrain…

Et voilà, Denis était reparti dans une diatribe interminable sur l'importance de sortir du bureau, de se mêler aux gens et de leur parler… Malgré nos longues années de collaboration, il reste totalement réfractaire aux nouvelles technologies. Certes, il est très performant, mais toute la partie recherches préliminaires sur Internet ou encore au téléphone lui file des boutons. Et c'est pour cela qu'il est si heureux d'être en binôme avec moi.

— Denis, je comprends que M. Steiner se montre prudent !

Sa bouche se déforme, signe qu'il n'est pas totalement hermétique à mon argument. Il faut dire que nous n'avons aucune idée de quoi sera fait l'avenir, donc geler quelques dépenses le temps de voir venir peut être une bonne chose.

— Il ne tient qu'à nous d'être efficaces avec des moyens limités, pour espérer avoir de nouveau le droit d'inviter nos informateurs au restaurant, conclus-je avec un petit sourire engageant.

Avec un soupir, il s'adosse à son fauteuil. Les yeux plongés dans les miens, Denis cherche visiblement une réponse sans pour autant l'obtenir. Consciente qu'il s'interroge sur mon aptitude, ou non, à ressentir des sentiments autres que positifs, je retourne à ma liste de tâches pour la journée. Mon Post-it étant rempli de mon écriture ronde et régulière, je le colle sur le côté de mon écran d'ordinateur avant d'entamer le suivant.

— Mathilde, où en es-tu de la femme ? Mme Parvesh ?

— Sachant que nous n'avons eu cette affaire que vendredi soir, je suis au point de départ. Et toi ?

Il grommelle que c'est la même chose, puis me fait signe de poursuivre.

— Tiens ! s'exclame soudain Denis. M. Steiner nous a donné rendez-vous demain matin pour un nouveau dossier.

J'acquiesce, ravie d'apprendre que nous avons toujours des gens prêts à travailler avec nous. Décidée à découvrir rapidement ce que fabrique la femme de notre nouveau client, je termine ma liste pour pouvoir la suivre.

Une heure plus tard, je sursaute alors que la sonnerie de mon téléphone de bureau retentit. J'ai beau être habituée à ce bruit strident, mon cœur menace à chaque fois de sortir de ma poitrine. Après quelques mantras destinés à calmer les battements de ce dernier, je décroche et déclare :

— Mathilde Piono, détective privée, bonjour !

— Salut, Mathilde ! s'exclame Charlie. C'est trop classe ta façon de te présenter !

Amusée, je secoue la tête et reporte mon attention sur mon écran.

— Et tu m'appelles pour…

Au bout de la ligne, un soupir se fait entendre. Charlie est une fille adorable qui semble vouloir rattraper le temps perdu dans notre amitié depuis le mois de juin. Durant toute notre adolescence, elle m'a toujours paru posée et réfléchie. Jamais un mot plus haut que l'autre et d'une politesse à toute épreuve. Puis fin juin, elle est revenue dans ma vie. Nous avions bien continué à correspondre, mais nous n'avions jamais eu le temps de nous revoir physiquement.

Après avoir fait des recherches sur elle et avoir bu pas mal de cocktails alcoolisés avec elle, j'ai appris de sa propre bouche que ses parents tentaient vainement à la faire couper tout contact avec moi à cause du passif de mon frère. Honnêtement, je m'en doutais. Beaucoup de mes camarades de lycée me tenaient loin d'eux pour cette raison, et ma faible popularité venait également de là.

— Tu finis à quelle heure ?

— Dix-huit heures, déclaré-je simplement en voyant Denis froncer les sourcils.

— On dit dix-huit heures au pub alors ?

— Sachant que je termine à dix-huit heures...

— On est d'accord, m'interrompt-elle. Allez, va attraper les méchants !

Sur ces derniers mots, elle me raccroche au nez. Cette fille est une tornade, et je crains le moment où elle craquera. Pour moi son exubérance est un signe de son malaise. Les derniers événements qui ont secoué sa vie l'ont placée dans un état de nerfs tel qu'elle ne peut pas en sortir indemne.

— Les appels personnels... grommelle Denis.

— ... ne sont pas autorisés, finis-je pour lui.

Sans prendre la peine de polémiquer pour un coup de téléphone d'une minute trente environ, je découvre avec stupeur que la femme que nous devons suivre discute beaucoup sur les réseaux sociaux avec le meilleur ami de son mari. Certes, ce ne sont que des paroles banales, mais peut-être y a-t-il quelque chose à creuser de ce côté-là.

— Tu fais quoi ce soir ? demandé-je à Denis, une fois mon plan bien formé.

— Comme d'habitude...

— Très bien, et que dirais-tu d'aller boire un verre ?

— Tous les deux ?

— Non, pour discuter avec le meilleur ami de notre client.

Succinctement, je lui explique qu'il lui sera plus facile qu'à moi d'approcher l'homme en question. En effet, le monsieur a l'habitude de s'arrêter boire un verre avant de rentrer dans le studio qu'il loue depuis que sa procédure de divorce a été déclenchée. Il pourrait donc être tenté de discuter avec Denis, qui en connaît un bout sur le sujet, et de fil en aiguille...

— Tu pourrais avoir envie de parler de ton ex-femme, suggéré-je malicieusement.

— Ça remonte à trois ans !

— Et je suis certaine que tu peux encore trouver des gentillesses à dire sur… Comment elle s'appelait déjà ?

Son nez se fronce. Sa colère est toujours là, prête à ressortir. Quoi de mieux qu'un autre homme agacé par sa femme pour des confidences fortuites ? Denis n'aura qu'à mener habilement la conversation pour en apprendre plus sur les agissements de notre cible.

— Dois-je te rappeler que nous n'avons plus le droit de payer des verres à nos informateurs ? s'exclame Denis.

— Tu n'auras rien à lui payer, juste à lui parler…

Les yeux de Denis se plissent alors qu'il croise les bras sur son torse. Installé de la sorte, il me fait penser à mon père quand il cherchait à savoir si j'avais des nouvelles de Robin. Le regard sombre et les traits tirés, il croyait m'impressionner. Jamais je n'ai trahi mon frère, et apprendre que je leur avais menti pendant toutes ces années a énormément peiné mes parents.

— On ne se méfie pas assez de toi, déclare mon supérieur. T'as peut-être une gueule d'ange, mais tu es machiavélique !

Incapable de déterminer s'il s'agit d'un compliment, je lui souris et attends la suite pour me prononcer.

— Je marche dans ton plan, mais c'est toi qui feras ma note de frais.

— À condition qu'elle n'excède pas dix euros !

Il lève les yeux au ciel, désormais conscient que j'ai lu le mémo d'hier soir jusqu'au bout et que j'ai bien vu que dix euros est la barre haute des notes de frais acceptées, par personne et par semaine.

Une journée ordinaire…

Ce n'est qu'une fois le seuil du pub franchi que je me rappelle ma résolution du matin. Il ne m'aura pas fallu longtemps pour écarter toute tentative de m'éloigner de ce lieu et du patron sexy qui sert habilement un couple assis devant lui au bar. Ses lèvres se recourbent sur un côté, plus par politesse que par réel amusement. J'ai remarqué qu'il faisait ça pour indiquer à son interlocuteur qu'il l'écoutait, appréciait le trait d'esprit ou la blague, mais qu'il n'était pas là pour plaisanter.

Il ne l'a jamais fait avec moi. Peut-être dans le rêve de cette nuit quand nous profitions de la fermeture du bar pour… Encore une fois, mon esprit s'est révélé très créatif. Moi qui pensais que tout cela n'était dû qu'aux paroles crues entendues plus tôt dans la journée et au fait qu'il m'a serrée contre lui, je dois désormais me faire une raison : je suis bien assez grande pour inventer de toutes pièces des scènes torrides.

Réalisant que je me tiens au beau milieu du passage, je me dirige vers Charlie. Ses cheveux roux s'agitent autour de son visage alors qu'elle lève le bras pour que je la remarque. Ce qui n'est pas difficile, puisque seules deux tables sont actuellement occupées, dont une avec un homme d'une quarantaine d'années buvant tranquillement une bière.

Le pub est pour moi un endroit en dehors du temps, et même de l'espace. Sa terrasse qui ne désemplit pas les soirs d'été n'est faite que de bois patiné et agrémentée de plusieurs tonneaux qui servent de tables. La vue sur le port est superbe, et nous sommes à moins de dix minutes à pied du centre-ville, la parfaite localisation. Une fois les portes passées, l'ambiance se fait plus feutrée, plus intimiste. Les lumières sont chaudes et sans agressivité. Au mur est accroché un peu de lambris qui rappelle le bar placé en plein milieu, telle une île dans un océan de tables.

Et cette musique…

Suivant le jour, l'ambiance est différente : de la musique traditionnelle irlandaise, du rock américain, de la pop britannique… Et le samedi, un coin de la salle est libéré pour qu'un groupe vienne jouer. Au début, je passais trois soirs par semaine ici : le lundi pour bien commencer, le vendredi avec mon frère et le samedi pour la fête.

Puis j'ai cessé de venir le week-end. Robin et Baptiste finissaient souvent la soirée avec des femmes, et je me retrouvais à tenir la chandelle. Tous deux ne semblent pas vouloir s'engager, et c'est leur choix. Seulement les voir toutes les semaines répéter les mêmes gestes et les mêmes paroles pour que leurs proies leur tombent toutes cuites dans les bras a quelque chose de lassant. Pour ne plus avoir ce spectacle sous les yeux, j'ai donc pris la place de l'étudiante qui gardait Hope.

Ma gorge se serre alors que je remarque que je n'ai pas avancé. Je me tiens toujours à quelques pas de la porte d'entrée du pub, statufiée.

— Mathilde ?

Mes yeux papillonnent tandis que la voix de Baptiste crée des frissons sur ma peau, réveillant en moi des souvenirs venus de mes songes nocturnes. Son inquiétude m'inspire d'autres tonalités, plus charnelles et pleines de désir. Mon imagination n'est jamais aussi fertile ces derniers temps que lorsqu'il est question de lui, de moi et de nous.

— Mathilde, ça va ?

J'acquiesce et lâche un faible bonjour avant de me tourner vers lui. Il a quitté son bar pour me rejoindre près de l'entrée. Penché vers moi, il m'empêche de voir ce qui se passe derrière lui, mais j'en ai bien une petite idée : personne ne se préoccupe de nous. Peut-être Charlie. Avec mes révélations de jeudi dernier, elle doit être à l'affût du moindre détail croustillant.

— Tu es toute pâle, ajoute Baptiste en fronçant les sourcils. Veux-tu quelque chose avec ton chocolat chaud ?

Une bonne dose de courage pour me mettre sur la pointe des pieds et effleurer tes lèvres des miennes ?

Gênée par le cours de mes pensées, je secoue la tête et tente de décrisper mon sourire. Son parfum me parvient enfin, signe que j'ai recommencé à respirer normalement. Pourquoi suis-je aussi tendue en sa présence ? Pourquoi ne puis-je pas discuter posément avec lui ? Après tout, ce ne sont que des rêves, des fantasmes dont il n'entendra jamais parler.

— Mathilde !

Je sursaute et quitte à regret Baptiste des yeux pour voir Charlie agitant la main au-dessus d'elle. Avec une moue embarrassée de m'être ainsi donnée en spectacle, je reporte mon attention sur Baptiste, qui s'est redressé et paraît d'autant plus grand et costaud que je suis petite et fine.

— Je vais y aller, bafouillé-je en lui montrant timidement mon amie.

— Je t'apporte ta commande.

Décidée à mettre fin à ce moment gênant, je m'éloigne de lui avant de me retourner pour lui souffler :

— Merci.

Son sourire se fait plus marqué et moins commercial. Il me réchauffe au plus profond de mon être. Cet homme a un effet fou sur moi et ne s'en doute même pas. Ou bien il le sait… Mais depuis quand est-ce ainsi ? Je veux bien que depuis bientôt une semaine, mes hormones me jouent des tours, mais ne fallait-il pas qu'il y ait un terrain favorable pour que toute cette histoire prenne de telles proportions ? Et puis, pourquoi lui ? Beaucoup d'hommes gravitent dans ma sphère privée ou encore celle professionnelle, plus large encore. Se pourrait-il que j'aie toujours eu un petit béguin pour lui sans l'avoir jamais remarqué ?

Agacée de ne pouvoir répondre à des questions en apparence si simples, je reprends mon chemin vers Charlie, qui me contemple avec bienveillance.

— Bonsoir, dis-je en ôtant mon manteau.

— Bonsoir, miss !

D'un mouvement élégant, elle se cale contre le dossier de sa chaise et me détaille de la tête aux pieds. Ses yeux bleu gris oscillent entre moquerie et sérieux. Visiblement, le ridicule de mon arrivée ne lui a pas échappé, et elle n'a pas encore décidé quelle attitude adopter.

— Comment était ta journée ? demandé-je pour couper court.

— Stressante ! J'ai peur pour mon entretien d'embauche...

— Pourquoi ?

En plus d'avoir été une des filles les plus populaires du lycée, Charlie était dans les trois premières de notre classe. Sans paraître avoir besoin de réviser plus que nécessaire, elle enchaînait les bonnes notes comme je collectionnais les timbres à l'époque, bien que cela me demandait certainement plus d'efforts pour en trouver qu'elle pour récolter des lauriers auprès de nos professeurs.

En quittant parents et fiancé, elle a aussi démissionné de son poste à la banque pour ne plus avoir à rencontrer quotidiennement ce dernier. Elle en a profité pour revenir en Normandie, laissant sa famille à Paris, là où tout le monde avait emménagé après qu'elle a obtenu son baccalauréat. Après plusieurs mois de recherche d'emploi, elle a enfin décroché un entretien pour une grande compagnie d'assurance. Elle travaillerait chez elle du lundi au jeudi et se rendrait à La Défense le vendredi, ainsi que le samedi au début. Le poste idéal à ses yeux.

— Mathilde, tu imagines ?

— Oui, Charlie ! Je suis persuadée que tout va très bien se passer ! Elle lève les yeux au ciel tandis que son nez va vers la droite puis à gauche. Ce mouvement, certes amusant, est surtout le signe de son agitation.

— Dis-moi ! déclaré-je en croisant les bras sur la table.

— Je...

Ses épaules s'affaissent sans qu'elle ajoute quoi que ce soit. Ce n'est qu'en sentant le parfum épicé de Baptiste que je comprends qu'elle préférerait n'avoir aucun témoin pour ses confidences. Ma tasse de chocolat chaud apparaît devant moi, accompagnée d'un petit gâteau.

— Merci, dis-je avec un timide sourire.

— De rien, répond-il avant de se tourner vers mon amie. Charlotte, tu désires autre chose ? Un calmant ?

Surprise par sa question, je les regarde tour à tour pour tenter de comprendre l'origine de tout cela.

— Un striptease de ta part, réplique-t-elle avec un sourire carnassier. Je me suis toujours demandé où commençait ton tatouage, et où il s'arrêtait.

Soufflée par son impudence, je jette un coup d'œil discret vers Baptiste, qui reste imperturbable. Cela signifie-t-il qu'elle le laisse totalement indifférent ou qu'il sait parfaitement dissimuler ses émotions ? Charlie est une belle femme désirable qui n'a pas sa langue dans sa poche, et j'ai plus souvent vu les hommes chercher à l'impressionner que rester stoïque.

— Mathilde, tu en penses quoi ? me demande-t-elle.

Que j'ai envie de me cacher sous la table ?

— Laisse-la en dehors de ça ! intervient Baptiste.

— Tu serais une femme, je te demanderais si tu es en pleine période d'ovulation ! rétorque Charlie en posant son menton dans sa main.

— Très classe ! s'exclame-t-il sèchement.

— C'est quoi ton problème ? poursuit-elle, l'œil noir. Tu n'as pas sauté une greluche ce week-end, alors t'es sur les nerfs ?

— T'es vraiment une casse...

Il s'arrête là dans sa phrase et passe les doigts dans ses cheveux.

— Je vais vous laisser avant…

Il secoue la tête avant de s'éloigner, et je peux très facilement déduire ce qu'il a voulu dire. Pour une raison que je ne connais pas encore, et que j'apprendrai certainement avant la fin de la soirée, Charlie est tendue et cherche la dispute. C'est son moyen à elle d'évacuer la pression, et d'habitude elle s'en prend à Robin. Ces deux-là sont infernaux, d'autant plus que mon frère n'hésite pas à la titiller quand il est d'humeur frondeuse.

— Je vais vite finir ma tasse, et nous allons manger chez moi, dis-je en portant ma tasse à mes lèvres.

Le chocolat me brûle légèrement, mais je me force à le boire. Moins nous resterons ici, moins ils se disputeront.

— Non, Mathilde… souffle Charlie avec un air contrit. Je suis désolée, je…

— Je vais éviter votre table, l'interrompt Baptiste en partant vers le bar.

— Désolée, répète Charlie. En arrivant, je n'ai pas été très polie et…

Elle regarde autour de nous avant de reprendre :

— Il se peut que je me sois montrée un brin agressive vis-à-vis de lui.

— À quel sujet ? m'enquiers-je, curieuse de savoir ce qui a pu pousser ainsi Baptiste à bout.

La main de Charlie s'agite dans les airs, et son regard se pose sur un point de la table.

— C'est entièrement de ma faute, continue-t-elle. Je ne fais que tourner en rond dans mon appartement en attendant de trouver un boulot. Ce n'est pas bon pour moi, je me monte la tête et j'explose pour un rien.

— Tu n'as aucune raison de t'inquiéter, Charlie ! Tu as dit que le recruteur a juste parlé de cet entretien comme d'une formalité.

— C'est gentil, Mathilde, mais je ne parle pas de ce travail en lui-même.

Ses yeux s'écarquillent. Elle écarte les bras avant de les poser sur la table. Soudain elle commence à se tordre les doigts, leur donnant des angles qui me paraissent inhumains. Prête à l'imiter pour savoir si je suis capable d'une telle souplesse, je me reprends et l'encourage à poursuivre :

— Alors, pourquoi t'a-t-il proposé un calmant ?

Muette, elle me fixe avec une intensité qui finit par me mettre mal à l'aise.

— Charlie, je connais Baptiste depuis cinq ans… Qu'est-ce que tu as fait ou dit pour qu'il soit dans cet état ?

Habituellement patient et pondéré, il peut convaincre une personne saoule de quitter son pub en taxi sans le moindre éclat de voix. Alors qu'il veuille donner un calmant à mon amie me paraît le summum de l'agacement.

— Mathilde, pourquoi tu ne lui dis pas qu'il te plaît ? demande-t-elle en lieu et place de réponse.

Mon sang quitte mon visage.

— Pardon, pardon, dit-elle en posant sa main sur la mienne. Pitié, reprends des couleurs, sinon il va venir pour mettre sa menace à exécution !

— Tu…

— Désolée, murmure-t-elle sans cacher son mal-être. C'est juste que je ne comprends pas ce que tu attends pour le violer dans un coin. Surtout après la nuit torride que tu m'as décrite jeudi soir…

Outrée par son vocabulaire, j'écarquille les yeux. Mes joues, quant à elles, viennent de passer du blanc le plus cadavérique à la couleur incendiaire d'un rouge à lèvres de pin-up.

— Charlie…

— Quoi, Mathilde ? s'exclame-t-elle. J'y ai réfléchi et je parie que c'est lui l'homme de ton rêve. Sinon, pourquoi tu m'aurais caché son identité ? Entre nous, je pense sincèrement que tu craques pour lui depuis un bail ! Au mois de juin, je me souviens m'être fait une réflexion à ce sujet. Que tu ne voulais pas en parler, genre tu as tenté ta chance et perdu. Je t'avoue qu'après, ça m'est sorti de la tête…

Je secoue la tête, surprise qu'elle ose me balancer de telles choses au visage alors que nous sommes entourées d'inconnus. Sans parler du principal intéressé, qui ne doit pas être très loin, puisque nous sommes dans « son » pub.

— Je ne serais même pas étonnée que ta dernière relation n'ait pas fonctionné, parce que le type ne tenait pas la comparaison. Tes rêves expriment tes désirs refoulés et tu devrais peut-être...

Soudain, elle se tait. J'espère sincèrement qu'elle a saisi à quel point cette conversation me dérange. Pourtant, l'espace d'un instant, je me réjouis que quelqu'un ose enfin mettre les pieds dans le plat et me pousse à me remettre en question. Puis une petite voix perfide me souffle que Charlie s'est tue, parce que Baptiste approche après avoir entendu à quel point j'étais raide dingue de lui.

— Que se passe-t-il encore ici ? demande une voix grave.

Mon malaise croit à mesure que ma crainte d'être démasquée augmente. Et si Charlie avait raison ? Si je devais essayer... Lentement, je me retourne vers lui, le découvrant là, à côté de notre table, les bras croisés sur son torse en une attitude de défiance évidente.

— Rien, murmuré-je rapidement pour que ma meilleure amie n'en profite pas.

— Charlotte ? grogne-t-il sans prendre en compte ce que je viens de dire.

Effrayée à l'idée qu'elle puisse trop parler, je la supplie du regard d'apaiser la situation. Et elle le fait, à sa manière :

— Tu peux le refaire, nu de préférence ?

— Je ne suis pas Robin, réplique-t-il sèchement.

Il est vrai que les échanges entre mon frère et elle sont assez épiques et tournent rapidement vers des allusions sexuelles. La première fois, Robin a été déstabilisé. Il faut dire qu'avec son style bon chic bon genre, certains mots paraissent déplacés dans la bouche de Charlie. Avec le temps, j'ai surtout compris que c'était sa façon à elle de se sortir du carcan imposé par ses parents dès son plus jeune âge.

Avec la souplesse d'un prédateur qui a repéré une proie acculée, Baptiste se penche sur la table en prenant appui dessus. Sa main gauche, celle la plus près de moi, est couverte de tatouages. Les chiffres inscrits sur ses phalanges sont l'année de son accident, Robin me l'a dit. Après ce ne sont que des arabesques jusqu'à la moitié de son avant-bras, les flammes représentent sa douleur, toujours d'après mon frère. Puis plus haut, les dessins sont plus complexes, des mélanges qui doivent signifier quelque chose pour lui.

Consciente que je n'écoute plus leur dispute, je me ressaisis et me reconcentre sur eux.

— Alors, tu te tiens à carreau ou tu sors de mon pub ! s'exclame Baptiste froidement.

Son ton m'électrise, mais pas forcément de la manière dont je m'attendais. Et quoi de plus troublant que d'entendre Charlie énoncer à voix haute une de mes interrogations :

— Je suis sûre que tu es du genre rude au lit.

Il ne m'en faut pas plus pour que des images me reviennent, des sons, des gémissements… Mon corps s'échauffe aux souvenirs de mes fantasmes nocturnes. Je suis si réactive que cela en devient mortifiant. La respiration courte, je finis ma tasse et interviens avant que l'un des deux n'aille plus loin :

— On va y aller !

— Mathilde ! s'écrie Charlie alors que je me lève.

— Je suis désolé, déclare Baptiste en reportant enfin son attention vers moi. J'avais promis que j'éviterais votre table, mais…

— Non, c'est moi ! surenchérit Charlie. J'ai bien conscience que ce n'est pas une excuse, mais retourner à Paris me fout les jetons.

— Et Mathilde n'y est pour rien, grommelle Baptiste sans daigner m'adresser le moindre regard.

— Je sais, grogne-t-elle. Et toi non plus. Je suis vraiment désolée de me comporter comme une peste.

La culpabilité déforme ses traits. En une seconde, elle devient une jeune femme que je ne connais pas, pleine de doute et manquant de confiance en elle.

— Que se passe-t-il ? demandé-je doucement.

— Et si je tombais sur mon ex ? Si mes beaux-parents, enfin mes ex-futurs beaux-parents apprenaient que je suis à Paris…

Surprise qu'elle les mentionne, je me rassois et attends qu'elle poursuive.

— Je suis morte de trouille à l'idée qu'ils puissent utiliser leur réseau de connaissances pour me pourrir mon entretien. Peut-être chercheront-ils à me faire quitter mon travail. Ils ont le bras long et pourraient ruiner toutes mes chances de carrière.

— Tu te donnes réellement bien trop d'importance, commente Baptiste. Et puis c'est Paris, pas un village de trois habitants et demi.

Tiraillée entre l'envie de lui donner raison et celle plus forte de défendre mon amie, je préfère garder le silence.

— J'ai plaqué leur fils devant l'autel, rappelle-t-elle froidement.

— La veille, dis-je pour minimiser ses torts.

— Mathilde, je ne l'ai pas prévenu…

Ah oui, dans ce cas… Gênée pour un homme que je n'ai jamais rencontré et qui ne m'a donc fait aucun mal, je grimace. Quand elle a débarqué chez moi au mois de juin, je lui ai posé très peu de questions. Mariage annulé et brouille avec sa famille, j'avais là suffisamment d'informations pour l'aider. Seulement avec le recul, je réalise qu'elle aurait certainement eu besoin de plus se confier sur le sujet afin de ne pas devenir cette pile électrique agaçante qui cherche le conflit.

— Paris est grand, déclaré-je. Si tu ne vas pas sonner chez eux, je ne vois pas comment ils sauraient que tu es là !

— Mais si…

— Mais si, rien ! l'interrompt Baptiste. Cesse de te faire des films et avance ! Tu régleras tes problèmes le jour où ils seront devant ta porte.

Un silence accueille son assertion. Il a raison, pourquoi se compliquer la vie en craignant des problèmes auxquels on ne sera peut-être jamais confronté ?

— Et puis, aux dernières nouvelles, il n'y a rien de mortel dans tout cela !

Sa main gauche s'agite comme pour nous rappeler que la vie ne tient qu'à un fil, et qu'il sait de quoi il parle. Tout en boitant légèrement, il repart derrière son bar où Vincent, l'autre serveur, s'occupait des clients pendant ce temps. Autour de nous, les tables se sont remplies. Des étudiants côtoient des hommes et des femmes en costume ou encore des badauds venus chercher un peu de distraction. Nous sommes lundi, pourtant le pub va accueillir du monde jusqu'à tard dans la nuit.

— Mathilde, pour ce que je t'ai dit…

— Changeons de sujet, s'il te plaît.

Charlie me scrute, pesant visiblement le pour et le contre. Sa bouche s'ouvre de nombreuses fois, m'arrachant à chaque fois une petite plainte. J'ai peur de ce qu'elle peut ajouter. Je crains plus que tout qu'elle me prouve que j'ai un béguin pour Baptiste depuis des années et que je ne m'en suis jamais rendu compte.

— Comment se fait-il que tu n'aies jamais profité de son amitié avec ton frère pour te rapprocher de lui ? m'interroge Charlie.

Je baisse le visage et tourne la tête juste assez pour le voir s'affairer derrière le bar. Mon souffle me manque tant je suis subjuguée par sa prestance, son aisance à manier les bouteilles, à servir des bières pression…

— Mathilde ?

Mon attention revient sur mon amie, la seule avec qui j'ai réellement gardé contact. Peut-être est-il temps pour moi de parler à quelqu'un, et d'avancer à mon tour.

— La première fois que je l'ai rencontré…

Je laisse échapper un petit rire alors que je me revois dans mes habits trop grands, tenant la main de ma nièce comme un naufragé s'accrochant à une bouée. Ce jour-là, comme les précédents, je craignais que mes parents comprennent que je rejoignais Robin en secret. Malgré ma rancœur liée à leur attitude vis-à-vis de mon frère, je ne voulais pas les décevoir. Mais, surtout, j'avais peur de ne pas trouver ma place dans la vie de Robin.

— La première fois que je suis venue ici, expliqué-je, j'ai compris que pour faire partie de la vie de Robin et Hope, il me fallait m'intégrer et...

Deuxième petit rire, un peu plus sec.

— Il y avait d'autres hommes... tatoués, grands et...

— Effrayants ? propose Charlie.

— Tu n'as pas idée !

Mes mains s'enroulent autour de ma tasse désormais vide. Je la caresse du pouce, appréciant le contact qui me maintient dans la réalité, loin des souvenirs trop précis de cette première rencontre.

— J'ai fini par me détendre et... Et j'ai beaucoup discuté avec Baptiste.

Le beaucoup est peut-être exagéré, mais pour moi cette soirée se résumait en ce moment de partage.

— J'étais sur le point de l'inviter.

Ma gorge se serre alors que je me rappelle mes mains croisées sur mes cuisses, mes efforts pour rassembler mon courage et lui proposer d'aller au cinéma avec moi pour voir le film dont nous venions de discuter.

— Je les ai tous entendus dire « d'accord », continué-je. J'ai regardé Baptiste, puis Robin qui tenait Hope endormie dans ses bras. L'image était si belle que j'ai cru que...

Les larmes me montent aux yeux alors que je termine mon récit :

— Robin m'a expliqué que j'avais de nouveaux « grands frères », dis-je en mimant les guillemets.

Ma bouche se tord.

— Mathilde...

— Charlie, ce soir-là, j'ai rencontré les personnes qui ont sauvé mon frère. Grâce à eux, Robin a pu trouver un emploi, s'occuper de Hope... ils sont importants pour lui. Alors je n'ai pas voulu tout compliquer en me montrant intéressée par l'un d'entre eux. À mes yeux, ils sont devenus intouchables, parce qu'irremplaçables pour mon frère.

— Et ça remonte à cinq ans !

Nerveusement, je redresse mes lunettes et repousse les mèches de cheveux qui me chatouillent le visage.

— Et ça fait cinq ans que je le vis très bien ! Il a fallu ce type la semaine dernière pour que tout se mélange dans ma tête, conclus-je. Et si je faisais fausse route ? Que se passerait-il si mon invitation créait un froid entre nous ? Est-ce que sa relation avec Robin s'en verrait altérée ? Et si au contraire, il acceptait ? Je priverais alors mon frère de son meilleur ami.

— Il peut être avec toi sans que leur amitié n'en pâtisse, réplique-t-elle avec fermeté.

— À condition que tout se passe bien entre nous ! Non, ces rêves sont perturbants, mais je ne peux pas risquer de gâcher la vie de Robin. Il a déjà assez souffert.

Et voilà, maintenant elle sait tout. Honteuse d'avoir montré ainsi mes faiblesses, je regarde par-dessus son épaule. Le mur me semble bien plus attrayant que son visage où je crains de lire sa compassion.

— Donc, si on résume la situation, s'exclame-t-elle soudain, j'ai peur d'aller à Paris pour une rencontre hautement et statistiquement improbable avec mes ex-futurs beaux-parents tandis que toi, tu crains de parler avec ton fantasme sur pattes !

Je lève les yeux au ciel.

— Tu n'étais pas obligée de le surnommer ainsi.

— Si, rien que pour remettre un peu de rouge sur tes joues.

Son sourire s'agrandit à l'instar du mien.

— Et si on se faisait une promesse, dit-elle en se penchant par-dessus la table. Je vais à Paris deux jours par semaine et sans me faire tout un tas de scénarios catastrophes, et toi…

— Ne me demande pas de lui parler ! interviens-je en levant la main devant moi.

— Je ne te demande pas de lui décrire par le menu tout ce que ton esprit en surchauffe a envie de lui faire, Mathilde. Mais ne pourrais-tu pas essayer de te détendre en sa présence et de te laisser porter ?

— Je suis détendue !

— Comme un string taille 34 sur le cul de Mme Aubin !

Stupéfaite qu'elle mentionne ainsi notre professeure de français du lycée, j'ouvre la bouche sans réussir à répliquer.

— Avoue que l'image est bien trouvée ! se rengorge-t-elle, fière de son effet. Bon, ce n'est pas tout ça, je t'abandonne quelques minutes. Tu nous commandes la première tournée ? Et prends une boisson de femme ! ajoute-t-elle en quittant la table.

Il y a un problème avec mon chocolat chaud ? Aussitôt me suis-je posé la question qu'il me vient en tête une liste non exhaustive de toutes les raisons qui font que j'envoie clairement le signal d'une personne qui a du mal à quitter l'enfance. Pourquoi ne peut-on pas être adulte et grand consommateur de chocolat chaud ?

— Elle s'est calmée ?

Surprise dans mes réflexions, je me tourne vers Baptiste, qui débarrasse tranquillement le verre vide de Charlie et ma tasse. J'attrape le gâteau avant qu'il ne reparte avec et passe ma commande :

— Deux…

Je regarde vers le couloir menant aux toilettes, cherchant ce qu'elle entend par une boisson de femme. Est-ce un cocktail au nom connoté sexuellement ou juste quelque chose contenant de l'alcool ?

— Tu me conseillerais quoi ? demandé-je.

— Un somnifère.

Déstabilisée par sa réponse, je pivote vers lui et le trouve fixant un point dans la direction qu'a prise mon amie.

— Mathilde ! s'écrie une voix que je reconnaîtrais entre mille.

— Denis ? Que fais-tu ici ?

— Je venais voir mon lutin machiavélique, déclare-t-il en s'installant sur la chaise de Charlie.

À grand renfort de gestes et de grognements, il réussit à s'extraire de son blouson.

— Une bière, commande-t-il à Baptiste.

Ce dernier lui énumère tous les marques et modèles qu'il a sur sa carte quand Charlie revient. Heureuse de voir le détective senior avec qui je fais équipe, elle le salue chaleureusement et prend une chaise à une table pas trop loin.

— Alors quoi de neuf, Denis ? lui demande-t-elle pendant qu'il réfléchit à son choix de boisson.

— Une brune, répond celui-ci. Les ambrées me donnent mal à la tête.

— Vous parlez toujours de bières ? s'enquiert Baptiste en nous regardant tour à tour Charlie et moi.

— Des bières, mais c'est vrai que ça fonctionne aussi avec les femmes, plaisante mon collègue. Que buvez-vous, les filles ?

— Deux mojitos, s'il te plaît ! s'exclame Charlie. Et bien corsés sur le rhum.

— Pas trop pour Mathilde, demain nous rencontrons un nouveau client et je ne tiens pas à ce qu'elle ait mal aux cheveux.

Gênée que Baptiste s'interroge de nouveau sur les limites que je m'impose lors d'une enquête, je lui adresse un petit sourire et détourne les yeux. Dès que nous ne sommes plus que tous les trois, Denis nous raconte sa conversation avec le mari de la meilleure copine… Enfin bon, il nous explique comment il a réussi à n'obtenir aucune information sur l'emploi du temps de la femme de notre client. Retour à la case départ, ça sent la filature.

Chocolat chaud et filatures

Le lendemain matin, le réveil est un peu plus dur que d'habitude. Malgré une certaine retenue et seulement deux mojitos, j'ai un léger mal de tête au niveau des tempes. Aujourd'hui, je n'aurai donc pas le teint frais et l'œil vif. À moins de trouver le remède miracle à mon état catastrophique. En refermant la porte de mon appartement, je comprends qu'il est urgent que je prenne un comprimé pour être efficace lors du rendez-vous de dix heures avec notre nouveau client.

Dans ma cuisine, je cherche un comprimé de paracétamol que j'avale avec une gorgée d'eau. J'attendrais bien qu'il fasse effet, mais une fois n'est pas coutume, je suis tout juste dans les temps. En me pressant, je rejoins ma voiture et démarre. Dès que la voie est libre, je quitte ma place de stationnement et roule vers le bout de la rue, je tourne à droite et passe devant le pub qui n'est pas encore ouvert à cette heure-ci. Les volets de l'appartement situé juste au-dessus sont fermés, signe que Baptiste dort toujours.

Est-il seul ? L'idée pernicieuse qu'il ait une compagne m'a saisi aux tripes hier alors que Denis nous racontait la vie de célibataire qu'il aimerait avoir. La question flotte dans mon esprit jusqu'à mon arrivée à l'agence. Assise dans mon fauteuil, je réalise qu'il me suffirait de mener ma petite enquête. Ou de demander tout simplement à mon frère. Ou à Baptiste. Sauf que ces deux dernières possibilités me paraissent difficilement envisageables : Robin s'inquiéterait de me savoir curieuse au sujet des relations sentimentales de notre ami, quant à Baptiste… Lui poser la question serait un challenge en soi que je ne suis pas prête à relever vu mon émotivité dès qu'il est près de moi. Vivement que ces rêves prennent fin et que je puisse de nouveau le regarder dans les yeux sans me faire tout un film ! Érotique le film, cela va sans dire…

Installée devant mon ordinateur, je pianote, consulte l'emploi du temps de la femme de notre client, M. Parvesh, au moment où Denis ouvre la porte de notre bureau.

— Bonjour, Mathilde ! Remise d'hier soir ?

— À peu près, réponds-je en réalisant que mon mal de tête est en effet de l'histoire ancienne.

D'un mouvement leste, il ôte son manteau et le jette sur son fauteuil sans prendre la peine de le mettre correctement. Toute son attention est portée sur mon écran, et je vois bien que sa curiosité est déjà éveillée.

— Qu'as-tu de beau à me raconter ? s'enquiert-il.

— Rien, je regardais juste où je vais passer mon après-midi pour tenter de surprendre Mme Parvesh. Tu crois vraiment qu'elle a un amant ?

— Je te répondrais « pourquoi pas ? » Ce que j'ai appris avec le temps, c'est que les hommes et les femmes sont capables de tout, du pire comme du meilleur. Et au sein d'un couple, tous les coups sont permis.

— Voilà une vision bien négative de la vie à deux…

— Mon divorce a été la seule partie positive de mon mariage, déclare-t-il en prenant place sur son fauteuil. Dois-je te rappeler que l'ex-femme de notre client à l'estampe avait proposé un plan à trois quelques jours seulement après son mariage ?

Une sensation étrange m'étreint alors que l'idée qu'une jeune mariée puisse oser une telle chose. D'accord, certains sont plus libres dans leur sexualité, mais n'y a-t-il pas un délai minimum avant d'inviter une tierce personne dans le lit conjugal ?

— Et tu te rappelles le plus drôle ? me demande Denis.

— Pas là, non.

— La troisième personne était sa meilleure amie et la condition *sine qua non* était que son mari ne soit pas au courant.

Je grimace.

— C'est vrai…

Heureusement que je n'ai pas l'âme d'une grande romantique, sinon ma vision idyllique du couple et de l'amour en aurait pris un sacré coup avec cette affaire !

— Revenons-en à Mme Parvesh, dis-je en réalisant qu'elle va chez l'esthéticienne ce matin et que ma filature peut donc commencer plus tôt. Je te laisse dès notre rendez-vous avec M. Steiner terminé.

— Un truc à faire ?

— J'ai peut-être un moyen de résoudre l'affaire « femme étrange » avant le déjeuner.

— Ou tu vas la suivre pour rien toute la journée.

Oui, c'est aussi une possibilité…

— Au moins, cette fois-ci, nous n'avons pas à trouver une raison d'entrer chez quelqu'un, poursuit-il.

— La prochaine fois, c'est toi qui t'y colles !

— Je dois juste vérifier que ma jupe d'écolière coquine est bien revenue du pressing, ajoute-t-il en remuant tout sur son bureau.

— Hâte de te voir dedans !

Il grogne un juron sans cesse de lever et baisser les tas de papiers qui encombrent l'espace devant lui. Soudain, un sourire lui barre le visage. La souris d'ordinateur à la main, il pousse un petit cri de victoire qui m'amuse.

— Ranger ne serait pas du luxe, déclaré-je en notant l'adresse du salon où Mme Parvesh doit se rendre en fin de matinée.

Denis redresse un sourcil, me mettant au défi de répéter ce que je viens de dire. Peu désireuse d'entamer une joute verbale sur l'état catastrophique de son bureau, je continue à rechercher des comptes pouvant appartenir à la femme de notre client sur les réseaux sociaux ou encore les sites de rencontres. À l'heure du tout numérique, il faut faire preuve d'une pointe d'imagination pour débusquer ce qui est évident.

— Sais-tu de quel type de dossier nous allons hériter ? me demande Denis.

— Aucune idée. Je n'ai même pas un nom pour commencer.

À l'aide du faux compte que l'agence a créé sur un célèbre site de rencontres, je cherche Mme Parvesh. Les photos de femmes finissent par toutes se mélanger dans mon esprit sans qu'aucune ne ressemble un tant soit peu à ma cible.

Alors que l'heure de notre rendez-vous approche, je flâne sur le profil de certaines et m'étonne de la variété de souhaits exprimés. Si quelques-unes aimeraient rencontrer un homme bien sous tous rapports pour une relation suivie, d'autres ne cachent pas leur envie d'aventure et d'« exotisme ». Les joues en feu, je ferme mon navigateur en m'admonestant. Avec tout ce que je viens de lire, je suis bonne pour des rêves décadents encore cette nuit !

À dix heures, nous entrons dans le bureau de M. Steiner. En nous voyant, celui-ci se redresse rapidement, reboutonnant sa veste de costume. Il nous tend la main pour nous saluer avant de nous inviter à nous asseoir dans les sièges vacants devant lui.

— Comment se passent les dossiers sur lesquels vous travaillez ? nous demande-t-il en reprenant place.

— Notre enquête au sujet de la vente de l'estampe est officiellement close, répond Denis. Le client a pris contact avec le nouveau propriétaire de l'estampe, mais je crains que cela ne mène pas à un arrangement vu l'engouement tout particulier de ce dernier pour le cadeau de sa… maîtresse.

— Très bien.

Le ton de *Big Boss* est solennel et me rappelle mon père quand je lui donnais des nouvelles de la faculté. La seule différence notable entre les deux vient de la coiffure. Sa chevelure brune est parfaitement coiffée et se trouve à l'opposé de la chevelure grise et éparse de mon père.

— Avez-vous rencontré des difficultés ? s'enquiert-il en se tournant vers moi.

— Non, dis-je avec un sourire forcé.

Intimidée, je ne me vois pas entrer dans les détails de notre intervention de mercredi. M. Steiner a eu accès à notre rapport, le même que nous avons confié à notre client et qui ne contenait aucune mention de... de tout ce qui était à caractère sexuel et que j'ai entendu bien malgré moi.

— Puis-je savoir pourquoi vous avez demandé à ce que je sois présente pour rencontrer notre nouveau client ?

Normalement, seul le détective senior est là et devient l'interlocuteur privilégié. Pourtant, aujourd'hui, M. Steiner a exigé que j'assiste à la première entrevue sur notre nouvelle affaire.

— M. Nobolé tient à connaître toutes les personnes qui seront en charge de son dossier.

Surprise par ce souhait inhabituel, je me contente de cette explication et me poste comme observatrice. Denis étant bien plus rodé à l'exercice, je préfère prendre des notes afin de ne manquer aucune information capitale dans notre future enquête.

— Quand le client arrive-t-il ? demande mon collègue avec un mouvement du menton.

— Il ne devrait plus tarder.

Déçue de devoir encore patienter pour connaître le but de tout cela, je dessine des arabesques sur un coin de mon carnet. Ce n'est qu'en entendant mon prénom répété deux fois de manière sèche que je me reconnecte avec la réalité. Aussitôt, je lève la tête vers M. Steiner qui me toise méchamment.

— Veillez à rester concentrée, me reproche-t-il sèchement. Notre client arrive.

Prise en faute, je me redresse et me focalise sur le moment présent. Trois coups à la porte retentissent. Un homme d'une petite trentaine d'années entre avec un sourire poli et factice. Il s'avance main en avant et serre les nôtres avec assurance et un brin trop de force. Il garde la mienne trop longtemps à mon goût et quelque chose dans sa façon de me regarder me dérange.

Persuadée que je me fais des films, je libère mon siège pour lui laisser la place et m'assois un peu en retrait pour prendre des notes. Confortablement installée, je mordille mon stylo en attendant que les trois hommes aient terminé de se présenter les uns aux autres.

— Et puis-je savoir qui vous êtes ? demande M. Nobolé en se tournant vers moi.

Peu habituée à cela, je me contente de réciter :

— Mathilde Piono, je suis détective junior. J'assisterai Denis sur votre dossier afin qu'il puisse vous apporter le plus rapidement possible les réponses à toutes les questions que vous vous posez.

— Et je peux vous dire qu'il n'y a pas mieux qu'elle pour débusquer les secrets, ajoute mon collègue avec un clin d'œil.

Ravie que mon travail soit apprécié à sa juste valeur, je lui souris et reporte mon attention sur M. Nobolé. Songeur, il me dévisage avec une intensité telle que je me sens vite mal à l'aise. Je me dandine sur mon siège, espérant que ce moment finisse rapidement.

— Désirez-vous boire quelque chose avant de commencer ? propose le grand patron en se levant pour rejoindre un meuble de rangement sur lequel est posée la dernière cafetière à la mode et ses dosettes.

— Non, merci.

Sachant pertinemment que cette offre ne nous est pas adressée, Denis et moi restons muets.

— Nous sommes tout ouïe, déclare M. Steiner en se réinstallant dans son fauteuil.

M. Nobolé acquiesce rapidement et inspire avant de nous expliquer son cas qui se révèle très courant, à défaut d'être simple :

— Mon père et moi aurions besoin de prendre contact avec mon frère au sujet d'un héritage.

— À quand remonte votre dernière rencontre ? demande Denis.

— À une petite trentaine d'années, quand sa mère est partie avec lui alors qu'il venait de naître.

Étonnée qu'ils ne se soient pas revus depuis lors, je note l'information sur la page devant moi.

— Son prénom ?

Notre client baisse la tête et grimace légèrement. Le mouvement est presque imperceptible, mais je le remarque. Aussitôt je me penche vers mon calepin pour qu'il ne sache pas que je l'aie surpris.

— Daniel.

Je l'écris et ajoute un point d'interrogation à côté. Pourquoi a-t-il eu cette réaction avant de nous donner le prénom de son frère ? Personnellement, quand on me demande celui de Robin, je n'hésite pas une seconde. C'est à mon tour d'être embarrassée, je vois le mien régulièrement et je n'ai jamais été séparée de lui, à l'exception de ces trois longues années où nos parents me tenaient loin de lui.

— Pouvez-vous nous en dire plus ? s'enquiert Denis.

Avant que M. Nobolé n'ait le temps de répondre, une sonnerie résonne dans la pièce. M. Steiner se tourne vers moi avec un air moralisateur qui pourrait m'effrayer si mon téléphone avait été en cause. Notre client s'excuse et sort de sa poche un smartphone dont il fixe l'écran avec une certaine froideur.

— Je dois prendre cet appel, dit-il fermement en se levant de son siège.

L'instant est un peu gênant. Doit-on quitter le bureau pour le laisser régler ses affaires ou encore attendre gentiment qu'il raccroche ? Je jette un coup d'œil en direction de Denis qui fixe, quant à lui, notre patron.

— J'arrive ! s'exclame M. Nobolé d'un ton glacial.

Impressionnée, je me ratatine sur ma chaise avant de me rappeler que je ne suis nullement en cause et que cet homme ne peut rien contre moi.

— Je vais devoir vous laisser, nous explique-t-il en récupérant son manteau. Il semblerait que ma secrétaire soit une incapable doublée d'une idiote.

Outrée par ses propos, je me mords la langue pour ne pas intervenir. C'est décidé, je n'aime pas cet homme, ses manières de rustre et son attitude condescendante.

— J'allais oublier ! Il est hors de question d'enquêter sur mon père de près ou de loin. Ou encore sur moi. Tout comme je vous remercierais de rester très discrets sur cette affaire et de ne prendre contact sous aucun prétexte avec quelqu'un de ma famille.

Quoi ? Ne comprenant pas cette volonté farouche de nous tenir à distance de la personne détenant certainement toutes les réponses à nos questions, je cherche le regard de Denis, qui reste verrouillé à celui du grand patron.

— Votre frère porte votre nom ? demande calmement mon collègue en se tournant vers notre client.

— Peut-être. À vous de trouver ! Je vous paie suffisamment pour que ce ne soit qu'un détail. Si vous avez la moindre question, n'hésitez pas à me contacter, ajoute-t-il lui en tendant une carte de visite.

Celui-ci s'en empare et la range dans la poche arrière de son pantalon. Après une nouvelle poignée de main, M. Steiner raccompagne M. Nobolé vers la sortie alors que nous repartons vers notre bureau. L'entretien n'aura pas duré longtemps et ma curiosité n'a pas été assouvie. Si je résume la situation, il veut que nous retrouvions son frère sans en parler à leur père. Ou à une personne de sa famille.

— Il ne nous a même pas dit le nom de famille de leur mère, déclaré-je en levant les mains. Comment allons-nous faire ?

— Mathilde, as-tu remarqué qu'il a dit que son frère était parti avec « sa » mère et non « notre » mère.

— Peut-être laisse-t-il sa rancœur s'exprimer, dis-je en fronçant les sourcils. Le plus simple moyen de connaître le nom de jeune fille de la mère est tout de même le certificat de naissance ou celui de mariage... Ça nous fait déjà une piste à exploiter.

Denis grimace et se frotte l'estomac, signe qu'il ne tardera pas à disparaître pour manger.

— Tu vas faire le nécessaire, en prenant soin de ne pas récolter d'autres informations que celles liées au mariage, en espérant qu'il y en ait eu un.

Facile à dire…

— Je vais devoir faire une réquisition pour avoir accès à ces informations, lui rappelé-je. Normalement, ça ne reviendra pas aux oreilles de M. Nobolé père, mais je n'ai pas moyen d'en être sûre.

— Essaie de voir si tu ne peux pas trouver le nom de jeune fille par un autre biais. Les archives des journaux, par exemple, avec les avis de mariages.

Autant chercher une aiguille dans une botte de foin… Si le père de M. Nobolé est quelqu'un d'influent, je trouverai plus qu'une date de mariage dans la presse, ce qui est contraire aux exigences de notre client. Il me suffirait de fermer les yeux, ou de me taire quant à mes découvertes fortuites.

— Je vais déjeuner, toi, tu avais rendez-vous dans un salon de beauté, non ?

— Pas faux !

Sans attendre, j'enfile mon manteau et pars à l'autre bout de la ville pour une filature. Pitié, faites qu'elle me permette de boucler l'affaire rapidement !

Partiellement satisfaite de ma journée, j'éteins mon ordinateur avec un soupir de contentement. Après avoir attendu une heure dans ma voiture devant un salon de beauté, j'ai passé le reste de ma journée stationnée dans une zone pavillonnaire. Je n'ai arrêté ma filature qu'en voyant Mme Parvesh rentrer à la maison avec ses enfants. À ce moment-là, Denis a pris le relais tandis que je rentrais à l'agence pour faire mon rapport et commencer mes recherches pour M. Nobolé.

Finalement, il ne m'aura fallu que quelques heures pour dénicher le prénom et le nom de jeune fille désirés. Avec cela, je pourrai, dès demain matin, chercher ce que la mère de Daniel est devenue ou s'il me faut chercher une potentielle maîtresse. De son côté, Denis a tenté de trouver la trace du fils en question et a quelques pistes exploitables. Avec un peu de chance, toute cette histoire sera réglée en un rien de temps.

Peu avant mon départ, je reçois un appel de Denis, qui m'explique que Mme Parvesh n'a pas bougé de chez elle et que son mari vient de rentrer.

— Je vais directement chez moi, déclare-t-il. Tu fais quoi de beau ce soir ?

— Je dîne avec mon frère et ma nièce.

Robin et lui se sont rencontrés quelques fois, essentiellement au pub où Denis a pris l'habitude de me rejoindre comme hier. La première fois, mon collègue a gonflé des narines et soupiré comme un taureau prêt à charger. Et mon frère, bien évidemment, s'est braqué. Voilà une chose que ce dernier a du mal à admettre : son allure générale n'est pas très avenante. Tatouages, carrure d'adepte de musculation et blouson en cuir parfont l'impression de *bad boy* qui se dégage de sa façon de se mouvoir, de parler ou encore tout simplement de respirer.

Donc oui, leur première rencontre a failli virer au drame. Mon collègue craignant que sa frêle collaboratrice ne souffre aux côtés d'un homme tel que Robin. Et avec le temps, il a compris qu'il ne pouvait pas être plus éloigné de la vérité. Enfin, avec le temps et Hope.

La troisième ou quatrième fois qu'ils se sont vus, nous étions un vendredi. Attablés devant un bon repas, nous avons vu Denis débarquer le visage sombre, celui qu'il a quand les recherches n'ont pas porté leur fruit. Sans un mot, il s'est installé avec nous avec une bière qu'il a bue lentement avant de réaliser la présence de ma nièce. Cette dernière, nullement impressionnée par cet ours, lui a souri et lui a proposé une de ses frites. La glace était brisée, et le reste de la soirée a permis à tout le monde de dépasser les préjugés.

— Tu leur diras bonjour de ma part ! s'exclame Denis avec un petit sourire dans la voix.

— Pas de souci. Bonne soirée !

— À toi aussi !

Impatiente, je me presse vers ma voiture et roule en direction de l'école de Hope. Assez souvent, Robin m'attend pour que nous allions la chercher ensemble. Avant nous faisions ça afin de la surprendre. L'expression de pure joie qui s'affichait sur son visage valait tous les trésors du monde. Maintenant que la routine est bien en place, sa joie est toujours là, mais moins apparente.

— Salut, Mathilde ! dit Robin en me serrant contre lui. Comment va ?

— Bien, et toi ?

— J'ai vendu une super bécane aujourd'hui, donc je pense pouvoir dire que ça va.

Heureuse d'apprendre que les affaires tournent bien pour la concession qu'il gère non loin du pub, et donc de chez moi, je le tire vers l'école où un groupe de mères attend. Ce qui en soi ne serait pas étrange, s'il n'était pas pratiquement 18 h 30.

— Qu'y a-t-il ? demandé-je en arrivant à leur hauteur.

— Une fillette aurait envoyé un élève à l'hôpital, répond la femme la plus proche de moi.

Soudain, elle blanchit en apercevant mon frère, silencieux derrière moi.

— Hope, murmure-t-il en accélérant l'allure vers la porte de l'école.

Effrayée à l'idée qu'il soit arrivé quelque chose à notre petit ange, je cours derrière lui et le trouve en train de passer ses mains sur son crâne en regardant partout.

— Bonjour, monsieur Piono, susurre une des éducatrices chargées de la garderie.

Des cheveux longs et noirs encadrent son visage. Elle paraît prête à fondre sur sa proie, et là tout de suite, je pense qu'il s'agit de mon frère. Je crois donc pouvoir dire sans l'ombre d'un doute qu'il s'agit de la femme que Hope a si gentiment rebaptisée Predator.

— Où est ma fille ? demande-t-il sans se soucier des regards concupiscents qu'elle lui envoie.

— Hope ? Dans la cour...

Elle n'a pas le temps d'ajouter quoi que ce soit que Robin est déjà parti dans la direction indiquée. *Si un jour un malheur arrivait à Hope, je ne sais pas comment il réagirait.*

— Y a-t-il eu des problèmes ? m'enquiers-je.

— Je préférerais en parler avec M. Piono, réplique-t-elle d'un ton sec.

Tu m'étonnes !

Amusée, j'attends de le voir revenir avec ma nièce. Comme à son habitude, elle se tient légèrement devant lui, avec la main de son père posée sur l'épaule. Je ne sais pas qui ce geste rassure le plus. Mon frère, qui a la garantie que sa fille est à proximité ? Ou alors Hope, qui est ainsi inondée par l'amour inconditionnel de son père ?

Soudain, une question importante et lancinante apparaît dans mon esprit : Pour quelle raison les parents de notre client, M. Nobolé, ont-ils séparé deux frères ? Mais surtout comment ont-ils supporté de ne pas voir un de leurs enfants grandir ? La piste d'une relation extra-conjugale me paraît l'hypothèse la plus réaliste.

— Monsieur Piono, pourrais-je vous parler en privé ?

Predator remue ses cheveux, sourit… Elle utilise tous les artifices possibles pour attirer Robin dans ses filets.

— Vous pouvez le faire devant Mathilde et Hope, déclare-t-il durement.

Certainement encore sous le coup de l'émotion, il est droit et raide devant nous. Il impressionne et donne des sueurs froides à certaines personnes. Seulement, cette posture est surtout pour moi le signe qu'il a eu peur et qu'il cherche à reprendre le contrôle. Predator me regarde, jette un coup d'œil à ma nièce avant de comprendre qu'elle ne pourra pas faire autrement que de parler en notre présence :

— Voilà, aujourd'hui, Hope s'est battue avec un de ses camarades…

— Hope, grogne mon frère.

Je vois son pouce caresser la base de la nuque de Hope en un mouvement apaisant. Il ne veut pas l'effrayer et tient à connaître la vérité.

— Il a levé la jupe de plusieurs filles. Je lui ai rendu la pareille, explique-t-elle de façon laconique.

— Et pourquoi les professeurs n'ont pas réagi ? demandé-je, surprise qu'un garnement ait pu faire plusieurs victimes sous la surveillance d'adultes.

— Il se débrouille pour le faire là-bas, dit-elle en montrant un point derrière elle. Il y a un endroit où les maîtres ne vont jamais…

— Je vais…

Persuadée qu'un coup d'éclat n'arrangera rien à la situation, je pose la main sur le bras de Robin et encourage Hope à continuer son récit.

— Ma copine Zia pleurait alors je suis allée voir et il soulevait la jupe d'une CP.

Un raclement de gorge me provient de Predator, mais rien de plus. Tel que je connais mon frère, il lui a signifié d'un regard noir qu'elle ferait mieux de laisser sa fille poursuivre.

— Qu'as-tu fait ? l'interrogé-je avec un sourire quelque peu nerveux.

— J'ai attrapé son slip par-derrière et j'ai tiré dessus de toutes mes forces.

Au prix d'un effort presque surhumain, je me retiens de rire à l'idée de ce petit pervers puni de la pire des façons. Du coin de l'œil, je vois les lèvres de Robin frémir.

— Que s'est-il passé ensuite ? demandé-je en tentant de dissimuler la fierté que j'éprouve.

— Il a crié si fort qu'une maîtresse est venue. J'ai été convoquée dans le bureau du directeur qui m'a disputée.

— Je vais… grommelle Robin.

— Continue, ne fais pas attention à ton père, ajouté-je avec un clin d'œil.

— Ma maîtresse est arrivée et lui a parlé des autres filles. Du coup, j'ai plus le droit de…

Elle fronce les sourcils avant d'articuler lentement :

— Faire justice, c'est ça ?

J'opine et attends la fin de l'histoire :

— Ils m'ont répété que j'aurais dû les prévenir. Et papa, tu vas avoir un rendez-vous avec le directeur pour parler de « tout cela ».

— Et ils ont raison, dis-je en m'accroupissant pour la presser contre moi.

— Et je serai ravi de leur rappeler qu'il est de leur devoir de s'assurer de la sécurité des enfants présents dans l'enceinte de cet établissement, rétorque Robin sèchement. Ils auraient pu m'appeler tout de suite après l'incident.

— À ce que j'ai compris, intervient Predator, le garçon a tout avoué et M. le directeur a tenu à concentrer ses efforts sur lui.

Consciente qu'il est préférable de détourner l'attention de mon frère des adultes qui ont failli, j'interroge Hope :

— Comment ça t'est venu à l'esprit de lui remonter le slip ?

— Charlie. Elle m'a dit qu'il n'y a que comme ça que les hommes obéissent, par le slip !

— Mathilde, considère que ta copine est...

Mon frère serre les mâchoires, conscient qu'il n'a pas intérêt à terminer sa phrase devant Hope qui voue un culte à ma meilleure amie.

— Je vais me la faire, grogne-t-il.

C'est marrant, parce que je me dis qu'il ferait un super couple tous les deux. Ou, à défaut d'autre chose, qu'un peu de sexe diminuerait peut-être l'intensité de leurs prises de bec. Amusée à l'idée que cela ressemblerait plus à un combat de lutte qu'à un moment charnel, je me relève après avoir déposé un rapide baiser sur la joue de Hope.

Sans un regard pour Predator qui tente vainement d'attirer son attention, Robin reprend le chemin vers la sortie de l'école. Il paraît avoir hâte de s'occuper de Charlie... Je la plaindrais bien si tous deux ne semblaient pas tirer un certain apaisement de leurs disputes.

Sur le chemin menant à l'appartement de Robin et Hope, cette dernière ne cesse de me parler de sa journée, de ce qu'elle a appris ou encore des garçons qui sont mauvais joueurs dès qu'il est question de football.

— Tu te rends compte, Ti'Ma, qu'ils exigent qu'on fasse des équipes garçons contre filles ! Ils savent très bien qu'on est moins bonnes !

— Je ne pense pas que le foot nécessite des compétences que seuls les garçons peuvent avoir, dis-je avec sérieux.

— Ils savent que toutes les filles ne voudront pas jouer et que nous serons en sous-effectif ! Du coup, ils trichent tout le temps, ils nous imposent des penalties quand ce sont eux qui sont en tort.

Touchée par son discours, je hoche la tête et cherche à me rappeler si ma scolarité a aussi été rythmée par ce genre de querelles. Et je dois avouer qu'aucune ne me revient.

— Tu faisais ça, papa ?

— Non, répond-il avec un peu trop d'empressement.

En prenant soin de ne pas être vue par ma nièce, je hausse un sourcil et reçois un regard noir qui m'invite à ne pas insister. Mon frère était donc lui aussi un mauvais joueur qui n'hésitait pas à profiter d'une équipe en sous-nombre. Bel exemple !

Il sort ses clés de sa poche et nous laisse entrer dans le hall de leur immeuble. Une vieille femme que je reconnais comme la voisine du deuxième étage nous salue chaleureusement tout en veillant à garder ses distances avec Robin. Oui, même après de nombreuses années à le fréquenter, les gens conservent une certaine réserve à son contact.

Sur le palier, je ne peux m'empêcher de jeter un coup d'œil vers l'appartement de Charlie. Quand elle a débarqué au mois de juin, mon frère lui a parlé de ce meublé. S'il est loin de l'opulence dans laquelle elle a grandi, elle ne s'est jamais plainte et l'agrémente de babioles colorées pour rendre l'ensemble plus vivant. Elle charge souvent Hope de lui faire des créations artistiques à la garderie pour recouvrir les murs.

Arrivée chez Robin, je me mets à mon aise et le suis dans la cuisine. Il me raconte sa journée, son week-end… tout y passe, à croire que nous ne nous sommes pas vus vendredi dernier. Il me parle du nouvel arrivant dans la concession, et je sens sa méfiance à son ton. Et si j'ai compris quelque chose avec le temps, c'est que

Robin a un instinct très sûr. Enfin, tant qu'il n'est pas question de femmes.

Certes, il ne m'a présenté qu'une seule de ses petites amies, et c'était la mère de Hope. Mais quand on voit comment toute cette histoire s'est terminée, je ne suis pas pressée de rencontrer la prochaine !

Soudain mon téléphone sonne, laissant échapper une sonnerie girly et endiablée.

— Salut, Charlie !

Aussitôt, Robin tend la main vers moi pour récupérer mon portable. Il n'a visiblement pas digéré l'attaque du slip et tient à ce que mon amie le sache.

— Salut, Mathilde ! réplique-t-elle, excitée. C'est bon !

— C'est bon ? Qu'est-ce qui est bon ?

— J'ai le poste ! hurle-t-elle avant de se reprendre. Pardon. Je viens d'avoir la personne des ressources humaines et, c'est bon, j'ai le poste.

— Trop bien ! m'exclamé-je, heureuse qu'elle obtienne enfin ce qu'elle mérite.

Robin s'appuie contre son évier et croise les bras sur son torse. Il est déjà impressionnant en temps normal, mais là… J'écarte un peu mon téléphone et l'informe de la bonne nouvelle :

— Elle a été prise. Elle a trouvé un boulot.

Nonchalamment, il hausse une épaule tandis que mon amie s'agite :

— Tu parles à qui ?

— Robin, je dîne chez lui.

— J'arrive ! déclare-t-elle à son tour avant de raccrocher.

Pour ne pas perdre de temps, je me dirige vers la porte d'entrée et l'ouvre alors que son doigt s'apprête à sonner. Avec un sourire démoniaque, elle appuie et s'amuse à imiter le rythme d'une chanson dont je n'arrive pas à trouver le titre.

— Je l'ai eu ! s'écrie-t-elle après avoir terminé.

— Charlie ! crie Hope en sortant de la salle de bains.

Ma nièce lui saute dans les bras, sans chercher à dissimuler l'affection qu'elle porte à ma meilleure amie.

— Tu manges avec nous ?

Charlie hésite et jette un coup d'œil derrière moi.

— Ça va dépendre de ton père, répond-elle en lui adressant un regard éploré.

— OK, réplique ce dernier dans mon dos. Alors, rentre chez toi et déménage ! Put…

Réalisant qu'il s'apprête à lâcher une grossièreté, il s'arrête, grommelle et reprend :

— Et c'était quoi cette musique de m…

Nouveau grognement.

— Tes goûts musicaux laissent à désirer, déclare-t-il. Ce midi, j'ai mangé chez moi rapidement pour ne pas avoir à les subir plus longtemps que nécessaire.

— La musique classique adoucit les mœurs, Robin, tu devrais le savoir… Après, à ton niveau, je pense que c'est foutu. Mais ce n'est pas une raison pour me priver de votre compagnie ce soir.

— Le rendez-vous que je ne vais pas manquer d'avoir avec le directeur de l'école de Hope en est une à mes yeux.

— Que t'est-il arrivé ? s'inquiète Charlie en regardant ma nièce sous toutes les coutures.

Le sourcil froncé, elle s'approche de Robin.

— Qu'y a-t-il eu ? Un petit merdeux lui a encore balancé le ballon de foot dans la tête ?

Affolée, elle se tourne vers Hope, qui se dandine d'un pas sur l'autre. Je mettrais ma main au feu que son père n'était pas au courant de cette histoire.

— C'est la peste qui continue à t'enquiquiner à la cantine ?

— Non, bougonne Hope. Et je t'avais demandé de ne pas en parler à papa.

— Et moi, je t'avais dit de le mettre au courant ! réplique Charlie. C'est l'animatrice ? Tu sais, la nouvelle qui te punit pour un rien…

— Putain, mais il y a combien de trucs que je ne sais pas ? s'exclame Robin brusquement.

Consciente que les voisins n'ont pas besoin de participer à cette conversation, je referme la porte pour nous donner un semblant d'intimité. Pendant ce temps, il rejoint sa fille et s'accroupit pour se mettre à son niveau.

— Papa, tu as dit un gros mot.

— Ne change pas de sujet, Hope ! déclare-t-il. Pourquoi ne viens-tu pas me raconter tout ça ?

La bouche de cette dernière se tord dans tous les sens. Elle regarde ma meilleure amie qui tente vainement de garder une attitude de reproche.

— Je t'avais dit de lui raconter, répète-t-elle.

— Et puis-je savoir pourquoi tu l'écoutes quand il est question de remonter le slip d'un garçon, mais pas quand elle te pousse à venir me voir ?

— Attends, intervient Charlie, tu as remonté le slip d'un garçon ?

En quelques mots, Hope lui explique pourquoi elle en est venue à une telle extrémité. Ma meilleure amie ouvre grand les yeux, la bouche, mais n'ose pas faire le moindre commentaire. Et vu la lueur de son regard, je pense qu'il est plus sérieux pour elle de s'en abstenir.

— N'est-ce pas le moment où tu lui dis que c'était une très mauvaise idée ? demande Robin, accroupie devant sa fille.

— Très très mauvaise idée, déclare Charlie en levant les pouces pour montrer qu'elle n'en pense pas un mot.

— Charlotte, grogne mon frère, pas dupe.

— Bah quoi ? Tu devrais être content, je lui ai dit que c'était très mal de se défendre par soi-même. Tu veux aussi que je lui dise qu'il était malvenu de remettre à sa place un gamin qui croit déjà que les filles sont des êtres inférieurs ?

Il se pince le nez tout en se relevant.

— Donc, je suis le méchant ?

— Non ! s'exclame Charlie. Par contre, je t'imagine bien tricher au foot, tu en penses quoi, Hope ?

Avec un sourire désolé, elle glisse sa main dans celle de son père pour l'entraîner dans le salon. Assis l'un contre l'autre dans le canapé, ils commencent à discuter à voix basse. La force qui émane de Robin est à l'opposé de la douceur qui irradie de sa fille. Le tableau est touchant et m'émeut. À côté de moi, Charlie les contemple avec tendresse.

— Félicitations, murmuré-je.

— Pourquoi ? Parce que ton frère ne m'a pas étripée en apprenant que j'étais derrière tout ça ?

— Pour le boulot, répliqué-je en lui donnant un petit coup d'épaule. Pour Hope, Robin sait que tu es derrière pas mal de choses.

— Et ça ne lui plaît pas.

— Là, il est question de bagarre, le défends-je.

Elle hoche la tête avant d'ajouter :

— Elle n'ose pas lui parler de ça pour ne pas le contrarier. Un adulte « bien-pensant » a eu la bonne idée de lui dire que beaucoup de gens se réfugient dans l'alcool ou la drogue quand ils ont trop de contrariétés. J'ai beau lui répéter que son père est l'homme le plus fort que je connaisse et qu'il ne se laissera pas terrasser aussi facilement, elle continue à vouloir le protéger.

Émue, je regarde le tableau que forment les deux autres sur le canapé.

— La prochaine fois, conseille-lui d'aller voir les professeurs, ou un adulte.

— C'est ce que j'ai fait, murmure Charlie.

Elle croise les bras tandis que ses yeux se fixent au loin. Aux mouvements de sa bouche, je comprends qu'elle pèse le pour et le contre. Mais quoi ? Y a-t-il quelque chose dont elle voudrait me parler ?

— Quand le gamin lui a envoyé le ballon dans la tête, elle a été se plaindre auprès d'une animatrice. Celle-ci ne l'a pas crue, prétendant que les enfants de drogués étaient des menteurs de la pire espèce.

Elle déglutit.

— Elle lui a dit texto, Mathilde !

Mon cœur se vrille.

— Hope est la plus belle personne qui existe et cette femme…

Elle inspire un grand coup avant de reprendre d'une voix presque brisée par l'émotion :

— Cette femme n'a même pas été capable de la défendre. Non, elle l'a punie pour avoir menti et accusé à tort un de ses camarades.

— Il faut en parler à Robin, interviens-je. Il faut que cette animatrice soit sanctionnée !

Avec un petit rire, Charlie se tourne vers moi. Le sourire aux lèvres et l'œil de nouveau pétillant, elle m'avoue avoir téléphoné à la référente de l'école pour se plaindre.

— Ne le dis pas à ton frère, mais j'ai prétendu être sa compagne.

Elle grimace sans pour autant cacher son amusement.

— J'ai hâte de voir sa réaction quand il va...

— Charlie ! hurle ce dernier.

— Je crois qu'il est au courant ! s'exclame-t-elle en redressant les épaules.

La tête droite et le menton levé, elle rejoint les deux autres tandis que j'hésite sur la marche à suivre.

— Tu as fait quoi ? s'écrie mon frère.

— C'est bon, Robin...

— Tu as menti au personnel de l'école. Tu as prétendu que nous étions...

— Il fallait bien faire quelque chose ! réplique-t-elle avec calme.

— Et me prévenir ne t'est pas venu à l'esprit ?

— Elle m'a demandé de le faire, intervient Hope, mais j'ai refusé...

— Elle était prête à supporter la punition pour toi ! s'emporte mon amie. Tu crois que j'allais rester sans rien faire ?

— Et tu n'as pas envisagé de me le dire. Aux dernières nouvelles, tu ne bosses pas et sais où se trouve ma concession. Tu aurais très bien pu venir m'en parler pour que je gère tout ça.

— Super idée ! réplique sèchement Charlie. D'un, j'aurais trahi la confiance de ta fille. De deux, je me serais fait engueuler comme du poisson pourri !

— Ton vocabulaire, s'il te plaît, intervient Robin en montrant Hope. Et je ne t'aurais pas...

— Si, mais là n'est pas la question. Je ne voulais pas trahir sa confiance, et si je l'ai fait, c'est uniquement parce que tout cela prend des proportions énormes.

Robin la foudroie du regard. Si ma nièce n'était pas accrochée à lui, il aurait déjà passé un sacré savon à Charlie. Et pour avoir assisté à quelques-uns de leurs accrochages, je suis heureuse qu'ils aient la présence d'esprit de ne pas le faire devant Hope.

— Papa, promis ! La prochaine fois, j'écoute Charlie et je t'en parle.

Agacée par ce mercredi matin que je considère de perdu, je sors mon sac à main du tiroir de mon bureau, prête à rejoindre Denis et Mme Parvesh. Si seulement cette affaire-là avançait aussi !

Après une nuit calme et réparatrice, je me suis levée au son de mon réveil et me suis préparée rapidement avant de partir à l'agence. L'esprit encore troublé par les rêves de la nuit, j'ai retrouvé mon bureau sans mon collègue, déjà en filature.

Denis étant à l'extérieur, j'ai poursuivi les recherches pour retrouver le frère de notre client. Et là, je me suis vite rendu compte d'une chose : les parents de notre client sont mariés et toujours ensemble. Sur les registres de l'état civil apparaissent seulement deux enfants : notre client et une femme prénommée Adélaïde. Pour éviter toute erreur ou conclusion trop hâtive, j'ai discuté avec René pour définir une autre stratégie. Et j'ai compris que ma première supposition était la bonne. À ce niveau, deux possibilités s'offrent à nous : M. Nobolé père a reconnu l'enfant de sa maîtresse et Denis retrouvera vite sa trace, puisqu'il cherche à lister tous les Daniel Nobolé des environs ; ou alors il porte le nom de sa mère et nous devons l'identifier avec environ trente ans de retard.

Irritée, j'ai fini par taper le nom et le prénom de notre client et de sa mère sur Internet pour savoir si elle n'avait pas abandonné ses droits parentaux pour une raison qui me dépasse à l'heure actuelle. Cela peut paraître tirer par les cheveux, mais s'il y a bien quelque chose que j'ai appris avec mon travail, c'est que les gens sont très « imaginatifs ».

Quant à ma recherche, oui, c'est exactement ce qu'il nous avait interdit, mais qui le lui dira ? Rapidement, j'ai réalisé que la famille est discrète sur les réseaux sociaux et professionnels. Aucun article de presse négatif n'apparaît au détour d'une page. La famille aisée et sans histoire par définition.

Impressionnée par les diplômes de M. Nobolé fils, j'ai découvert qu'il est célibataire, convoité et fan de voitures de course. Attention, pas de F1, mais des petits bolides de marques bien connues. Il pose avec certaines, plein de fierté.

Avec aisance, je me gare sur une place non loin de l'endroit d'où Denis surveille Mme Parvesh. Une odeur de viennoiseries et de café chaud me cueille alors que je m'installe sur le siège passager.

— Bonjour, dis-je en regardant autour de nous.

— Elle est chez le coiffeur.

D'un léger mouvement de la tête, il m'indique la direction à surveiller. Il consulte sa montre, grognant contre les femmes et leur coquetterie.

— Ça fait plus d'une heure qu'elle est là-dedans avec les enfants.

— Tu es certain qu'elle n'a pas filé ? demandé-je avec un sourire moqueur.

— Mathilde, on parle d'une ménagère lambda, pas d'une espionne internationale poursuivie par des tueurs de la CIA.

— Ce n'est pas pour cela qu'elle a envie d'être suivie.

Il hausse les épaules et commence à me résumer sa matinée.

— Elle a ses enfants avec elle… C'est très dur de filer à l'anglaise avec ! Et de ton côté ?

Avec un soupir, je m'appuie sur le repose-tête et lui confie mes conclusions. Embarrassée d'avoir outrepassé mes droits, je lui mentionne mes recherches sur la famille.

— Ils sont très peu présents sur la toile, dis-je avec une moue contrariée.

— À ce point ? s'étonne Denis.

— Comment ça ?

— Tu sembles particulièrement en colère.

— Désolée, seulement j'ai l'impression que notre client a voulu nous mener en bateau. Sur le peu de temps où j'ai surfé sur Internet, je suis tombée sur deux articles mentionnant M. Nobolé père et sa femme. Dans l'un, il était écrit noir sur blanc qu'ils sont mariés depuis plus de trente ans. Pourtant, notre client nous a affirmé que la séparation avait eu lieu il y a vingt-huit ans. Je n'ai pas trouvé d'acte de naissance, de renonciation à ses droits parentaux...

— Et il a demandé à ce que nous n'enquêtions pas sur sa famille, réplique Denis. De plus, sa formulation était pour le moins claire : son frère est parti avec « sa » mère.

— Ce qui ne nous laisse pas grand-chose pour le trouver...

— Tu devrais y aller, elle est à la caisse, m'interrompt Denis. Cet après-midi, je vais faire le tour de tous les Daniel Nobolé de la ville, qu'on puisse éliminer cette piste.

J'ouvre la portière et sors. Avant de refermer, je lui rappelle que si cela menait aussi à une impasse, nous serions alors bien embêtés. Il rit de ma formulation exagérément polie pour décrire le bourbier dans lequel nous nous trouverions.

À 19 heures, je suis dans un état de nerfs qui frôle l'implosion. Mme Parvesh n'a pas bougé de son domicile de toute l'après-midi, me forçant à rester dans ma voiture sans bouger. Un vrai régal ! En arrivant en bas de chez moi, je téléphone à Denis pour lui annoncer la « bonne nouvelle ».

— Avec les enfants, ce n'est guère étonnant, déclare-t-il.

Acquiesçant malgré moi, je me dirige vers mon immeuble. La frustration coule dans mes veines. Elle est due à mes rêves qui n'ont eu de cesse de me hanter alors que j'étais en planque devant chez les Parvesh, mais aussi à ces deux dossiers qui promettent de se révéler longs et lassants. Quoique, celui de Nobolé sera un remue-méninge comme je les aime.

— J'ai trouvé un Daniel Nobolé qui a ses habitudes dans un café assez sélect près du port. Le Bureau, tu connais ? C'est à deux pas du pub.

— Et tu aimerais que j'aille y jeter un coup d'œil ? bougonné-je.

— Tu m'envoies un texto quand tu es rentrée.

— Oui, papa, grommelé-je en tournant.

Moi qui espérais me détendre tranquillement avec un bon film, me voilà contrainte de me rendre dans un bar que je n'apprécie pas plus que ça. Denis était loin du compte en le qualifiant de sélect. Le soir, il est le repère des cadres de la ville, d'où son nom Le Bureau. Tous sont en costume, ou en tailleur, ils continuent de parler travail en buvant des cocktails aux noms ridicules. Mes bottes en plastique et mon pull trop grand vont faire sensation !

Devant le pub, je ne marque qu'un infime arrêt en voyant Baptiste servir un groupe de jeunes sur la terrasse. Malgré les températures, certains s'entêtent à boire dehors pour pouvoir fumer tranquillement. La pluie qui n'a cessé de tomber de toute la journée offre un répit que ces étudiants ont bien l'intention de saisir. Seulement, contrairement à eux qui sont chaudement habillés, Baptiste ne porte qu'un T-shirt noir, moulant agréablement…

Pas le temps !

Je presse le pas vers Le Bureau et prends une grande inspiration avant de réaliser un détail : je ne sais pas à quoi ressemble ma cible ! De plus en plus énervée par cette journée, je téléphone à Denis qui ne répond pas. Un message texte plus tard, je me décale pour ne pas être bousculée par un groupe de personnes entrant dans le bar.

Que faire ?

À l'intérieur une foule déjà dense se presse, alors à moins de monter sur une table pour réclamer le silence et demander qui est Daniel Nobolé, je ne vois pas trop comment faire… Si interpeler la foule est totalement exclu, je peux toujours demander au barman, puisque c'est un habitué. En désespoir de cause, je décide de commander un chocolat chaud et d'attendre la réponse de Denis, ou l'illumination.

Mon portable en main, j'entre dans Le Bureau et avise les gens massés en petits groupes compacts autour de tables hautes. Boire un chocolat ici serait un sacrilège. Après une inspiration, je me faufile jusqu'au bar derrière lequel une femme au chignon strict se tient.

— Bonsoir, que puis-je pour vous ? me demande-t-elle d'une voix dénuée de chaleur.

— Un...

Je regarde autour de moi et ne trouve que des verres aux couleurs vives. Certaines boissons ambrées me sont connues, mais ma résistance à l'alcool étant faible, il n'est pas question d'en commander. Tout comme il me paraît impossible de lui proposer de choisir pour moi.

— Un martini...

Mes yeux se posent partout, cherchant l'inspiration, ce qui me fait sortir une ânerie :

— ... citron.

La barmaid effectue un petit mouvement de la tête et commence à me préparer un martini citron. C'est quoi, ce truc ? Est-ce que ça existe réellement ou je viens d'inventer une boisson ignoble ? Refusant de me perdre dans ces questions futiles, je consulte mon téléphone. Rien. Bon, dès que j'ai mon verre, je l'interroge. Et je croise les doigts. Nerveuse, j'observe la femme devant moi verser l'alcool, le citron... tout cela me semble presque compliqué pour quelque chose avec seulement deux ingrédients.

— Tenez, ça fera dix euros, dit-elle en poussant un verre devant moi.

Dix euros ? Elle plaisante ?

Consciente que lui parler des prix prohibitifs de son établissement risque de la braquer, je souris et cherche mon portefeuille.

— Connaissez-vous Daniel Nobolé ? l'interrogé-je une fois ce dernier trouvé.

Pas un mouvement. Pas même un battement de cils. J'aurais pu lui demander si elle avait déjà entendu parler de mon oncle qu'elle aurait autant réagi. D'un geste sûr, je lui tends un billet de vingt euros.

— Table du fond. Le blond, mais ça vous devez déjà le savoir.

Aussitôt, elle accueille la femme à côté de moi.

— Et ma monnaie ? m'exclamé-je.

— C'est pour le renseignement.

M. Steiner a intérêt à me rembourser ! Prête à exploser, je saisis mon verre et me dirige vers la table qu'elle m'a indiquée. Les clients me regardent avec une curiosité non dissimulée, certains sont un brin méprisants, seulement je m'en moque, dans peu de temps, je serai chez moi, tranquille.

Arrivée à destination, je vois trois hommes. Le premier est noir avec un sourire séducteur qui réveille toutes mes alarmes internes. Bien bâti, il transpire la confiance en lui au travail comme sur le plan personnel. Quant à l'alliance qu'il a autour du doigt, elle n'est qu'un détail vu son œillade. Le deuxième est châtain, enfin de ce que je devine avec l'éclairage tamisé. Il me jette à peine un regard avant de retourner à sa conversation avec le troisième, celui qui est blond et qui me tourne le dos.

— Excusez-moi…

Comprenant que ma voix n'a pas porté au-dessus du brouhaha, je m'apprête à répéter quand le premier homme fait signe à ses amis que je suis là. Un bon point pour lui.

— Je cherche M. Nobolé, Daniel Nobolé.

Le blond se tourne enfin vers moi, et je sens déjà l'embrouille.

— C'est moi, dit-il en me toisant de la tête aux pieds.

Il est trop vieux ! À quoi pensait Denis en m'envoyant ici ?

— Je ne crois pas vous connaître, ajoute-t-il en haussant un sourcil.

Bon, comment je lui révèle, et ce gentiment, qu'il est trop âgé pour être le *Daniel Nobolé* que je cherche ?

— Je dois me tromper, dis-je en minaudant un peu. J'ai rendez-vous avec un ancien camarade de classe…

— Je suis Daniel Nobolé, le seul et l'unique !

Si seulement !

— Vous avez pourtant un homonyme…

… plus jeune. Enfin, j'espère pour nous, parce qu'ainsi l'enquête serait vite bouclée.

— Est-ce une de vos amies qui vous envoie ?

Une amie ? Pourquoi quelqu'un mandaterait une personne pour… Oh non, ne me dites pas que je suis devant un autre adepte des jeux de rôles et des call-girls *!*

— Non. Je suis venue voir un ancien camarade de classe, répété-je fermement.

— Laquelle ? Gisèle ? Maureen ?

Je secoue la tête tandis qu'il continue son énumération :

— Pauline ? Florence ?

Qui sont toutes ces femmes ? Ses maîtresses ?

— Tu as oublié la petite stagiaire du quatrième, intervient un de ses amis.

— Celle de la photocopieuse, renchérit l'autre avec un sourire en coin.

Pas sûre de vouloir savoir ce qui se cache derrière cette fierté masculine qui suinte désormais par tous les pores de leur peau, je déglutis et bois une gorgée pour me donner contenance. Contre toute attente le mélange martini et citron me plaît. Cette journée aura eu au moins un point positif !

— Si tu souhaites un boulot, sache que tous les postes sont pris. Mais je ne suis pas contre un entretien au débotté dans les toilettes, ajoute-t-il en se levant.

Un entretien ? Dans les toilettes ? OK, ce type est immonde. Et clairement pas celui que je recherche, puisqu'il doit avoir quarante ans au bas mot.

— Mathilde ?

Eh mer…

Cette voix est reconnaissable entre mille. Quant aux frissons qui recouvrent désormais le moindre millimètre carré de ma peau, ils ne sont que le résultat de toutes mes rêveries. Et peut-être aussi d'une attirance que je ne pensais pas exister entre nous. Enfin de mon côté.

Si, par chance, je lui faisais un dixième de l'effet qu'il a sur moi, je serais une femme heureuse. Et peut-être aussi comblée. Loin de me retourner pour accueillir Baptiste comme il se doit, je lève la main pour lui montrer que je l'ai entendu et le prier poliment de me laisser terminer avec l'énergumène qui se tient devant moi.

— Je ne fais pas dans la gériatrie.

Daniel Nobolé se redresse, sûrement pour m'impressionner, mais c'est sans compter sur Baptiste qui s'interpose.

— On va se calmer.

— Tu devrais la baiser un peu mieux, éructe l'homme en costard en postillonnant.

Autour de nous les conversations s'éteignent peu à peu. Je range mon portable en cherchant un moyen d'enrayer le conflit. Même si pour moi, il ne fait aucun doute que Baptiste aura très facilement le dessus, je ne tiens pas à découvrir que je peux avoir tort, ou encore le suivre au commissariat pour coups et blessures sur un trou du cul. Oups ! Un peu de vulgarité n'a jamais fait de mal, mais l'heure n'est vraiment pas à ça !

— Ne t'inquiète pas pour elle, grogne Baptiste dans une attitude très *mâle alpha*.

Oh, punaise ! Je crois que la situation échappe à mon contrôle, tout comme mon corps. Depuis quand j'aime ces comportements de dominant ? Pourquoi suis-je si excitée de le voir prêt à foncer dans la mêlée pour moi ?

— On va y aller, dis-je en repoussant ces questions à plus tard.

Je me retourne et pose ma main libre sur le torse de Baptiste pour le contraindre à reculer. Le geste est instinctif et augmente mon trouble. C'est la première fois que je le touche ainsi. Quel dommage que nous soyons entourés de témoins, et encore vêtus ! D'autant que ce qui se cache sous ce T-shirt est indubitablement ferme.

— S'il te plaît.

D'un mouvement preste, je finis cul sec mon martini citron. D'un, il m'a coûté un rein. De deux, je vais avoir besoin de force pour calmer mes hormones qui exigent un Baptiste nu et… Préférant grogner que terminer cette phrase, je dépose mon verre sur une table à proximité et pousse de nouveau sur des pectoraux en béton.

— Si tu veux un homme… déclare Daniel Nobolé dans mon dos.

— J'en prendrai un qui n'a pas dépassé la date limite de consommation ! répliqué-je en levant la main, et plus particulièrement le majeur.

D'une petite pression supplémentaire sur son torse, je donne le top départ à Baptiste, qui s'écarte pour me laisser passer devant lui. Autour de nous, tout le monde ne manque rien de la scène. J'ai l'impression d'être dans un mauvais téléfilm. Et mon malaise augmente d'un cran à un mètre de la porte, lorsqu'une femme, moulée dans un tailleur superbe, pose la main sur mon bras.

— Je ne sais pas ce que Nobolé vous a fait, mais vous n'êtes pas seule.

Interloquée, je hoche la tête. *C'est quoi ce type ? Quelles peuvent être ses actions, ses habitudes ou encore ses attitudes pour qu'une inconnue ose me glisser une telle chose ?*

— Qu'est-ce que… commence Baptiste, qui s'arrête à la vue de mon index levé devant lui.

Avant de m'expliquer avec lui, et de le remercier, je tiens à mettre Denis au parfum sur ce potentiel Daniel Nobolé qui est un macho doublé d'un… Une fois à l'extérieur, j'appelle donc mon collègue qui répond rapidement.

— Alors ? demande-t-il.

— Peux-tu m'expliquer pourquoi tous les hommes que tu mets sur mon chemin sont des abrutis menés par leur…

Un petit silence, le temps de me calmer pour ne pas hurler en pleine rue le dernier mot :

— … queue !

Du bruit se fait entendre à l'autre bout de la ligne. Quand Denis reprend la parole, sa voix est plus ferme et exempte de tout amusement :

— Où es-tu ? Tu as besoin que je vienne ? J'appelle le pub, ils sont plus près !

— Stop ! m'écrié-je.

— Mais tu…

— Je suis sortie.

Mon regard tombe sur Baptiste, qui ne perd pas une miette de ma conversation. Les sourcils froncés, il me dévisage avec insistance, sans doute prêt à m'interroger de nouveau sur mes limites, celles que je m'impose pour obtenir une information dans le cadre de mon travail. Et, pourquoi m'a-t-il suivie ?

— En tout cas, le type ne peut clairement pas être le fils caché. Mais je ne m'interdis pas l'idée de chercher des informations sur lui… Il paraît…

— Tu ne feras rien, grogne Baptiste. Tu ne l'approches plus.

— Baptiste est là ? s'étonne Denis dans mon oreille.

— Oui.

— Passe-le-moi !

— Non, dis-je en grimaçant. Tu raies ce gars de la liste et la prochaine fois, on ne fait pas un truc au débotté.

À l'idée de ce qu'il comptait me faire dans les toilettes, je frissonne.

— À demain !

— OK. Bonne soirée, Mathilde !

Avec des gestes mesurés, je remets mon téléphone dans mon sac. Concentrée sur ma respiration, je tente de calmer la colère qui couve en moi.

— Peux-tu m'expliquer pourquoi certains hommes peuvent être de tels obsédés ?

— Je pense que ça dépend de la femme devant eux.

Surprise qu'il puisse accuser la femme de provoquer ce genre de comportement, je sens tout mon corps se tendre. Prête à l'affrontement, je croise les bras devant moi et attends qu'il s'explique. Enfin non, j'attaque en premier :

— De la femme ? Tu es en train de me dire que ce genre de comportement est de la faute de la femme ?

— Non. Pas directement.

Estomaquée, je hausse un sourcil. Cette discussion révèle un aspect peu glorieux de la personnalité de Baptiste. Me serais-je trompée sur lui toutes ces années ?

— Il y a des femmes qui me laissent totalement indifférent, déclare-t-il en évitant de regarder dans ma direction. Certaines pourraient se promener nues devant moi que je ne le remarquerais même pas.

J'acquiesce, le laissant continuer :

— D'autres attirent mon attention, sans plus et…

— Et ?

Nos yeux se trouvent enfin, et une bouffée de chaleur m'envahit. Pourquoi ai-je soudain l'impression qu'il essaie de me dire plus que ce que ses mots ne vont exprimer ?

— Et d'autres me donnent envie de…

Son regard se pose sur ma bouche. L'air entre nous se charge de tension sexuelle. Mon cœur s'affole, et je suis pendue à ses lèvres dans l'attente de la suite. Ou je suis en manque, et en quête d'un peu de reconnaissance masculine. Bon, ça ne justifierait en rien les rêves torrides et mes réactions déplacées en sa présence, mais je ne suis pas psychologue après tout.

— De ? dis-je dans un souffle.

Emportée par la curiosité, je n'ai pu m'empêcher de le pousser à développer ce dernier point. C'est mal. Et peut-être avait-il choisi la bonne stratégie en laissant planer un doute sur cette dernière catégorie. Seulement je veux savoir, j'aimerais connaître ses pensées les plus secrètes quand il rencontre une femme qui le trouble rien que par sa présence.

— De lui voler un baiser.

C'est tout ? Un peu déçue, je baisse le regard. À quoi m'attendais-je ? Une grande déclaration ? Une description par le menu de ce qu'il me ferait ? Enfin, de ce qu'il ferait à cette femme en question ! Finalement, peut-être est-ce mieux pour ma santé mentale qu'il ne s'attarde pas sur les détails.

Une moto démarre non loin et brise l'instant qui n'a finalement existé que dans mon esprit dérangé.

— Tu devrais éviter de te retrouver seule.

Et il tourne les talons. Monsieur débarque en plein milieu de mon enquête, me défend tel un preux chevalier sur sa monture... enfin, non, sans monture dans le cas présent. Il vient, tient à distance un homme et repart après avoir mis le feu à... La voix de Charlie résonne dans mon esprit, ainsi qu'une de ses expressions favorites : le feu à la culotte.

Ce vendredi a été particulièrement rude, et j'ai hâte que cette semaine prenne fin. Entre Mme Parvesh qui file la parfaite petite vie de femme au foyer et M. Nobolé qui nous a clairement fait comprendre ce matin que nous n'avancions pas assez vite dans la résolution de son affaire, je ne ressens que de la frustration. Refusant de m'attarder là-dessus, je quitte l'agence et décide de me rendre directement au pub pour y attendre Robin et Hope.

L'air est frais, mais aucune pluie n'est à déclarer ce soir. Le week-end promet même d'être « clément », si tant est que la météo au mois d'octobre puisse l'être en bord de mer. Demain, je dois déjeuner avec mes parents. Si sur le papier cela devrait me combler de joie, il en est bien autrement dans la réalité. Malgré tous les efforts que je pourrais fournir, ma mère finira par aborder le sujet de mon travail qu'elle juge bien trop « dangereux pour une femme ». De mon côté, je vais passer tout mon temps à ne pas mentionner Robin pour ne pas être abreuvée de reproches quant à mes « fréquentations ».

D'une démarche déterminée, je me fraie un passage parmi les clients en terrasse qui discutent autour des tonneaux sur lesquels reposent leurs verres et des petites assiettes pleines d'amuse-bouches. Certains sont encore dans leurs vêtements de travail, les cravates sont un peu dénouées, les sourires moins forcés. Quelques rires éclatent par-ci par-là.

Cette ambiance presque festive me redonne du baume au cœur. Ragaillardie par la bonne humeur qui flotte autour de moi, je pousse la porte en bois patiné pour entrer dans le pub. À l'intérieur, la musique est quasiment couverte par le bruit des conversations, des verres qui s'entrechoquent et des pieds de chaises qui raclent le parquet. Mes yeux savourent le spectacle avant de partir à la recherche du patron.

Debout derrière le bar, il est penché en avant, un léger sourire aux lèvres. Contrairement à ceux qu'il a d'habitude, celui-ci est plein de chaleur et me plante une pointe dans le cœur. À côté de lui, une femme au décolleté raisonnable, mais agréable, lui parle tout en fixant leurs mains qui s'activent. *Qui est-ce ? Et pourquoi se trouve-t-elle derrière le bar avec lui ?*

Soudain, comme dans une publicité pour un shampooing, elle rejette ses cheveux blonds en arrière. Ses lèvres s'ourlent en un sourire engageant qui augmente mon malaise. Leur complicité est palpable. Jamais en cinq ans nous n'avons été aussi proches. Enfin si, peut-être le premier soir. Et lors de notre étreinte…

Un homme me dépasse en me bousculant, me sortant de mes pensées. Mécaniquement, je me dirige vers le fond de la salle, là où une table est marquée « réservée », et m'assois sans saluer Baptiste qui rit maintenant de bon cœur avec la femme. Ça aussi, ça ne nous est pas arrivé depuis des années. La seule avancée dans notre relation est que depuis ces maudits rêves, j'ai le corps qui s'échauffe et que je bégaie comme une imbécile en sa présence, chose que ne doit jamais faire la blonde qui se dirige vers moi, une tasse dans les mains.

— Bonsoir ! s'exclame-t-elle en penchant la tête sur le côté.

112

Mes voisins de table me fixent étrangement, jetant de rapides coups d'œil à la pancarte « réservée », que je replie pour qu'elle ne soit plus visible, tandis qu'elle pose mon chocolat chaud devant moi.

— Bonsoir, dis-je simplement.

Ne désirant pas la voir s'attarder avec moi, je la regarde à peine et plonge dans mon sac à la recherche du roman policier que je lis actuellement.

— Baptiste m'a dit que tu es une habituée.

J'acquiesce, serrant les mâchoires pour ne pas laisser parler ma jalousie naissante.

— Il m'a aussi expliqué que tu étais la sœur de son meilleur ami.

Mon cœur s'arrête une fraction de seconde. Avec ces quelques mots, elle vient de tuer quelque chose en moi et j'ai bien trop peur pour chercher ce que c'est exactement.

— Je m'appelle Violette, mais tout le monde m'appelle Vi.

Ma tête bouge, montrant mon assentiment. Il me faut un instant pour comprendre qu'elle attend que je me présente à mon tour.

— Mathilde.

— Mathilde, répète-t-elle, j'adore !

Son sourire se fait franc. Elle semble parfaitement inconsciente de la douleur qui envahit mon être à cet instant et qui n'est pas uniquement de la jalousie. Non, c'est plus profond et plus complexe, comme si on venait de me priver de quelque chose de vital.

— Je vais te laisser te détendre !

— Merci, dis-je tout bas.

Perdue dans mes réflexions, j'ouvre mon livre sans voir les lignes qui s'étalent devant moi. Depuis quand mon attachement à Baptiste est-il aussi complexe ? Certes, j'ai toujours eu un pincement au cœur quand Robin me racontait leurs sorties du samedi soir et les femmes qui les entouraient. Sachant pertinemment que mon frère ne finissait jamais la nuit seul, j'ai supposé que Baptiste faisait de même. Nouvel élancement dans la poitrine…

Soudain, la chaise devant moi est tirée et, loin de trouver Robin accompagné de Hope, je suis surprise par l'air détendu et avenant qu'affiche M. Nobolé.

— Bonsoir, mademoiselle Piono.

— Monsieur.

Sans le quitter du regard, je glisse mon marque-page dans mon livre et me redresse.

— Je suis désolé de vous importuner, déclare-t-il en déboutonnant sa veste pour s'asseoir. Je vous ai entendue mentionner ce pub ce matin, et je me suis dit qu'il serait de bon aloi de vous y retrouver.

Nerveuse, je me contente de hocher la tête tout en conservant un sourire chaleureux.

— Vous prendrez bien quelque chose à boire, l'invité-je en levant la main pour attirer l'attention de Vincent, ou mieux de Baptiste.

— Non, je n'en ai pas pour longtemps, réplique-t-il fermement.

Les yeux plongés dans les miens, il semble prêt à passer par-dessus la table pour me manger. Cet homme si impassible, hautain et autoritaire n'a jamais autant ressemblé à un prédateur. Et moi, à une proie ! Petite, fine, vêtue d'un pull ocre large sur un legging noir, je me fais l'effet d'une fillette sur le point d'être disputée par son père. Ou une soumise par son maître, songé-je en me remémorant les propos de l'amant à l'estampe.

Embarrassée par le cours de mes pensées, je me redresse sur ma chaise et attends la suite qui ne tarde pas :

— Je tiens à m'excuser pour mon attitude cavalière de ce matin.

Son attitude cavalière ? Il a été l'archétype du type fortuné qui ne tolère pas de ne pas tout contrôler, inconscient de la somme de travail que son dossier va nous demander maintenant qu'il est clair que son demi-frère – et j'insiste bien sur « demi » – ne porte pas le nom de leur père. Si seulement il pouvait nous laisser approcher ce dernier afin que nous puissions l'interroger sur sa maîtresse. Rien qu'un nom et cette affaire serait résolue dans l'heure. Ou presque.

— Ce n'est rien, bredouillé-je en cherchant à comprendre où il veut en venir.

— Si, j'ai bien conscience que ne pas pouvoir contacter mon père est une contrainte suffisante pour que je fasse profil bas. Malheureusement, il est urgent que je contacte mon… demi-frère.

Mensonge, cela pue le mensonge ! Ravalant une remarque acerbe, je relève le menton face à cet homme qui m'a retrouvée en dehors de mon lieu de travail, à un endroit où j'ai mes habitudes.

— J'ai cru comprendre en effet que vous étiez pressé, ajouté-je à mon tour.

Son ton, ce matin, ne souffrait d'aucune réplique et son air royal alors qu'il arpentait la pièce comme le maître des lieux ne pouvait qu'appuyer le message. Seulement nous ne sommes que des êtres humains qui ont besoin de plus de renseignements afin de retrouver une personne. D'autant qu'avec tout cela, j'en suis venue à douter de la véracité du prénom qu'il nous a donné.

— Oui, je ne vous cache pas que de l'argent est en jeu. De plus, je n'aime pas quand les gens me font perdre mon temps.

Mes yeux papillonnent. Est-ce une menace ? Ou une simple mise en garde ? Pourquoi cette phrase qui détonne avec le reste ? Stupéfaite, je l'observe alors qu'il se lève et referme sa veste d'un geste élégant. À le voir dans le pub, on peut se demander la raison qui l'a poussé à venir se perdre dans un tel lieu tant il est aux antipodes des gens autour de nous. Derrière lui, Baptiste ne manque rien du départ de mon client.

Après un dernier arrêt au bar, M. Nobolé sort sans un regard dans ma direction, à croire qu'il m'a déjà oubliée. Pas que je m'attendais à un sourire ou un signe de la main, loin de là ! Vu la teneur de notre échange, j'aurais plutôt attendu une œillade noire et pourquoi pas un pouce courant sur sa gorge. Flippant !

— Mathilde, ça va ? demande Baptiste en posant devant moi un autre chocolat chaud.

J'acquiesce, plus par automatisme que pour réellement répondre à sa question. À l'heure actuelle, je suis incapable de déterminer si je vais bien, et ce qu'il vient exactement de se produire.

— Il a réglé le premier et celui-ci.

— D'accord, dis-je en regardant mes mains qui tremblent légèrement.

— Est-ce le même homme que la semaine dernière ? s'enquiert-il en se tournant rapidement vers la porte du pub.

— Non, dis-je à voix basse.

Embarrassée de montrer ainsi mon mal-être, je me redresse, carrant les épaules. Hors de question que M. Nobolé gâche ma soirée, d'autant que Robin et Hope ne devraient plus tarder maintenant.

— Un client.

— Et tu lui as donné rendez-vous ici ?

— Disons qu'il a surpris une conversation entre Denis et moi. Et qu'il tenait à me présenter ses « excuses ».

Je ponctue ma phrase d'un sourire crispé afin qu'il comprenne que le dernier mot n'est pas à prendre au pied de la lettre. D'autant que son passage ici, ce soir, me donne la désagréable impression qu'il vient de violer ma vie privée.

— Ça va aller ? s'inquiète Baptiste en posant la main sur la table.

Tout en fixant ses doigts et les tatouages qui les recouvrent, je réponds avec franchise :

— Je ne sais pas.

Soudain, je suis comme touchée par un éclair de génie, le souvenir d'un article lu quelques mois plus tôt me revient.

— As-tu déjà entendu parler de l'opération Angela[1] ?

— C'est un film ?

Bien que sa réplique puisse être suffisamment drôle pour me tirer un sourire en temps normal, ce soir elle échoue à alléger l'atmosphère. Succinctement, je lui explique le principe de cette opération lancée par une association étudiante :

— Si une femme se sent harcelée ou agressée, elle entre dans un bar et demande Angela. C'est un code pour que les gérants de l'établissement l'aident. Peut-être faudrait-il mettre au point un système semblable ici.

— Tu t'es sentie agressée ? m'interroge Baptiste d'un ton soucieux.

---

[1] L'opération « Demandez Angela » existe réellement et a été lancée par le collectif féministe étudiant de Rouen.

Je relève la tête vers lui pour le trouver fixant la porte d'entrée d'un air dur.

— Non, avoué-je sincèrement, parce que j'étais ici. Dans ton pub, ajouté-je plus bas.

— Pourtant, tu me parles de femmes harcelées ou agressées !

— Il est très déstabilisant de voir un de ses clients débarquer dans un lieu… privé, si tu vois ce que je veux dire. Et cela n'a aucun rapport avec ce qu'il a dit.

De plus, je n'aime pas quand les gens me font perdre mon temps.

Peut-être que ses propos ne m'ont pas totalement laissée indifférente. Tout en observant Baptiste rejoindre « Vi » derrière le bar, j'essaie de déterminer ce qui m'embête le plus, la présence de cette femme magnifique à ses côtés ou la visite éclair de mon client.

— Salut ! s'écrie Charlie en s'installant à ma table quelques minutes plus tard.

— Bonsoir !

Surprise qu'elle se joigne à nous, je referme mon livre et patiente le temps qu'elle enlève sa veste. Les joues rouges et le regard vif, elle se penche vers moi pour me demander le plus discrètement possible :

— C'est qui la bombe derrière le bar ?

Supposant qu'elle ne parle pas de Baptiste, je lui donne le prénom de la blonde à la plastique de rêve.

— C'est tout ? s'exclame Charlie. Tu n'as pas lancé des recherches poussées pour connaître son niveau de dangerosité ?

— Qu'est-ce que tu racontes ?

— Si tu veux que tes rêves deviennent réalité, tu dois te tenir au courant de tes potentielles adversaires.

— Qui t'a dit que je voulais que mes rêves deviennent réalité ? argué-je en portant ma tasse à mes lèvres.

— Personne, mais vu le peu que tu en racontes, si j'étais à ta place, je souhaiterais savoir à quel point je suis proche de la réalité.

— Ou totalement à l'opposé.

— Et risquer une déception ? réplique-t-elle. Mathilde, regarde l'engin ! L'expérience sera forcément grandiose.

117

Surprise par sa conviction, j'observe ma meilleure amie. Sa chevelure rousse est attachée en un chignon d'où plusieurs mèches s'échappent. Bien que dégageant un air négligé, elle respire aussi la joie de vivre, et la nervosité. Lundi, elle commence son nouveau travail. Si pouvoir rester ici quatre jours par semaine lui plaît, la partie à Paris la stresse énormément. Elle semble persuadée que ses parents et son ex-future belle-famille vont la retrouver dès qu'elle aura posé un pied à la gare, une fois arrivée à La Défense.

— Bonsoir, lance la nouvelle employée en se postant près de notre table.

Ma meilleure amie la détaille de la tête aux pieds avant de se tourner vers moi pour en savoir plus.

— Charlotte, dis-je, je te présente Violette, la nouvelle barmaid.

Ignorant à dessein de mentionner le surnom Vi, je souris le plus chaleureusement possible. Toutes les deux se toisent un instant sans animosité, avant que Charlie passe sa commande :

— Un mojito à la fraise, s'il te plaît.

— C'est peu commun ! s'exclame Violette. Maintenant que tu me le dis, Baptiste m'a parlé d'une Charlie qu'il faut surveiller quand son meilleur ami est là.

— Il faut me surveiller ? s'indigne cette dernière.

— Dois-je te rappeler que seule une conversation sur cinq ne se finit pas en dispute entre vous deux ? déclaré-je en jouant avec l'anse de ma tasse.

— Tu veux dire qu'une sur cinq se finit par une dispute, non ? demande Violette en jetant un coup d'œil à son patron.

Je vois déjà d'ici les circonvolutions de son cerveau. Elle s'imagine que mon frère est lui aussi un ancien joueur de rugby, avec quelques tatouages sur le corps pour faire fantasmer et une carrure intimidante, surtout pour un modèle tel que Charlie. Attention, je ne dis pas qu'elle est petite, juste qu'elle est dans la moyenne basse et que l'éducation stricte de ses parents a fait que son corps est fin et musclé. D'où une impression de fragilité qui est vite balayée après deux minutes de discussion avec elle.

— Non, entre eux, c'est électrique, confirmé-je. Tu as donc quatre chances sur cinq de voir de la fumée sortir des oreilles de mon frère quand elle est là… Et parfois, comme ce soir, il paraît déjà énervé contre elle.

Sur le seuil de la porte, Robin regarde dans notre direction avec une expression qui ne me dit rien qui vaille.

— Qu'est-ce que tu as encore fait ? demandé-je à ma meilleure amie, qui ne trouve rien de plus stupide que de lui adresser un signe de la main.

— Rien, répond-elle. Promis !

— Charlie…

— Franchement, Mathilde, rien que le fait que je respire le contrarie, alors je ne sais pas ce que j'ai pu faire de plus pour qu'il soit fumasse à ce point.

— Le coup du slip ? proposé-je en me rappelant mardi soir.

— Le coup du slip ? répète Violette, qui ne semble pas décidée à nous quitter.

Robin, quant à lui, a été saluer Baptiste. Hope s'est glissée sur un tabouret et est complètement dissimulée par la carrure de son père.

— J'ai juste dit à Hope que la grande faiblesse d'un homme se trouve dans son slip, se défend mon amie.

— Et elle t'a prise au mot ! m'exclamé-je.

— Et il m'a passé un pseudo-savon quand j'ai dîné avec vous. Fin de l'histoire.

La blonde nous regarde tour à tour, espérant sûrement comprendre les tenants et les aboutissants de toute cette histoire. Curieuse, elle demande :

— Chantage au sexe ? Je n'ai jamais osé avec mon ex-mari.

Réalisant la méprise, je vais pour la corriger quand Charlie en rajoute une couche :

— Une fois avec mon ex… ça n'a pas amélioré ses performances !

— Il n'était pas bon ? m'étonné-je, surprise d'apprendre cela si tardivement.

Charlotte est le genre d'amie à qui il est possible de confier un secret. Elle se montre toujours discrète et de bon conseil. Peut-être n'est-elle pas ainsi avec tout le monde, mais j'ai la chance d'être proche d'elle au point de savoir beaucoup de choses que d'autres ignorent. Et je n'étais pas au courant des piètres performances de son ex-fiancé au lit.

— Pas de moyen de comparaison, réplique-t-elle avec un geste de la main.

Consciente que nous ne sommes pas seules toutes les deux, je profite du moment pour rectifier certains points :

— Après le conseil de Charlie, Hope n'a rien trouvé de mieux que de tirer sur le slip d'un de ses camarades d'école.

— Oh, c'est une enfant ! s'exclame Violette. Désolée, j'ai cru que...

— Ce n'est pas grave, dis-je avec un mouvement de la tête.

— Et pourquoi a-t-elle fait cela ? s'enquiert-elle, curieuse.

— Le gamin soulevait les jupes des filles, répond Charlie en se redressant.

Son sourire s'accentue à son tour, signe que Robin approche et qu'elle est prête à l'affrontement.

— Ne te mets jamais entre eux, à moins d'être suicidaire, préviens-je Violette qui se décale d'un pas.

Mon frère se poste à ses côtés, le regard vissé sur ma meilleure amie qui ne faiblit pas. Hope me salue d'un geste de la main, grimaçant par avance de la conversation houleuse qui ne va pas tarder à exploser entre les deux autres.

— J'ai entendu dire que tu avais remis à sa place une petite brute ? demande Violette en s'accroupissant au niveau de ma nièce.

Celle-ci jette un coup d'œil à son père avant d'acquiescer humblement.

— Je n'aurais pas dû avoir recours à la violence pour gérer un problème qui ne me concernait pas, répète Hope. J'aurais dû prévenir un adulte de confiance pour qu'il puisse agir selon le règlement de l'école.

— Oui… ou vise l'estomac, ça ne laisse pas de traces et ça fait rudement mal, ajoute Violette en se relevant.

— Vous venez réellement de conseiller à ma fille de se battre, grogne Robin en attirant cette dernière davantage contre lui.

— Vous devriez être fier qu'elle sache se défendre contre des abrutis. Avec un peu de chance, elle ne finira pas mariée trop jeune avec l'un d'eux !

Piquée par son assertion, je me permets de la regarder une nouvelle fois. Ses cheveux blonds me semblent moins coquets qu'au premier abord. Ses mains, qu'elle tient serrées contre son ventre, paraissent tremblantes malgré l'assurance qui se dégage d'elle. Ses yeux d'un marron profond ne fléchissent pas sous le regard menaçant de mon frère. Voilà qui est intéressant !

— Un souci ? demande Baptiste en arrivant à notre niveau.

— Oui, ta nouvelle employée… grogne Robin.

— C'est clair, Baptiste ! l'interrompt Charlie. Je l'adore !

Ce dernier pivote vers moi, peut-être pour avoir un troisième avis sur la situation, seulement je n'en ai pas.

— Donc, si Charlotte adore, grommelle Robin en se tournant vers elle, ça ne peut qu'être une personne douce et aimante comme elle.

Son sarcasme atteint sa cible et ma meilleure amie chancèle sous le coup. C'est fugace, pourtant je le vois et me sens désolée pour elle. Pas trop longtemps, puisqu'elle attaque aussitôt sans se laisser démonter :

— C'est vrai que tu es l'homme le plus chaleureux de la pièce ! Quand on te croise, tout le monde saute de joie, n'est-ce pas ?

Le client de la table d'à côté qu'elle a pris pour témoin a l'air d'ardemment souhaiter disparaître pour se tirer de cette épineuse situation.

— Laisse-le en dehors de ça ! la rabroue Baptiste.

— Franchement, Robin, poursuit-elle en se relevant de sa chaise, Hope doit apprendre à se défendre dans ce monde de brutes ! Regarde, Mathilde…

— On va la laisser en dehors de ça, elle aussi, interviens-je. Demain je déjeune avec les parents, alors pas question qu'on me répète dès ce soir que mon boulot est dangereux et que je devrais en chercher un plus… pépère.

— Je retourne travailler, déclare Violette avec un petit sourire. En tout cas, bravo !

Elle pose une main sur l'épaule de ma nièce qui s'enorgueillit de ses félicitations.

— Cessez de l'encourager à…

— Robin, dis-je calmement, assieds-toi !

Son regard sombre se pose sur moi, évalue la situation avant qu'il cède. D'un mouvement sec, il enlève son blouson en cuir qu'il met sur le dossier d'une chaise et en tire une autre pour que Hope puisse prendre place.

— Je vous sers comme d'habitude ? demande Baptiste.

— Oui, répond ma nièce en repoussant ses cheveux derrière ses oreilles.

Sur ses lobes, deux diams scintillent sous la lumière feutrée du pub. Voilà qui est nouveau, et à coup sûr la raison de la mésentente entre son père et ma meilleure amie. Quand mon regard croise celui de Hope, je lui adresse un clin d'œil complice.

— Cesse donc de bougonner ainsi, déclare Charlie. Ce ne sont même pas des vraies !

— Et alors ? Elle n'a que sept ans ! réplique Robin.

— Et c'est une petite fille magnifique, qui avait envie de boucles d'oreille.

— Et je lui ai dit que la prochaine fois, elle pourrait toujours me poser la question, contre-attaque mon frère.

— J'ai hâte de t'entendre lui parler des règles, se moque mon amie sans se soucier du regard noir qu'il lui lance. Non, parce que tu sais qu'à un moment ou à un autre, elle va les avoir.

— Elle n'a que sept ans, répète-t-il avant de se tourner vers moi. Et elle a une tante géniale.

Touchée par la confiance sans bornes que je crois lire dans ses yeux, je lui souris et reprends un peu de mon chocolat chaud. S'il y a bien une chose que j'ai apprise depuis le mois de juin, et le retour fracassant de Charlie en ville, c'est qu'il vaut mieux ne pas intervenir dans leurs conversations, même si cela paraît paisible.

— Ta journée a été bonne ? demandé-je à Hope pendant que tous deux continuent à argumenter.

— Mes copines, elles ont trouvé ça trop joli !

J'acquiesce, émue par la joie qui irradie de son sourire.

— Pourquoi Charlie a-t-elle dit que ce n'était pas des vraies ? m'enquiers-je.

— C'est des autocollants, répond-elle en rougissant. Elle savait que papa serait furieux si je me faisais percer les oreilles sans son accord, alors elle m'a acheté ça.

— C'est gentil…

Elle hoche la tête et reporte son attention sur les deux autres. Le ton est monté et blesse Hope. La pauvre doit se sentir coupable de leur brouille.

— Bon, vous avez fini ? interviens-je en montrant discrètement la petite.

— On en reparlera, grommelle mon frère en posant la main sur la nuque de sa fille. Ne t'inquiète pas, je ne suis pas fâché contre toi…

— Mais je ne veux pas que tu fasses la tête à Charlie non plus !

Complètement tournée vers son père, elle joue avec ses doigts avant de se lancer :

— J'avais vraiment envie d'avoir des boucles d'oreilles comme Nazira. Elles sont super jolies !

Avec des mots simples, elle décrit ce que je pense être des créoles et m'interroge sur la pertinence de mettre de si gros bijoux à une enfant, sans parler des nombreux accidents qui pourraient survenir à l'école. Robin se penche un peu plus vers elle, dans une posture protectrice attendrissante. Devant un tel tableau, il est impossible de ne pas voir l'amour qu'il lui porte.

— Vos boissons ! déclare Violette en posant le plateau sur la table. Le mojito fraise pour Charlotte…

— Tout le monde m'appelle Charlie, la reprend celle-ci en attrapant son verre.

— Un jus d'abricot pour Hope et une bière pour le papa.

— C'est l'inverse ! s'exclame mon amie. Robin n'a pas encore l'âge pour les boissons fortes !

— Charlie, bougonné-je.

— Bah quoi, ta nièce a la carrure pour supporter l'alcool, elle !

Vaincue, je secoue la tête alors que mon frère ignore la pique et le départ de Violette. Entièrement concentré sur sa fille, il l'encourage à poursuivre son explication :

— Pourquoi ne m'en as-tu pas parlé ?

— Parce que tu changes toujours de sujet, répond-elle. Rappelle-toi quand je t'ai demandé de m'acheter une robe !

— Ta salopette ne te plaît pas ?

— Castrateur, souffle Charlie, qui s'attire enfin un œil noir. Avec sept ans de retard, je vais t'apprendre une chose : Hope est une fille ! Alors que tu lui montres comment réparer des motos, qu'elle connaisse le nom des outils basiques, mais usuels que tu utilises, c'est super. Mais, par pitié, ne cherche pas à la cacher sous des vêtements monstrueux !

— Mathilde, pourrais-tu expliquer à ta copine qu'il s'agit d'un dîner en famille et qu'aux dernières nouvelles elle n'en fait pas partie ?

Silence. Le coup a porté. Il le sait, pourtant aucun remords ne transparaît dans son attitude. Et là, c'est moi que cela blesse.

Depuis son départ au mois de juin, la veille de son mariage, les parents de Charlie refusent de lui adresser la parole. Avec des mots durs, ils lui ont bien signifié qu'ils n'avaient plus de fille, que pour eux, elle n'existait plus. Sachant qu'elle n'a ni oncle ni tante, pas même de grands-parents vers qui se retourner, elle n'a plus que nous. Et Robin vient de la congédier de la pire des façons.

Ma main va pour se poser sur celle de mon amie, mais trop tard. Le visage dépourvu de toute couleur, elle se lève, enfile sa veste et boit d'un trait son verre de mojito. Elle chancèle, sûrement à cause de l'alcool ingurgité trop rapidement.

— Charlie…

— Je vais vous laisser, déclare-t-elle en replaçant sa chaise sous la table.

— Tu ne m'as même pas expliqué pourquoi tu étais venue me rejoindre ! m'exclamé-je en tentant de la retenir.

— On n'a qu'à déjeuner ensemble demain ? propose-t-elle.

Me souvenant à temps que je mange avec mes parents, je reporte à dimanche midi. Les coins de ses lèvres tremblotent devant ce rappel involontaire de sa solitude.

— OK, répond-elle avec un petit signe de la main. Je vous laisse…

En famille. Elle ne le prononce pas, seulement je l'entends comme un cri. Elle va passer la soirée et la journée de demain à ruminer. Que pouvait-elle vouloir me dire ? Je l'observe se frayer un chemin parmi la foule jusqu'à disparaître. Au loin je vois la porte s'ouvrir et se refermer, signe qu'elle est partie.

— Ti'Ma ?

Bouleversée par la détresse que j'ai perçue chez mon amie, je me tourne néanmoins vers Hope. Le teint blanc et les yeux légèrement rougis, elle me fixe comme si j'étais la seule à pouvoir l'aider.

— Qui y a-t-il ?

— Tu crois que je pourrai lui rendre visite demain ?

La question me surprend. Après tout, si elle veut aller voir quelqu'un, c'est à son père de répondre. Ce dernier la dévisage d'un air soucieux, est-il conscient que Charlie a une place toute particulière dans la vie de sa fille ? Mon frère est assez fin psychologue pour comprendre l'importance de mon amie pour Hope, et qu'il va devoir s'excuser.

— Pourquoi ne pourrais-tu pas ? demandé-je pour gagner du temps.

— Parce que papa vient de lui dire qu'on ne voulait pas d'elle.

— Ce n'est pas ce que j'ai dit ! se défend-il.

— C'est ce que j'ai compris, déclare Hope en le regardant enfin.

Et je pense que Charlie a compris comme moi.

— Je lui ai juste rappelé qu'elle ne fait pas partie de la famille.

— Mais elle n'en a pas ! Comme toi, avec les autres.

Ma gorge se noue. *Les autres,* ce sont nos parents, ceux-là mêmes qui m'ont élevée loin de mon frère. Elle ne les a jamais rencontrés, mais a une opinion bien tranchée à leur sujet. Elle ne leur pardonnera sans doute jamais d'avoir abandonné son père alors qu'il avait tant besoin d'aide. Pas une seule fois elle n'a demandé à les voir ni à avoir de leurs nouvelles. Ils ne comptent pas.

Robin et moi savons tout cela, ce qui rend ses mots encore plus frappants.

— Eh merde ! grogne mon frère en se levant. Tu restes avec Mathilde, ajoute-t-il avant de ruer vers la sortie.

À son approche, les gens s'écartent. Aucun ne s'aventure à lui barrer le passage, et cela l'arrange bien. En moins de temps qu'il ne faut pour le dire, il est dehors. Dès que la porte du pub s'est refermée derrière lui, je me sens tiraillée entre l'envie d'appeler Charlie pour tenter de savoir où elle est, et le besoin de divertir ma nièce qui mordille sa lèvre.

— Tu veux le même plat que d'habitude ?

— Tu crois qu'il va la rattraper ? me demande-t-elle en réponse.

— Ne t'en fais pas, dis-je en tentant de faire taire mes propres interrogations.

— Pourquoi il est si méchant avec elle ?

Si seulement je le savais… Mon regard fait le tour de la salle. Il s'attarde sur Baptiste avant de revenir sur Hope.

— Les relations entre adultes sont très compliquées. Je ne suis pas sûre que ton père sache lui-même pourquoi il se comporte de cette manière-là avec elle. Tu as faim ? m'enquiers-je pour la détourner de ses tristes pensées. On pourrait commander en attendant.

Elle acquiesce tandis que je lève le bras pour prévenir Baptiste. Il finit de servir deux hommes, puis nous rejoint.

— Que puis-je faire pour vous ? demande-t-il en s'adressant à Hope.

— Vous aussi, vous vous faites la tête ? s'étonne-t-elle.

— Pourquoi dis-tu cela ? m'exclamé-je, surprise.

— Vous n'êtes pas comme d'habitude, répond-elle. Être adulte, ça craint, grogne-t-elle avant de commander son sempiternel burger.

Troublée qu'elle puisse croire qu'il existe une tension entre Baptiste et moi, je réalise que l'arrivée impromptue de Violette dans le tableau m'a pas mal chamboulée. Bien que mes rêves étranges n'aient commencé que la semaine dernière, j'en suis venue à l'idée que je devrais me laisser guider par eux.

— Et toi, Mathilde ?

Une chair de poule se forme sur mes bras au doux son de mon prénom dans sa bouche. Je serais une terrible menteuse si j'affirmais haut et fort que ces trois petits mots ne vont pas se répéter à l'infini cette nuit dans des rêves. *Oh, mon dieu ! Suis-je réellement en train de l'imaginer me jetant sur mon lit pour…* Je secoue la tête et me maudis d'être à ce point sous son charme. Enfin, je ne sais pas si je dois m'en plaindre, ou non.

— Un spécial Rudy, comme d'habitude.

Il hoche la tête et part vers les cuisines pour donner notre commande. Depuis quelques semaines maintenant, je fais confiance à Rudy, le chef, pour me concocter une assiette qui me plaira. Avec le temps, il connaît mes goûts, et cela me permet de découvrir des plats que je n'aurais peut-être pas essayés de moi-même. Jusqu'à maintenant, il a toujours su me séduire et m'étonner par sa créativité, et je ne suis clairement pas en état de choisir autre chose qu'un repas incluant un ancien rugbyman nu et autoritaire.

— Hope, tu peux aller commander mon hamburger à Rudy, dit Robin en reprenant sa place.

Tandis que Hope regarde derrière lui à la recherche de Charlie, je me redresse et tente de retrouver mon calme. Comment réagirait mon frère s'il apprenait que je fantasme ainsi sur son meilleur ami ? Refuserait-il que je l'approche ? Menacerait-il Baptiste ? Et si je brisais leur amitié en me montrant intéressée ?

— Je n'ai pas réussi à la rattraper, déclare-t-il.

Il passe sa main sur ses cheveux coupés courts, s'arrête le bras relevé et me montre ainsi son mal-être. Je suis la seule qu'il autorise à voir ses faiblesses. Seulement là, je ne sais pas si je dois réellement l'épauler ou le pousser à mesurer à quel point son attitude avec Charlie est déplorable. Certes, celle-ci a aussi sa part de responsabilité, mais s'il faisait un effort, elle serait bien moins sur le qui-vive.

— Elle était dans sa voiture.

Nos yeux s'accrochent. Je peux enfin lire tous les remords qui le hantent alors qu'il ajoute :

— Elle pleurait.

Ma gorge se noue alors que je songe à la douleur de Charlie qui n'a personne vers qui se tourner. Avec sa fuite la veille de son mariage, elle a perdu tous les amis qu'elle avait en commun avec son fiancé. Son attitude les a poussés à prendre parti pour le pauvre homme abandonné, si tant est que cela les concerne.

— Dès qu'elle m'a vu, elle a démarré.

J'acquiesce, comprenant qu'elle a eu peur qu'il poursuive sur sa lancée. Alors que Hope revient vers nous, je prends mon téléphone et envoie un texto à Charlie :

Que dirais-tu d'un ciné demain soir ?

Il ne me faut pas patienter longtemps pour avoir une réponse :

Avec des explosions ?

Si elle souhaite voir un film d'action, nul doute que la rebuffade de Robin l'a énormément blessée. Très bien, je suis prête à tout pour elle.

OK

C'est dingue tout de même qu'après tant d'années à communiquer uniquement par mail, réseaux sociaux et textos, nous soyons devenues aussi proches. Et dire que ses parents avaient refusé que je vienne à son mariage ! Peut-être n'a-t-elle pas cherché à s'y opposer, parce qu'elle savait déjà à l'époque que cela ne fonctionnerait pas.

Je t'envoie l'horaire demain matin, bonne soirée et bisous à la puce.

Comprenant qu'il ne sert à rien d'insister, je lui souhaite également une bonne soirée et range mon portable sous l'œil curieux de mon frère.

— T'as intérêt à t'excuser, dis-je avant de me pousser pour laisser Violette poser devant moi une assiette de poisson avec des petits légumes.

Chocolat chaud et filatures

— Tu es sûre de déjà devoir partir ? ronchonne ma mère.

Si je ressemble énormément à mon père, je tiens d'elle ma petite corpulence et mon besoin de lunettes. Sans prendre la peine de répondre, je la suis dans l'entrée de la maison.

— Tu sais, ta chambre est toute propre et prête à t'accueillir pour la nuit.

Avec un sourire contrit, je secoue la tête pour refuser cette invitation qui ne m'attire pas du tout. Ma relation avec mes parents s'est énormément détériorée ces dernières années. Si leur réaction face à l'appel à l'aide de Robin a été le point de départ, leur attitude vis-à-vis de Hope a continué le travail de sape. Certes, je peux comprendre qu'après tous les moyens qu'ils ont mis en œuvre pour l'empêcher de sombrer dans la spirale de la drogue, ils soient rancuniers. Mais ma nièce n'y est pour rien ! Et mon frère… Il a réussi.

Je ne doute pas que chaque jour est une épreuve, il les remporte haut la main depuis un peu moins de dix ans. Et sans l'aide de quiconque. Rien que pour cela nos parents pourraient faire un effort, d'autant que Robin est prêt à ravaler sa fierté pour que sa fille grandisse dans une famille la plus « normale » possible.

— J'ai rendez-vous, argué-je en enfilant mon manteau.

— Ton frère, je suppose ?

Le ton dédaigneux de ma mère m'électrise, tout comme le silence de mon père. Ce dernier se contente de détourner le regard, ne prenant jamais la défense de son fils. Quels exemples déplorables ils font ! Peut-être est-ce mieux que Robin et Hope n'aient plus de contacts avec eux, ils peuvent ainsi rester dans une bulle d'affection et de soutien inconditionnel.

— Charlie.

— Charlotte, me reprend-elle. Je ne comprendrais jamais pourquoi tu l'affubles de ce sobriquet ridicule alors que son prénom est tout à fait charmant.

Refusant d'avoir de nouveau ce débat, je hausse discrètement une épaule et remonte ma fermeture éclair.

— A-t-elle repris contact avec son fiancé ?

— Non.

Et aux dernières nouvelles, ce n'était clairement pas son intention.

— Avec ses parents, au moins ? insiste ma mère. Je me rappelle que c'était des gens adorables.

Qui ne voulaient pas avoir à faire à moi ou à ma famille à cause de Robin et de son statut de « marginal cocaïnomane et j'en passe ». *Adorables, oui !*

— Comment vont-ils ? me demande-t-elle en se plaçant astucieusement entre la porte de la maison et moi.

— Aucune idée.

Avec un claquement de langue réprobateur, elle se redresse pour tenter de m'impressionner. Ou quelque chose du genre.

— Tu devrais l'encourager à renouer avec eux.

— Non, je n'interviendrai pas dans leurs histoires de famille.

D'autant que je ne suis probablement pas au courant de tout…

— Un enfant ne devrait jamais tourner le dos à sa famille. Regarde Robin…

Excédée, je lève la main pour l'arrêter dans sa diatribe.

— Charlie a ses raisons, tout comme vous avez les vôtres.

D'un geste sec, je remonte la lanière de mon sac et me penche pour lui faire la bise.

— Compare ce qui est comparable ! réplique ma mère d'un ton sec. Ses parents ne souhaitent que le meilleur pour elle, alors que…

— Alors si elle a tout plaqué du jour au lendemain et qu'elle paraît satisfaite de son choix, c'est que c'était le meilleur pour elle, quoi que puissent en penser ses parents. Ou les gens en général, ajouté-je fermement.

Sa bouche se pince pour montrer son irritation, seulement elle préfère garder le silence. Heureuse d'avoir eu le dernier mot, je me tourne vers mon père qui, comme à son habitude, laisse ma mère tout régenter.

— Tu lui passeras le bonjour, murmure-t-il avant de se reculer.

Nos regards se croisent et pendant un instant je me demande à qui il fait référence, Charlie ou Robin ? Se pourrait-il que mon père souhaite renouer avec mon frère ? Refoulant à contrecœur cette perspective de crainte de me tromper, je gagne la porte, dépassant ma mère sans un mot supplémentaire.

— Peut-on compter sur toi le week-end prochain ? me demande-t-elle en me suivant sur le perron.

— Pour ?

— Je t'ai dit que les Larmussier venaient dîner !

— Je n'avais pas compris que j'étais invitée.

— Leur fils sera là, ajoute-t-elle d'un air entendu. Son amie vient de le quitter.

Super, ma mère cherche à se mêler de ma vie privée ! Voilà une raison supplémentaire de refuser de venir :

— Désolée, j'ai déjà quelque chose de prévu.

— Ah bon ?

Prête à révéler que Charlie rentrera de Paris et qu'elle aura sûrement besoin de décompresser, je me ravise. Avec mes parents, l'important est de ne pas trop en dire pour pouvoir réguler les informations qu'ils ne manqueront pas de répéter aux autres. Enfin, soyons honnêtes, seule ma mère perd son temps à diffuser des ragots, pour se sentir importante et en avoir en contrepartie.

— Je vous appelle !

Sans attendre, je pars m'enfermer dans ma voiture. Avisant ma mère qui se dirige d'un pas martial vers moi, j'hésite entre démarrer en trombe et refuser tout net d'ouvrir ma fenêtre. Attitude puérile qui me vaudra bien plus de reproches qu'autre chose, j'inspire un grand coup et baisse ma vitre.

— Un problème ?

— J'aimerais te parler seule à seule.

Rapidement, elle contourne ma voiture et tente d'ouvrir la portière côté passager. Avec beaucoup de réticences, je déverrouille mon véhicule et l'observe prendre place à sur le siège.

— Peut-on faire vite ? Charlie va m'attendre.

— Je souhaite juste renouveler mon invitation pour samedi prochain. Tu pourrais dormir à la maison le soir.

— J'ai déjà quelque chose…

— Un homme ?

— Non, répliqué-je aussitôt.

— Alors tu vas me faire le plaisir de décommander.

— Pourquoi ?

— Parce que tu vas avoir bientôt trente ans…

— Dans cinq ans !

Elle écarte mon argument d'un geste de la main et enchaîne :

— J'aimerais être grand-mère avant d'être sénile.

Trop tard, ai-je envie de lui jeter au visage.

— Dois-je te rappeler que tu as déjà une petite-fille ? dis-je sèchement.

— Elle ne compte pas, je n'ai pas l'intention de la rencontrer un jour. Qui sait ce qu'elle va devenir avec…

— Stop ! hurlé-je. Sors de ma voiture !

Réalisant qu'elle n'a pas l'intention d'obtempérer, je laisse s'exprimer ma colère et la rancœur qui se sont entassées en moi au fil de la journée en leur compagnie :

— Je te prierais de sortir immédiatement de ma voiture, sinon…

— Sinon quoi ? réplique-t-elle.

— Sinon je ne viendrai pas plus à ton dîner qu'à un prochain déjeuner. Tu pourras me rayer de ta vie comme tu l'as fait avec ton fils.

— Il t'a montée contre moi, c'est ça ? Il cherche à me punir en t'enlevant à moi.

— Maman, je vais démarrer et partir que tu sois encore dans la voiture ou non. Et crois-moi bien que je ne te raccompagnerai pas.

Nous nous défions du regard quelques secondes avant que je retourne mon attention sur mon volant. Au fond de moi, je prie pour qu'elle parte. J'aimerais tant éviter les conflits avec mes parents, garder cette espèce de *statu quo* qui me convient parfaitement, mais je n'ai pas le choix.

— Dernier appel, dis-je en bouclant ma ceinture.

— Mathilde, peux-tu être raisonnable ?

— Je le suis depuis des années.

Avec un soupir contenant certainement toute sa frustration, elle sort. Elle claque la portière et rejoint mon père qui n'a rien manqué de notre affrontement. Encore une fois, il la laisse agir sans s'y opposer. Oserais-je dire qu'à ce petit jeu ils pourraient y perdre le second et dernier enfant ?

Avisant l'heure, je me presse de rejoindre Charlie au complexe cinéma. Je la repère rapidement devant les portes, une écharpe nouée autour du cou. Plongée dans la lecture sur son téléphone portable, elle ne me voit pas arriver et sursaute quand je l'interpelle.

— Je commençais à me demander si tu ne m'avais pas posé un lapin !

— Jamais !

— Pas même pour Baptiste ?

Stupéfaite qu'elle puisse parler de lui avec tant de facilité, je regarde autour de nous. Nerveuse comme si prononcer son nom pouvait le faire apparaître brusquement à nos côtés, j'ai besoin d'un moment pour retrouver mon calme et rétorquer :

— Si je venais à lâcher Baptiste pour toi, tu serais capable de me remonter les bretelles.

Son sourire répond pour elle, alors j'ajoute, malicieuse :

— Tu me forcerais à retourner auprès de lui.

— Mathilde, avoue que tes rêves sont chauds et que tu aimerais savoir s'ils pourraient refléter la réalité…

— J'avoue, dis-je en sentant mes joues se colorer.

— Et j'espère que tu penseras aux copines et que tu leur donneras un aperçu !

Je m'esclaffe en secouant la tête.

— Si tu es gentille !

Tout en riant, nous entrons et achetons nos places. Comme la séance précédente n'est pas encore terminée, nous intégrons la file d'attente face à notre salle et discutons.

— Malheureusement j'étais chez mes parents et ma mère s'est montrée particulièrement… étouffante.

— Elle n'est pas réputée pour ça, contre Charlie. Il n'y a qu'à voir son attitude avec Robin.

S'il est dur d'entendre ce genre de propos sur ses propres parents, il m'est aussi difficile de la défendre. Mon amie était là quand mes parents ont abandonné mon frère à son sort. Elle sait aussi qu'ils refusent d'avoir le moindre contact avec Hope.

— Elle tient à être grand-mère avant mes trente ans ! m'exclamé-je, toujours autant outrée.

— Rassure-moi, tu lui as sauté à la gorge en lui rappelant qu'elle a la plus merveilleuse des petites-filles ? s'écrie-t-elle en écarquillant les yeux.

— Oui, mais j'aurais tellement aimé faire plus ! La réaction de ma mère est si révoltante ! Et mon père… pourquoi n'intervient-il pas ?

— Mathilde, calme-toi !

— Attends, tu es la première à foncer tête baissée ! m'indigné-je.

— Oui, je fais ça. Et regarde où j'en suis ! Je n'ai personne mis à part toi. Ma famille refuse de me parler tout ça parce que nous n'avons pas pris le temps de discuter à cœur ouvert.

Pressentant qu'elle a besoin de se confier, je me tais et attends. Le regard perdu au loin, elle paraît plongée dans ses souvenirs, et ils ne semblent pas à son goût.

— Peut-être qu'il suffirait de s'asseoir tous autour d'une table, dit-elle, songeuse.

Incapable de déterminer si elle parle toujours de ma famille ou de la sienne, j'attends qu'elle développe un peu sa pensée. Si seulement je savais comment la pousser à extérioriser le mal-être que je sens derrière tout cela.

— Je ne sais pas qui sera le plus difficile à convaincre de Robin ou ma mère.

— Il t'en voudra si tu le prends en traître.

J'acquiesce et suis les gens devant nous qui entrent dans la salle. En silence, nous prenons place vers le milieu. Une fois installées, nous discutons de notre semaine. Je lui confie que M. Nobolé a eu l'audace de passer au pub peu avant son arrivée tandis qu'elle m'explique la solution qu'elle a trouvée pour rencontrer du monde :

— Ce matin, je me suis inscrite à un atelier dessin par le biais d'un site.

Je n'ai jamais trouvé d'intérêt aux sites de rencontres. Peut-être, parce qu'être entourée uniquement de mes collègues, de mon frère et de ses amis me suffit. Quand je parle comme cela, je me fais l'effet d'être une célibataire qui vieillira avec ses chats.

— Vraiment ? m'exclamé-je, surprise.

— Oui, c'est un moyen comme un autre pour se faire de nouveaux amis. Tu veux venir avec moi ?

Du dessin ? Voilà bien un domaine où je suis loin d'exceller. Je grimace à l'idée de me ridiculiser avec mes bonhommes bâtons.

— Suis-je bête, tu n'en as pas besoin ! s'esclaffe-t-elle nerveusement.

— Charlie, qu'y a-t-il ? demandé-je, étonnée par sa répartie.

— Parce que lundi sera le premier jour du reste de ma vie, réplique-t-elle. Que pour une fois je fais quelque chose pour moi et que j'angoisse de foirer. T'imagines si j'échoue et que…

Elle se tait brusquement et me regarde sans poursuivre sa phrase. Comprenant qu'elle n'a pas l'intention de la finir, je la questionne :

— Et que quoi ?

— Rien…

— Charlie, que voulais-tu dire ? l'encouragé-je.

— Que j'ai peur de me réveiller un jour et de réaliser que mes parents avaient raison. Que j'ai foutu en l'air ma vie, mon avenir et… dit-elle d'une traite. Et je ne sais pas quoi d'autre !

Touchée par son mal-être, je me penche vers elle pour lui murmurer :

— OK, question simple : Tu aimes toujours ton ex ?

— Non ! réplique-t-elle avec une moue surprise. Pourquoi me demandes-tu ça ?

— Parce que tu tiens là une chose que tu ne regretteras pas de ton ancienne vie.

Son sourire s'agrandit, et je sens que j'ai réussi à la soulager d'un poids. Ravie, je m'apprête à me tourner vers l'écran quand elle ajoute d'une petite voix :

— Ton frère n'a pas tort, je dois cesser de m'incruster.

— Tu ne t'incrustes pas… lui assuré-je avec un sourire.

— Mathilde, c'est gentil, mais il a raison.

Malgré son ton sec et l'absence d'hésitation, tout cela la blesse toujours, j'espère que les explosions et les fusillades du film que nous nous apprêtons à visionner lui changent les idées. D'habitude, il s'agit du cocktail idéal pour qu'elle se sente mieux. Seulement combien de temps l'effet perdurera-t-il ?

— Avec ton frère, on va finir par s'étriper. Dès que j'aurai un boulot stable, je ferai en sorte de déménager. Il n'est pas sain que j'habite l'appartement en face du sien. Même sur le palier, on trouve toujours un truc pour s'engueuler. Pense à Hope…

— Et toi, tu penses à Hope ? Elle t'aime beaucoup, tu sais.

— Moi aussi.

Elle déglutit, regarde autour de nous avant d'ajouter :

— Je l'adore cette gamine, mais ce n'est pas un bon environnement pour elle. Voir deux adultes se disputer comme des chiffonniers pour un oui ou pour un non.

— Et pourquoi ne pas tenter de parler avec Robin pour trouver un terrain d'entente pour Hope ?

Une grimace déforme ses traits tandis qu'une de ses mains passe sur le dessus de ses cheveux.

— Je vais y réfléchir, déclare-t-elle alors que le film commence.

Fatiguée par cette journée émotionnellement chargée, je gare ma voiture à deux pâtés de maisons de mon immeuble. Visiblement, tout le monde est de sortie, et peu ont choisi les parkings près du port. Ravalant un bâillement, je coupe le contact et m'assure que mes feux sont bien éteints. Il ne manquerait plus qu'une panne de batterie lundi matin pour parfaire le tableau désastreux.

Un petit vent me glace alors que je marche d'un bon pas. Je rencontre quelques groupes de personnes, dont certaines ont bien bu et ont besoin d'aide pour avancer. Deux hommes m'adressent des sourires avenants que je ne leur renvoie pas pour ne pas risquer de les encourager à entamer la conversation. Le regard baissé vers le sol, je me presse de rentrer pour me mettre à l'aise.

En tournant au coin de ma rue, je m'arrête. Sur le trottoir en face de mon bâtiment, un homme patiente, appuyé nonchalamment contre le mur. Il ne quitte pas des yeux la porte de mon immeuble. Il attend visiblement quelqu'un. De là où je me trouve, je ne distingue pas son visage, mais quelque chose de sombre émane de lui au point que je recule précipitamment quand il pivote dans ma direction.

Nerveuse, j'hésite. En traversant en dehors du passage clouté, je pourrais rentrer chez moi en moins de temps qu'il ne faut pour le dire. J'ai ma bombe au poivre dans mon sac et… et la boule au ventre. Si sur le papier et grâce à mon travail je suis prête à ce genre de rencontres, je n'ai vraiment pas envie de l'expérimenter ce soir.

Vu l'heure, il me semble incorrect d'aller chez Robin, surtout après une journée avec nos parents. Je ne tiens pas à attiser sa culpabilité en lui racontant à quel point notre mère peut être envahissante. Baptiste ? Pesant le pour et le contre, je m'éloigne de chez moi et de cet homme à l'allure intimidante.

Arrivée devant le pub, je marque une nouvelle hésitation. Il est encore temps pour moi de me prouver que je suis une grande fille, je peux très bien rentrer chez moi sans me laisser effrayer par un individu lambda qui n'est peut-être qu'un gros nounours inoffensif. Trop tard ! Mes pieds, ces traîtres, sont déjà en train de se diriger vers la porte, mes mains appuient sur la poignée, et je pénètre à l'intérieur en expulsant tout l'air de mes poumons.

Il me suffit d'entendre la musique en sourdine pour avoir cette impression à la fois agréable et dérangeante d'être chez moi, à ma place. Je n'éprouve cela qu'ici, dans ce lieu qui ressemble à tout sauf à une maison douillette et accueillante. Pourtant, mon âme s'y sent en paix. Mes yeux naviguent entre les tables vides et les clients discutant tranquillement, une bière devant eux. Ils s'arrêtent sur le bar, où se trouve Vincent qui essuie des verres. Je m'approche de lui et pose les mains sur le comptoir.

— Bonsoir, jolie mademoiselle, me salue-t-il avec ce même sourire qu'il offre à toutes les femmes.

— Vincent, dis-je simplement pour lui signifier pour la énième fois que je ne suis pas réceptive à son charme.

Comme d'ordinaire, il fait jouer ses muscles, attirant mon regard sur ses bras dénués de tatouages. Ses cheveux blonds sont coiffés en un savant désordre qui entretient l'illusion qu'il vient tout juste de sortir de son lit et de ne pas y avoir dormi… Les clientes aiment beaucoup son air canaille, ce qui attire les pourboires et les habituées.

— Que désires-tu ? me demande-t-il à voix basse.

— Un chocolat chaud.

Il pose le verre sur l'étagère sous le bar, avant de revenir à moi.

— Tu sais qu'il existe d'autres boissons tout aussi agréables.

Sa voix est presque un ronronnement. Il se penche par-dessus le comptoir pour ajouter :

— Il faut savoir se diversifier.

Ses sourcils s'agitent, ne laissant aucun doute sur le sous-entendu et son but.

— Tu es vraiment en train de me draguer ? demandé-je pour couper court à toutes ses simagrées.

— Ça te dérangerait ?

— Oui, réponds-je aussitôt.

— Mathilde, gémit-il en secouant la tête. Tu me brises le cœur ! Pourrais-je avoir au moins un baiser de ta part ?

— Ce ne serait pas te rendre service ! répliqué-je en croisant les bras devant moi. Au fait, Freddy n'est pas là ?

— Ah, voilà une bonne chose ! s'exclame-t-il, satisfait. J'ai le plaisir de voir que tu connais mes jours de travail.

— Et tu remarqueras que nous nous voyons très peu. Donc Freddy ? Dois-je comprendre que Nancy a accouché ?

Excitée à l'idée d'un nouveau bébé dans mon cercle d'amis, je tapote dans mes mains.

— Elle l'a appelé en début de soirée pour lui dire de rabouler tout de suite.

Faisant fi de son vocabulaire, je continue de l'interroger :

— Ils allaient à l'hôpital ou elle y était déjà ?

— Franchement, les femmes ! grommelle-t-il en levant les yeux au ciel. Il faudrait que vous m'expliquiez l'intérêt de ces petites boules de chair ridées et totalement dépendantes. Pour les faire, OK, je ne nie pas que ça me plaît, mais après…

— Quel cynisme ! rétorqué-je.

— Tout ce que je sais, c'est qu'elle avait besoin de lui pour aller à la clinique et que Baptiste m'a appelé pour le remplacer d'urgence.

— C'est gentil, commenté-je.

— Il n'avait pas vraiment le choix, ajoute une voix dans mon dos que je reconnaîtrais entre mille. C'était convenu ainsi depuis plus d'un mois. Bonsoir, Mathilde !

— Bonsoir, Baptiste !

Nos yeux s'accrochent, et une délicieuse chaleur m'envahit. Impressionnée par son charisme, je me sens brusquement petite, mal habillée et sans aucun attrait. Pourtant, il ne porte qu'un T-shirt blanc immaculé qui moule délicieusement son torse et dévoile les tatouages qui recouvrent son bras gauche. Un instant, je laisse dériver mes yeux sur cette encre qui teinte sa peau, m'arrêtant à ses doigts qui tapotent sur le bar.

— Je demandais à Mathilde d'où venait l'intérêt des femmes pour les bébés, dit Vincent avec une moue écœurée.

— C'est juste l'accomplissement d'un couple, réponds-je en réalisant que je dévisage toujours Baptiste.

— Donc, tu fais partie de cette horde de femmes désirant à tout prix un enfant.

Me rappelant ma conversation de ce soir avec ma mère, je grimace et modère ses propos :

— À tout prix, non. Mais quand j'aurai trouvé le bon, je sais que j'en voudrai un avec lui.

Aussitôt l'image d'un petit garçon brun aux yeux verts, passionné de rugby et de moto me vient à l'esprit. Je chancèle et m'interdis de poursuivre sur ce rêve éveillé. Pour détourner l'attention du trouble qui doit désormais s'afficher sur mon visage, je reviens à ma question première :

— Je peux avoir ma tasse de chocolat chaud, s'il te plaît !

— Mathilde… ça aurait pu être si beau entre nous…

— Dans une dimension parallèle peut-être, mais pas dans celle-ci, dis-je avec un sourire.

— Puis-je savoir ce qui t'amène ici un samedi soir ? demande Baptiste en se glissant entre moi et un client accoudé au bar.

Sa présence à quelques centimètres réveille toutes mes terminaisons nerveuses. Mon corps se tend vers le sien, à la recherche d'un contact. Déroutée par la sensibilité exacerbée qui règne en moi, je peine à trouver mes mots pour lui répondre.

— Je rentre du cinéma et un type devant mon immeuble m'a fichu les jetons.

— Pourquoi tu n'as pas appelé ton frère ? intervient Vincent, qui préfère suivre notre conversation plutôt que de vérifier que tous les clients ont bien à boire.

— Je ne vais pas le déranger pour si peu ! m'exclamé-je avant de regarder ma montre. En plus, à cette heure-ci, Hope est couchée. Il ne peut pas venir m'aider.

— Il est 23 h 30 ! s'exclame Vincent en prenant un verre sous le bar. D'où l'avantage de ne pas avoir d'enfants ! Putain, ton frère a une vraie vie de moine.

Refusant de lui expliquer que Robin a une vie tout court justement, parce que ma nièce est entrée dans la sienne et lui a donné une bonne raison de se libérer de tous ses travers, je reporte mon attention sur Baptiste. Ce dernier me fixe avec intensité, au point que ce qui nous entoure commence à s'effacer. Et cela serait possible si Vincent ne poursuivait pas, pour mon plus grand déplaisir :

— Enfin, une vie de moine, sauf les jours où vous sortez tous les deux, hein !

Dans une posture d'homme macho et fier que son congénère ait réussi à séduire une femme pour la nuit, Vincent s'appuie contre le comptoir. Visiblement peu décidé à nous laisser discuter seuls, il ouvre la bouche pour en rajouter une couche quand Baptiste le devance :

— Ce ne sont pas tes oignons !

— Je vous ai vus l'autre fois avec les deux blondes, insiste lourdement Vincent.

Blondes. Il aime donc les femmes blondes. Et voilà qui m'éloigne plus encore de lui, et de la réalisation de mes fantasmes.

— Toi, déclare Baptiste en tapant du doigt sur le bar devant moi, tu restes là. Dès que je finis mon service, je te reconduis chez toi. Si tu es fatiguée, j'ai un canapé dans mon bureau.

Touchée par sollicitude, et un peu rêveuse quant à sa raison d'agir ainsi, je suis vite ramenée sur Terre :

— Ton frère m'en voudrait à mort s'il apprenait que je ne t'ai pas escortée jusqu'à ton appartement.

Douchée, je me plonge dans la contemplation du dessus de mes mains, de mon chocolat chaud et enfin des marques de verres sur le bar. Pourquoi s'est-il senti obligé d'ajouter cette dernière phrase ? Baptiste se lève de son tabouret et repart. Qu'est-ce que cela me ferait s'il me draguait à son tour, s'il se montrait farceur comme Vincent ? Tant de questions qui restent sans réponse, et qui me troublent.

Une demi-heure plus tard, Baptiste me rejoint. Il ferme son blouson et montre la sortie.

— Vu le monde, dit-il, je vais te raccompagner tout de suite.

Ma gorge se serre, et mon sourire se fait plus dur à tenir. J'ai de plus en plus de mal à feindre l'amitié en sa présence. Rien que là, je n'ai qu'une envie : le regarder de la tête aux pieds pour me gorger de détails, ceux-là mêmes que j'ai retrouvés dans mes rêves érotiques de ces derniers jours. Au lieu de ça, je me contente de fixer un point entre ses sourcils, craignant de rougir si mon regard croise le sien. Soudain, je suis persuadée qu'il détecte mon trouble, qu'il s'en amuse, que tout cela entretient son ego.

— Comment va Charlie ? me demande-t-il alors que nous nous engageons à l'extérieur.

Déçue qu'il parle de mon amie, je lui réponds simplement :

— Elle fait aller.

— Hier, je l'ai vue vous quitter brusquement, insiste-t-il. Je suppose que Robin a encore su se montrer sous son meilleur jour.

— Tu connais Robin. J'adore mon frère, mais il n'est pas tendre avec elle.

— Oui, j'ai remarqué qu'elle avait le don de l'irriter très facilement.

— Elle est gentille ! m'exclamé-je, prête à défendre mon amie bec et ongles.

— Je n'ai pas dit le contraire ! réplique-t-il en levant les mains. C'est juste que dès qu'elle est là, on peut être sûr que ton frère va s'énerver.

— Oui, et je dois avouer qu'elle semble aimer le faire sortir de ses gonds. Elle n'a pas à faire beaucoup d'efforts pour cela en ce moment.

— Pour l'autre matin, dit Baptiste en s'approchant un peu plus de moi, je suis désolé d'avoir sous-entendu…

Sa main gauche s'agite, bientôt suivie de la droite. Il ne trouve pas ses mots. C'est à la fois mignon et déroutant. Enfin, aussi mignon que peut l'être un ancien rugbyman au visage intact, mais à la virilité clairement affichée. Je tente de me souvenir de la conversation quand la gêne me gagne.

— Que je pouvais coucher pour arriver à mes fins ? finis-je.

Son nez se plisse, signe que ma formulation rend ses dires encore plus odieux à ses oreilles.

— Ne t'en fais pas, dis-je avec un petit sourire crispé.

Son regard se soude au mien, cherchant à déterminer si je suis sincère. Et je le suis. Je crois. Une partie de moi aimerait affirmer que ce n'est pas grave et profiter de cette paix entre nous. Une autre me rappelle la portée de ses paroles et la vision qu'il a de moi.

— Je peux te demander pourquoi tu m'as suivie l'autre soir… Tu sais jusqu'au bar plus loin.

Il baisse les yeux et prend son temps avant de répondre :

— Ça m'a surpris de te voir passer devant le pub sans t'arrêter, et encore plus d'entrer là-bas. J'ai juste été… curieux.

Ressentant une joie presque malsaine à l'idée qu'il s'intéresse à moi au point que sa curiosité puisse être piquée aussi facilement, je recouvre ma bouche de mon écharpe pour sourire en toute discrétion. La fin du chemin se fait en silence. Le trottoir est maintenant désert, libéré de cette présence menaçante. Devant la porte de mon bâtiment, je sors les clés de mon appartement.

— Désolée de t'avoir dérangé pour si peu, déclaré-je en relevant le visage vers lui.

Embarrassée, je redresse mes lunettes.

— Je suis heureux que tu aies pensé à moi.

Il s'approche de moi tandis que j'acquiesce, rougissante. Sa main droite se pose sur ma joue. Le contact aussi doux qu'imprévu me coupe la respiration. Je fais de mon mieux pour ne pas intensifier son toucher, mais finis par succomber. Mes yeux se ferment sous la vague de bien-être qui m'envahit.

— Mathilde…

Des frissons se nichent dans ma nuque, et je me souviens de ces propos l'autre soir et de la chaleur de son corps quand il me tenait dans ses bras. De ces femmes à qui il a envie de voler un baiser. Ses lèvres effleurent les miennes, et le feu d'artifice commence. Ses doigts passent de mes joues à mes cheveux. Il retient nos bouches l'une contre l'autre. Sa langue vient à la recherche de la mienne. J'en perds tous mes repères. Mes mains se posent sur ses épaules, et je me colle à lui pour ne pas tomber.

Après un grondement qui résonne en moi, Baptiste augmente le rythme. Et je suis prête à faire durer un maximum le moment. Une pression sur mes fesses m'approche un peu plus de lui et échauffe mon sang. Il marque une pause. Nos bouches se descellent, tout en restant à un souffle l'une de l'autre.

— Bonne nuit, murmure-t-il.

À deux doigts de crier pour qu'il reste, je me retiens à temps. Vincent l'attend pour fermer le pub. Peut-être a-t-il même besoin de Baptiste pour le service, ou avec un client récalcitrant. Il recule d'un pas, laissant le froid m'envelopper.

— Tu devrais rentrer, ajoute-t-il.

J'acquiesce et m'exécute aussitôt. Chez moi, je referme la porte et m'adosse dessus, les doigts glissant sur mes lèvres encore sensibles du baiser que nous venons d'échanger. Finalement, la semaine n'est pas si mauvaise.

Deux jours plus tard, je me lève dans un état lamentable. Non contente d'avoir passé mon dimanche à me demander pourquoi je n'ai pas retenu Baptiste après le baiser, je n'ai cessé de rejouer dans ma tête la scène attisant ma frustration. J'en suis à un stade où un simple sourire de sa part suffirait à m'embraser tout entière.

— Et maintenant on écoute…

La voix du présentateur radio retentit dans ma chambre et m'extrait de mes pensées. Il est gai, enjoué et dynamique, tout le contraire de moi. Et dire que nous ne sommes que lundi ! La semaine ne fait que commencer, et je suis déjà agacée de tout.

Avec un soupir de lassitude, je me lève et pars m'enfermer dans la salle de bains. Sous la douche, je règle le jet pour qu'il me fouette un peu le sang. Je ne dois pas laisser cette langueur s'installer. Peut-être est-ce extrême, mais je crains toujours une baisse de moral. Notre baiser avec Baptiste m'a ébranlée, et je suis sur des montagnes russes émotionnelles qui ne me laissent aucun répit.

Dois-je me rendre au pub ce soir pour que nous ayons « la » conversation ? Ou, au contraire, est-il plus intelligent de continuer sans s'attarder sur… Sur quoi ? Quand il m'a dit qu'il existait différents types de femmes, je me suis presque moquée de la dernière catégorie, regroupant celles à qui on vole un baiser. Franchement, l'intitulé est si chaste que je ne m'imaginais pas ressentir une telle pléiade d'émotions sur un si court instant. Est-ce parce que c'est lui ? Il est doué et réussit à troubler toutes les femmes ainsi. Ou est-ce parce que c'est lui et moi ?

Sortie de la salle de bains habillée, maquillée et coiffée, je me prépare un rapide petit déjeuner. Il me reste peu de temps pour manger, comme d'habitude. Je suis sur le point de croquer dans une tartine quand l'interphone sonne.

Surprise d'avoir une visite aussi matinale, je vais décrocher et demande avec une voix encore éraillée par le sommeil :

— Bonjour, que puis-je pour vous ?

— C'est Baptiste.

En parlant du loup…

— Ouvre, s'il te plaît ! ajoute-t-il fermement.

D'un doigt presque tremblant, j'appuie sur le bouton et entends au loin la porte de l'immeuble se débloquer. Repoussant mes espoirs d'explication sur samedi soir, j'analyse la situation pour trouver une explication crédible quant à sa venue chez moi. Toutes me paraissent plus absurdes les unes que les autres.

Nerveuse, je passe les mains dans mes cheveux encore libres et replace mes lunettes correctement. D'un regard rapide, j'inspecte ma tenue avant de vérifier que rien de compromettant ne traîne dans mon appartement. Alors que je fais un pas en direction de mon lit, des petits coups me parviennent de la porte d'entrée. Trop tard pour remonter ma couette !

— Bonjour, dis-je en m'écartant pour le laisser passer.

— Bonjour.

La ride du lion qui marque l'espace entre ses sourcils m'interpelle, au moins autant que sa tenue de footing. Son T-shirt sans manches ne cache pas ses bras musclés et le haut de ses tatouages sur son côté gauche. Tâchant de ne pas le fixer bêtement, je regroupe mes esprits et songe à ce que je peux lui offrir à boire.

— Désires-tu un jus d'orange ?

Nos regards se croisent et mes yeux s'écarquillent quand je réalise qu'il n'est pas inquiet, il est au-delà de ça.

— Que se passe-t-il ? demandé-je.

Ses mâchoires se contractent tandis qu'il plonge les mains dans ses poches de jogging.

— Baptiste ?

— Tu as vu ta voiture ?

Ma voiture ? Il est monté pour me parler de...

— Non, elle est garée à deux pâtés de maisons d'ici. Hier, je n'ai pas eu envie de sortir pour tenter de trouver une place plus près. Qu'est-ce qu'elle a ?

De sa poche, il sort son téléphone et le déverrouille. Sur l'écran ma plaque d'immatriculation apparaît.

— C'est bien la tienne ?

J'acquiesce, appréhendant la suite. Et j'ai bien raison ! D'un mouvement du doigt, une photo succède à l'autre. Ma voiture en sa globalité ou presque. Dans un premier temps, je ne remarque rien de spécial. La carrosserie, de ce que j'en vois, est toujours intacte tout comme les vitres. Ce n'est qu'en poussant mes observations plus bas vers le sol que je réalise :

— Mes pneus !

Mon cri résonne dans l'appartement.

— Quelqu'un a crevé mes pneus ! répété-je en me tournant vers Baptiste.

Debout au milieu de ma pièce principale, il semble incapable de décider de la suite des événements. Ses lèvres se serrent, puis s'ouvrent légèrement plusieurs fois, me montrant l'étendue de sa crainte.

— Combien ?

— Comment ça, combien ? me demande-t-il en s'approchant.

— Combien de pneus sont à plat ? Là-dessus, je n'en vois que deux, mais...

— Les quatre, répond-il en me montrant un troisième cliché.

Un gémissement m'échappe. Je n'ai officiellement plus de voiture. Enfin non, je n'ai pas de voiture pour un délai indéterminé.

— Il faut que tu portes plainte.

Décontenancée, j'acquiesce simplement en grossissant certaines parties des photos.

— Ça va aller ? s'enquiert Baptiste en se penchant vers moi.

— Je ne sais pas.

Je lève la tête vers lui et mon regard va de ses yeux à sa bouche. L'envie impérieuse qu'il m'embrasse m'étreint. J'ai besoin qu'il me prenne dans ses bras et me fasse oublier cette catastrophe, et je sais maintenant qu'un baiser de sa part serait parfait pour cela. Mon souffle s'accélère, mes mains se retiennent de l'attirer à moi…

— Mathilde ?

Avec un sourire figé, j'acquiesce et me dirige vers mon vide-poche, là où je sais trouver la carte de visite d'un policier à qui j'ai eu affaire pour un dossier. Il décroche à la quatrième sonnerie, se présentant immédiatement.

— Bonjour, Mathilde Piono à l'appareil. La détective privée qui vous a contacté en août dernier.

— Oui, comment allez-vous, mademoiselle Piono ?

Grimaçante, je préfère ignorer sa question et en venir aux faits :

— Il se trouve que ma voiture a les quatre pneus à plat…

— Crevés, corrige Baptiste.

— Crevés, répété-je, la bouche sèche.

Mince, tout cela est réellement en train de m'arriver ? Comment ai-je réussi à me mettre dans une telle situation ?

— Pouvez-vous me donner votre adresse et l'emplacement de votre voiture ?

Je lui donne tous les renseignements, ainsi que la description de ma voiture pour le cas où il y en ait une autre de vandalisée.

— Ne bougez pas de chez vous, nous serons sur place d'ici quinze minutes.

— D'accord.

Sans un mot de plus, je raccroche et pose mon téléphone sur ma table où mon petit déjeuner trône toujours. Peut-être devrais-je finir de manger ? Seulement, avec la boule logée dans ma gorge, cela me paraît difficile.

— Mathilde ?

Avec un petit sursaut, je me tourne vers un Baptiste au visage soucieux.

— Tu as besoin de quelque chose ?

— Je ne sais pas.

— Tu devrais prévenir Denis que tu seras en retard.

Honteuse de ne pas y avoir songé par moi-même, je reprends mon téléphone et appelle mon collègue qui répond presque aussitôt :

— Salut, Mathilde !

— Salut !

Soudain déstabilisée, je m'appuie sur le dossier de la chaise toute proche et inspire profondément. *Suis-je réellement en train de vivre tout cela ?*

— Quelqu'un s'est amusé à crever mes pneus, dis-je d'une voix blanche.

— Merde ! s'écrie-t-il. Tu as prévenu la police ?

— Oui, ils arrivent d'ici une quinzaine de minutes.

De plus en plus mal, je m'assois et fixe mon regard au loin alors que mon collègue énonce à haute voix la crainte qui me paralyse peu à peu :

— Mathilde, tu crois que c'est du vandalisme ? Pourrais-tu être visée *personnellement* ?

Une main ferme et chaude se pose sur mon épaule, le bout des doigts frôlant la base de mon cou. Aussitôt un petit frisson hérisse les cheveux de ma nuque. Instinctivement, mon corps reconnaît le toucher de Baptiste. Il est là, encore et toujours. Rassurée par sa présence, je lève les yeux vers lui, le trouvant penché vers moi.

— Mathilde, à qui penses-tu en premier quand je te demande si tu as des ennemis ? s'enquiert Denis à l'autre bout de la ligne.

— À une fille au lycée que je détestais.

Réalisant mes propos, je secoue la tête et détourne le regard vers la fenêtre.

— Elle avait tout pour elle : des bonnes notes, des amis populaires et des vêtements géniaux. Et puis j'ai découvert qu'en plus de toutes ces qualités, elle avait le cœur sur la main.

— Charlie, murmure Baptiste.

J'acquiesce avant de poursuivre :

— Je n'ai pas d'ennemis, Denis, tu le sais très bien.

— Oui, mis à part tous ceux que nous avons surveillés…

— L'homme du bar, celui qui t'a fait des propositions déplacées… intervient Baptiste.

Le « Daniel Nobolé vieux crado vicelard » ? Il est vrai que son attitude pourrait coller, mais il y a une faille à ce raisonnement :

— Il ne sait pas où j'habite.

— Et le client de vendredi, celui qui est venu au pub ? ajoute-t-il.

— Je vois que tu n'es pas toute seule, se moque Denis, qui n'a rien perdu de notre échange.

— Baptiste m'a prévenue pour les pneus, répliqué-je, peu encline à le laisser s'imaginer des choses. Et non, je ne pense pas que M. Nobolé perdrait son précieux temps à s'en prendre à la voiture d'une petite détective privée junior.

— Il peut avoir embauché quelqu'un, déclare Baptiste.

— Et pourquoi ?

Ma question a le don de les faire taire tous les deux.

— Peut-être cherchait-il à s'assurer que tu n'enquêtais pas sur son père, répond Denis au bout d'un moment. Tu m'as dit samedi matin qu'il t'avait paru menaçant. Peut-être tenait-il à appuyer son point de vue ?

— En crevant mes pneus ? C'est absurde ! m'insurgé-je.

— Et celui de l'estampe ? Il aura retrouvé ta trace…

Ahurie qu'il puisse inventer de tels scénarios, je pince les lèvres pour ne pas répliquer trop vertement.

— Peux-tu me dire pourquoi il s'en serait pris à ma voiture ? Parce que baiser sa maîtresse sans cette estampe à son mur était moins fun ?

— C'était juste une proposition, Mathilde, tempère Denis. Essoufflée malgré moi, je me lève de ma chaise et me dirige vers la fenêtre, que j'ouvre en grand. Les poumons gorgés d'un air frais et vivifiant, je me sens prête à continuer ce débat stérile sur l'implication potentielle d'un de nos clients.

— Donne-moi une seule raison qui pourrait justifier un tel acharnement contre une petite détective junior !

— Et toi, rétorque Denis d'une voix sèche, donne-moi le nom d'une autre personne qui pourrait en avoir après toi !

— Je n'en ai pas ! Et peut-être est-ce l'acte gratuit d'un débile profond en manque d'occupation.

— Aussi, m'accorde-t-il. Je te connais depuis suffisamment longtemps pour savoir que personne ne te voudrait du mal, mis à part les groupies de Baptiste...

— Denis, grogné-je en espérant que ce dernier n'ait pas entendu les propos de mon collègue.

— Ça collerait, Mathilde ! Une femme n'hésiterait pas à s'en prendre à sa concurrente. Pour les pneus, il est vrai que les statistiques montrent qu'il s'agit le plus souvent d'hommes, mais il reste un pourcentage non négligeable de femmes capables de le faire. Et une des principales raisons invoquées est une rivalité amoureuse.

Excédée, je change mon téléphone d'oreille. Cette conversation est ridicule au point que je cherche à y mettre fin. La voiture qui tourne au coin de la rue me donne le prétexte idéal.

— Je dois te laisser, la police arrive.

— Tu ne restes pas seule, me recommande Denis. Parle-leur de M. Nobolé ! De mon côté, je préviens M. Steiner.

— Tu sais très bien que je suis tenue au secret professionnel. D'autant plus que samedi, tu me soutenais que son attitude ne devait pas être très menaçante, puisque Baptiste n'avait pas réagi.

Aussitôt mes dernières paroles prononcées, je sens mes joues s'échauffer. À un moment donné, au cours de cette discussion, j'ai totalement oublié que je ne suis pas seule... Gênée, je me tourne vers Baptiste. Les sourcils froncés et les bras croisés, il ne semble pas content. Est-ce à cause de ce que je viens de dire ?

— Tu es une vraie tête de mule quand tu t'y mets, ronchonne Denis, inconscient de mon malaise. Et n'oublie pas de prévenir ton frère !

— Oui, oui, réponds-je. À tout à l'heure !

Je raccroche rapidement et m'apprête à m'expliquer auprès de Baptiste quand mon interphone sonne. Hésitant entre battre le fer tant qu'il est encore chaud et ne pas faire patienter des agents de police, je décide de repousser la conversation qui promet d'être gênante. Et puis, peut-être n'a-t-il aucune envie de savoir.

— Mademoiselle Piono, pouvez-vous me confirmer l'immatriculation de votre voiture ? me demande l'homme dans l'interphone.

Il me faut une fraction de seconde pour me souvenir de ma plaque minéralogique. Pour faire bonne mesure, j'ajoute le modèle et l'année de mise en circulation.

— Très bien, mon collègue va s'en occuper pendant que je prends votre déposition.

— D'accord, dis-je en actionnant l'ouverture de la porte de l'immeuble.

Avec un temps de retard, j'indique mon étage.

— Tu devrais manger, me conseille Baptiste. Tu es pâle.

— Disons que ce n'est pas le genre de matinée que j'affectionne, plaisanté-je.

— Vas-y, je vais l'accueillir.

D'une ferme pression sur mes reins, il me pousse vers la table où mes tartines attendent depuis un moment maintenant. Loin de me faire saliver, leur simple vision me donne mal au cœur.

— Bonjour, entends-je derrière moi. Entrez !

Décidée à ne pas tomber dans les pommes, je bois mon jus d'orange avant de me retourner vers le policier. Reconnaissant celui à qui j'ai déjà eu affaire, je sens mon sourire se décrisper.

— Mademoiselle Piono, je pensais vous revoir dans des circonstances plus positives, dit-il en me tendant la main.

— Moi aussi.

Avec un mouvement du menton, il sort un calepin et un stylo de sa poche.

— Je vous propose que nous fassions au plus vite, je suppose que vous devez vous rendre au travail.

J'acquiesce, sans pour autant savoir par où commencer mon récit. Baptiste doit le sentir, puisqu'il s'avance et explique que c'est lui qui m'a signalé l'état de mes pneus.

— Monsieur, pour quelle raison étiez-vous dehors à cette heure-ci ? demande le policier.

— Mon footing, répond Baptiste calmement. Je cours une heure tous les matins.

Il lui décrit l'itinéraire qu'il a l'habitude de suivre avant d'en revenir à aujourd'hui :

— La voiture de Mathilde a attiré mon regard, et il m'a fallu un moment avant de comprendre qu'elle était plus basse.

— La voiture de Mlle Piono a attiré votre regard… Il y a des dizaines d'autos dans la rue et elle se trouve relativement loin de cet immeuble, pourquoi spécialement celle de Mlle Piono ?

— Parce que je la connais, dit Baptiste en fronçant les sourcils.

— Avez-vous vu quelqu'un à proximité ? s'enquiert le policier.

— Non.

— Qu'avez-vous fait ensuite ?

— J'ai fait le tour de la voiture et remarqué que les quatre pneus étaient crevés. J'ai pris quelques photos et je suis aussitôt venu m'assurer que Mathilde n'avait rien.

L'agent acquiesce, écrit et relève la tête pour demander :

— Y a-t-il des tensions entre vous ?

Choquée par ce qu'il suggère, je suis sur le point de répliquer quand Baptiste lui répond sèchement :

— Sous-entendez-vous que je puisse avoir moi-même détérioré sa voiture avant de sonner chez elle ?

— C'est ridicule ! interviens-je enfin.

— Mademoiselle Piono, vous êtes détective privée.

— En effet…

— Vous semble-t-il invraisemblable qu'un homme puisse effrayer une femme avec des pneus crevés pour se présenter ensuite en héros et ainsi se rapprocher d'elle ?

— Non, ce n'est pas invraisemblable, mais dans ce cas présent, si !

— Quelle est la nature de votre relation ? demande le policier sans quitter son idée.

— Nous sommes amis ! m'exclamé-je.

Ou pas. Des « amis qui s'embrassent » ?

— Et l'un de vous n'a jamais été tenté de pousser cette amitié à un stade plus intime ?

Je pense qu'on peut qualifier ainsi notre échange de salive de samedi soir, mais je n'ai pas vraiment envie de parler de tout cela devant un témoin.

— Non, réponds-je sans regarder Baptiste.

L'agent n'a pas besoin de savoir que depuis deux semaines, je suis une vraie cocotte-minute prête à exploser dès qu'il est dans les parages. Mes hormones me chatouillent, très bien. Et l'épisode de samedi n'a pas amélioré mon état, mais jamais Baptiste ne s'en prendrait à mes pneus pour attirer mon attention, surtout maintenant que je connais la douceur de ses lèvres…

Sans s'attarder plus sur le sujet, malgré un regard sceptique, le policier s'intéresse à mes habitudes, mon entourage. Quand vient la question sur de potentiels ennemis, je maintiens ne pas en avoir et remercie intérieurement Baptiste de ne pas parler de M. Nobolé.

Une demi-heure plus tard, il s'apprête à rejoindre son collègue resté dans la rue.

— Si vous pouviez passer au commissariat dans la journée pour signer votre déposition…

— Je viendrai en fin de matinée, dis-je. Je suppose que mon assurance en aura besoin pour les démarches administratives.

— Oui. Au revoir, mademoiselle Piono ! Monsieur, ajoute-t-il avec un petit mouvement de la tête en direction de Baptiste, je vous attends aussi dans la journée.

— Je passerai dans la matinée.

J'accompagne le policier à la sortie et referme derrière lui avec un soulagement évident.

— Je vais y aller également, déclare Baptiste en s'approchant.

Coincée entre lui et la porte, je lâche les mots sans prendre le temps de réfléchir :

— Je suis désolée d'avoir dit que nous sommes amis.

— Pourtant, c'est le cas, réplique-t-il en enfonçant les mains dans ses poches.

Submergée par l'envie de lui rappeler notre intermède deux jours plus tôt, je fais un pas vers lui, espérant fugacement qu'il me prenne dans ses bras.

— Mais j'ai menti en prétendant qu'aucun d'entre nous n'a jamais voulu quelque chose de plus.

Ma gorge me fait mal. Elle empêche l'air de passer, mais aussi le cri que je brûle de pousser. Tandis que les mots se bousculent dans mon esprit, je me contente de l'observer, de noter tous les détails : la forme de ses yeux, sa mâchoire carrée et le léger chaume qui la recouvre. Quand je me sens capable de garder mon sang-froid, je murmure son prénom sans savoir exactement quoi dire après.

Pas que les sujets de conversation manquent ! Non, c'est juste que je n'ai pas la moindre idée pour aborder le tournant de notre relation. Nous sommes à un embranchement, soit nous continuons comme des amis lambda, soit nous approfondissons cette attirance entre nous.

— Je dois y aller, Mathilde.

Il fuit. Ou pour lui, tout a été dit. Mais pas moi ! Je m'approche et pose les mains sur son torse. Sous mes doigts, je sens ses muscles jouer et la chaleur de son corps. Qu'il serait bon de se coller à lui, de le forcer à resserrer ses bras autour de moi !

Refusant de laisser passer ma chance et de m'en vouloir davantage, je tente le tout pour le tout et me mets sur la pointe de pieds pour poser mes lèvres sur les siennes. Je les ai à peine effleurées, pourtant je perçois encore leur fermeté sur les miennes. N'obtenant rien de sa part, j'insiste et prolonge le baiser. Le contact est doux, naturel et frustrant. Baptiste n'a aucune réaction, tandis que moi, je suis en ébullition, fiévreuse et déçue de ne pas avoir plus.

Me jurant que ce sera la dernière fois, je glisse les doigts sur sa nuque, dans ses cheveux, et l'embrasse de nouveau. J'ai l'impression de le supplier, de mendier son attention. Et peut-être est-ce un peu le cas… Mes pressions se font plus fortes, sans plus de succès.

Quand je m'écarte, l'envie de retenter une dernière fois, encore, m'étreint, mais je sais que c'est inutile. Le message est clair : il est trop tard.

— Je dois y aller, dit-il sans bouger pour autant.

Il saisit délicatement mes poignets. Son pouce en caresse l'intérieur. Est-ce volontaire ? Peut-être. Et si c'est le cas, il ne l'a certainement fait que pour atténuer la brutalité de cette scène. Parce que Baptiste va me repousser avec toute la douceur dont il est capable, ce qui le rend plus séduisant à mes yeux.

— Pourquoi ? murmuré-je.

— Tu dois aller travailler, réplique-t-il en fermant les paupières.

— Je ne suis plus à cinq ou dix minutes près.

Quand il me regarde de nouveau, mon sexe se serre d'appréhension. Il y a tellement de désir entre nous que je me colle à lui sans plus réfléchir à ce que je fais. Ses mains glissent le long de mes bras, s'arrêtent sur mes épaules avant de descendre jusqu'à ma taille.

— Je dois y aller.

Sa voix est à peine plus forte qu'un souffle. Décidée à le faire flancher, je me penche pour l'embrasser dans le cou. Je suis l'arête de sa mâchoire jusqu'à son menton. Mes lèvres frôlent les siennes, puis reprennent le chemin jusqu'à son oreille.

— Mathilde…

Son grondement m'échauffe au point que je m'appuie davantage contre lui, contre son érection. Ses mains se posent sur mes fesses, les pressant rudement. Je gémis et me dresse sur la pointe des pieds pour aligner parfaitement nos bouches. Nos souffles se mêlent. C'est si sensuel que cela m'étourdit. Une de ses mains remonte et s'arrête sous ma poitrine. Malgré les épaisseurs de vêtements, je sens sa chaleur, et l'impatience me gagne.

— Pas comme ça, ajoute-t-il en reculant d'un pas.

— Pourquoi ?

— Parce que tu es sous le coup de l'émotion, de…

— Et samedi ? répliqué-je en tentant de le retenir.

D'un geste doux, il m'oblige à défaire mon emprise sur son cou. Il tient mes poignets entre nous et s'écarte encore. Cette distance qu'il instaure entre nous me blesse tant que je me montre plus sèche que je ne le souhaite :

— C'était aussi « sous le coup de l'émotion » ?

Ses traits se durcissent alors qu'il se penche vers moi.

— Aux dernières nouvelles, samedi, j'étais l'instigateur.

— Et là, je ne peux pas l'être… Un privilège masculin, je suppose ? Je dois me contenter que monsieur veuille bien m'embrasser.

Sans me quitter du regard, il appuie ses mains contre la porte derrière moi. Il me surplombe, m'entoure de sa présence au point que je pourrais oublier tout ce qui n'est pas lui.

— Oui, tu vas devoir attendre que « monsieur » veuille bien t'embrasser. Parce que si « monsieur » le fait, là maintenant, tu n'auras pas que cinq ou dix minutes de plus de retard. Quand je t'ai dit qu'il y avait des femmes qui me donnent envie de leur voler des baisers, je parlais juste de la première étape. La plus… sage.

Il pense réellement que ses baisers sont « sages » ? Il n'y a qu'à voir dans quel état je me trouve pour que je sois persuadée du contraire !

— Maintenant, je vais te quitter, déclare-t-il en se redressant. Nous avons une grosse journée devant nous et une semaine tout aussi… longue. Oh, et peut-être devrais-tu parler de cet homme samedi soir, celui qui t'a poussée à venir au pub.

Il croit sérieusement que je vais attendre sept jours avant de… Tout en le défiant, je m'écarte de la porte pour qu'il puisse partir.

— À vendredi, dis-je en relevant le menton.

Un léger mouvement sur sa mâchoire laisse transparaître son trouble, mais rien de plus. Quand il referme derrière lui, j'expulse tout l'air contenu dans mes poumons et me retiens de hurler. Il va finir par avoir ma peau !

Finalement, j'arrive à l'agence en fin de matinée. Après le départ de Baptiste, il m'a fallu un temps tranquille pour me remettre les idées en place. J'ai fini par manger mon petit déjeuner et rejoindre le commissariat pour signer ma déposition. En patientant qu'un agent s'occupe de mon cas, j'ai contacté Charlie pour lui emprunter sa voiture. En passant la porte du bureau que je partage avec Denis, je trouve ce dernier assis dans son fauteuil.

— Mathilde, comment vas-tu ?

— Agacée, réponds-je. Si j'attrape celui qui a fait ça à mes pneus, je le hache menu menu.

— J'ai hâte de voir ça !

J'accroche mon manteau et m'installe devant mon ordinateur. Pendant que celui-ci démarre, j'interroge Denis sur la filature de Mme Parvesh.

— René m'a remplacé ce midi. Il aura besoin que tu te charges de la fin de l'après-midi.

D'un geste tranquille, il pose les mains sur son ventre. À le voir ainsi détendu, je sens le calme m'envahir. C'était pareil samedi matin, quand je l'ai appelé pour lui parler de la visite impromptue de M. Nobolé, son ton serein a réussi à m'apaiser. En parlant de lui...

Vendredi quand il est venu à l'agence, il m'a promis l'accès aux dossiers des ressources humaines. Il m'a simplement demandé de me montrer discrète, et nous avons convenu d'un mensonge derrière lequel me retrancher. Pour ses employés, je serai la fille d'un ami de la famille qui étudie l'évolution du statut des femmes dans le milieu du travail. Je décroche mon téléphone et compose le numéro qui m'a été communiqué par mail.

— Bonjour, madame De Suza, dis-je aimablement. Je suis Mathilde Piono.

— Bonjour, madame ! déclare-t-elle avec emphase. M. Nobolé m'a prévenue de votre appel.

Satisfaite que tout paraisse en ordre, je lui demande :

— Quand serait-il possible pour vous de me rencontrer ?

— Aujourd'hui, j'ai de nombreuses réunions, répond-elle. Par contre, demain, je serai plus disponible.

Heureuse d'avoir un répit, je hoche la tête et prends mon calepin pour noter les informations dont j'aurai besoin demain.

— Cela me convient très bien. Vers quelle heure ?

— Je commence à huit heures. Est-ce que huit heures et demie vous paraît possible ?

— Très bien.

Sans bruit, la porte du bureau s'ouvre et M. Steiner entre. L'air martial, il referme et se poste bien droit à côté de mon bureau. Visiblement *Big Boss* veut en apprendre davantage sur mon retard, même si Denis s'est déjà chargé de lui faire un bref résumé de la situation.

— Pourrais-je en savoir un peu plus sur votre travail ? me demande Mme De Suza.

— Bien sûr !

Pour être certaine de ne pas raconter de bêtises, je jette un coup d'œil au mail de M. Nobolé que j'ai eu la bonne idée d'ouvrir en lui parlant.

— Je suis en dernière année de master de sociologie. Dans mon mémoire, je désire parler du travail des femmes il y a trente ans. Pour avoir un avis plus global sur la question, je regarderai le nombre de femmes ayant travaillé dans l'entreprise sur une période de quatre ans, de vingt-huit à trente-deux ans en arrière. Je tiens à savoir le nombre de cadres, d'ouvrières… mais aussi celles qui ont démissionné ou qui ont été licenciées.

Pour lui laisser le temps d'enregistrer tout cela, je m'arrête et tourne mon stylo entre mes doigts.

— Je ferai de même avec ces quatre dernières années pour voir l'évolution.

— Voilà qui me paraît très intéressant !

— J'espère que mon directeur de mémoire sera de votre avis. Je ne vous retiens pas plus longtemps et vous dis à demain.

— À demain, madame Piono !

Soulagée de ne pas m'être empêtrée dans les mensonges, je raccroche et soupire.

— C'est bon ? me demande Denis sans se préoccuper de la présence de M. Steiner.

— Oui.

Un raclement de gorge m'empêche de continuer. *Big Boss* a quelque chose à dire et ce ne sont certainement pas des félicitations. Ses sourcils froncés et ses lèvres serrées ne laissent planer aucun doute : il est contrarié.

— Est-il vrai que M. Nobolé s'est permis de vous contacter en dehors des canaux habituels ? s'enquiert-il fermement.

Son regard sonde le mien à la recherche d'une brèche ou d'un mensonge.

— Oui. Vendredi, il est venu dans le bar où j'ai mes habitudes avec mon frère et ma nièce. Il m'a vivement encouragée à ne pas approcher sa famille de trop près et à ne pas lui faire perdre de temps.

Quoique cette dernière partie ait été énoncée sous forme de généralités, et qu'il ne me les a pas adressées personnellement.

— Très bien ! Si cela venait à se reproduire, merci de m'en avertir immédiatement.

Il marque une pause avant d'ajouter :

— Maintenant, puis-je savoir pourquoi vous n'avez pas pu venir ce matin ?

— Comme Denis a dû vous l'expliquer, ma voiture a subi des dégradations. Quelqu'un a crevé les quatre pneus. J'ai donc été porté plainte et j'ai envoyé le nécessaire à mon assurance.

— Pensez-vous que cela ait un lien avec votre travail à l'agence ? s'enquiert M. Steiner.

— Je ne sais pas.

Soucieux, il hoche la tête et croise les bras sur son large torse.

— Où en êtes-vous de l'enquête de M. Nobolé ?

Surprise qu'il revienne sur le sujet, je lui réponds franchement :

— Toutes nos pistes vers un « Daniel Nobolé » se sont révélées être des impasses. Pour un tas de raisons différentes, nous les avons écartées une à une. Dans mon enquête préliminaire, j'ai trouvé sept femmes mariées dans l'entourage proche de M. Nobolé père au moment de la supposée liaison et onze autres femmes en couple ou célibataires, mais non mariées au sens strict du terme.

Cela me fait déjà dix-huit candidates dans la sphère privée, sachant qu'il me reste à lister les potentielles maîtresses dans le milieu professionnel, en espérant que ma rencontre avec Mme De Suza soit fructueuse, mais raisonnable. Il ne faudrait pas que cette liste de maîtresses potentielles s'allonge de trop.

— Avez-vous préparé les réquisitions judiciaires pour obtenir les potentiels actes de naissance le plus rapidement possible ?

— Vendredi soir, je devrais avoir les premières réponses dans la journée.

Et ainsi éliminer pas mal de candidates.

— Mais là, il me faut reprendre la surveillance de Mme Parvesh.

J'éteins mon ordinateur et repars. J'aurais fait un passage éclair à l'agence, mais j'ai mon rendez-vous pour demain. Peut-être va-t-on enfin avancer sur ce dossier !

Alors que je suis confortablement installée dans la voiture de Charlie devant un petit commerce de nourriture d'origine biologique, mon téléphone vibre, m'annonçant l'arrivée d'un message texte. Un œil toujours fixé sur la porte du magasin dans lequel est entrée Mme Parvesh quinze minutes plus tôt, je déverrouille mon écran.

Salut, Mathilde, tu peux m'appeler quand tu es seule ?

Robin. Curieuse de connaître la raison de son message, je compose le numéro de mon frère et attends qu'il décroche.

— Que se passe-t-il ? demandé-je d'entrée de jeu. C'est Hope ?

— Non, elle va très bien ! répond-il. Je t'aurais directement appelée si elle avait eu un problème.

Rassurée, je me détends légèrement et suis du regard un homme avec un long imperméable. Il tient la laisse au bout duquel un chien ridiculement petit trottine fièrement. Comprenant que mon frère n'a pas l'intention de se mettre à table, je le presse un peu :

— Robin ?

— Je me demandais…

Il marque une nouvelle pause qui m'interpelle. Habituellement, il est sûr de lui et va droit au but sans prendre réellement de pincettes. Bien qu'avec moi, il fasse attention à ne pas me blesser et à me présenter les choses sous le meilleur angle.

— Tu as des nouvelles de Charlie ?

Surprise par sa requête, je me prépare au pire. S'ils sont insupportables en ma présence, ils le sont aussi quand ils ne sont que tous les deux. Et ce que je saisis après coup, c'est souvent bien plus saignant que devant témoins.

— Pourquoi ?

À l'autre bout de la ligne, je l'entends inspirer profondément :

— Je n'ai pas réussi à m'excuser.

— Vous vous êtes de nouveau disputés ? demandé-je en croyant tenir l'explication de l'attitude renfrognée de ma meilleure amie.

— Non ! Seulement ce midi, je suis allé chez elle, et elle n'a pas ouvert. Je ne sais même pas si elle était là…

Aujourd'hui, Charlie commençait son nouveau boulot, et cela sous-entendait qu'un technicien vienne lui installer ses ordinateurs et ses connexions. De plus, quand je suis passée chez elle ce matin pour qu'elle me prête sa voiture, elle m'a assuré ne pas avoir l'intention de quitter son appartement d'ici à son atelier de dessin, ce soir. Si elle a décidé de ne pas répondre, c'est qu'elle a ses raisons et il est hors de question que je la trahisse. Mais il s'agit de mon frère, et il culpabilise réellement pour les paroles blessantes qu'il lui a adressées vendredi. J'hésite. L'instinct de survie devrait m'interdire de répondre et les laisser se débrouiller tous les deux.

Ça, c'est la théorie.

En pratique, je suis bouleversée à l'idée que mon frère soit mal de ne pas avoir des nouvelles de Charlie. Il le mérite, certes, mais c'est aussi un handicapé des sentiments.

— Je l'ai vue samedi soir. Elle parle de se faire de nouveaux amis, de ne plus s'incruster, réponds-je sans ménager mes mots. Elle ne veut pas que ta fille grandisse en voyant deux adultes se disputer comme des chiffonniers à longueur de journée.

— Elle a vraiment dit ça ?

— Peut-être pas à *longueur de journée*. Oh, et elle pense déménager dès qu'elle aura un boulot stable.

— Au moins, sur ce coup-là, on a le temps, plaisante-t-il nerveusement.

— Évite ce genre de commentaires, si tu tiens réellement à te racheter, le préviens-je. D'autant qu'elle a un boulot. Dans son domaine.

— Bon, je vais organiser une soirée pizza à la maison et tenter de rester en vie.

— Elle sort ce soir.

Il se tait. Je crois que c'est la première fois depuis son retour au mois de juin que Charlie va passer du temps avec d'autres personnes que nous. C'est assez étrange, tout comme le silence qui s'éternise.

— Robin ?

— Elle a rendez-vous avec un mec ?

— Non, un atelier dessin pour rencontrer du monde.

Il marmonne quelque chose avant de vite me saluer.

— Tu pourrais au moins demander de mes nouvelles, frère indigne !

— Au ton de ta voix, tu es énervée. Donc ce soir, tu vas aller boire ton chocolat chaud au pub, je me trompe ?

Je grogne mon assentiment tandis qu'il continue :

— Suivant la fatigue de Hope, on passera peut-être.

— Ne te tracasse pas pour ça et reste tranquillement à la maison, dis-je finalement. Et bisous à ma nièce !

— Pas de souci ! Bonne journée, Inspecteur Gadget !

Le sourire aux lèvres, je raccroche et observe Mme Parvesh quitter la boutique avec de gros sacs de courses qu'elle met dans son coffre. Le reste est d'une horrible banalité : maison, école et… Et attente devant la maison que notre client rentre. Encore une journée où elle aura été la plus parfaite des femmes. À se demander pourquoi son mari a douté d'elle. L'esprit plein de suppositions toutes plus folles les unes que les autres, je gare la voiture de Charlie par chez elle avant de récupérer ma voiture et ses quatre pneus neufs.

Avisant l'heure, j'envoie un texto à mon amie pour la prévenir que je vais la chercher à la sortie de son atelier, afin qu'elle n'ait pas à attendre le bus pour rentrer chez elle. J'arrive pile au moment où elle sort d'un vieux bâtiment bien entretenu. Je klaxonne pour attirer son attention et déverrouille les portières. Elle s'empresse de s'installer, laissant un peu de pluie entrer avec elle dans l'habitacle.

— Top synchro ! s'esclaffe-t-elle.

— À croire que nous nous sommes donné rendez-vous, ajouté-je en repartant.

— Ils ont fait vite, dis donc !

— À ce que j'ai compris mon patron connaîtrait le garagiste… ou l'expert… Toujours est-il qu'il a usé de son influence pour que je récupère rapidement ma voiture.

Elle a une petite moue appréciatrice.

— On dîne ensemble ? Hier, j'ai cuisiné comme une folle. Le stress m'a fait avoir les yeux plus gros que le ventre.

— Ça me va !

Charlie tape dans ses mains et me demande, toute joyeuse :

— Quoi de neuf depuis samedi ? Hormis tes pneus... on en parlera chez moi devant une bonne bouteille de vin pour établir les hypothèses les plus délirantes.

Mes joues rougissent alors que je pense au baiser de samedi soir et à mon attitude entreprenante de ce matin.

— Oh, je sens que je vais aimer ! s'exclame-t-elle en se tournant à demi vers moi.

— Tu ne sais même pas de quoi il est question, répliqué-je.

— Rien qu'à ton visage, j'en déduis que tu as un rêve *hot* à me raconter...

— Je ne te raconte pas mes rêves.

— Et c'est bien dommage, parce que le peu que tu laisses entrevoir me plaît.

Amusée, je secoue la tête et m'arrête à un feu. Je pèse le pour et le contre avant de me lancer :

— Samedi en rentrant, il y avait un type bizarre devant chez moi...

— Finalement, on commence par le glauque ? m'interrompt-elle. Tu es un peu rabat-joie...

— Si j'avais réellement voulu commencer par le glauque, je t'aurais annoncé que chacun de mes pneus comptait en moyenne sept coups de couteau.

Elle grimace. Si le garagiste paraissait secoué en m'annonçant la nouvelle, j'ai manqué de m'évanouir en prenant la mesure de la rage que cette personne a évacuée en s'en prenant à ma voiture. Il ne me reste plus qu'à espérer que tout ceci soit un acte de vandalisme, sans aucun lien entre l'auteur des faits et moi.

— Donc, je reprends, samedi un type étrange attendait devant chez moi. Mon instinct m'a poussée à aller au pub.

— Ton instinct ? Tu appelles ça comme ça maintenant ?

— Tu es impossible, dis-je en redémarrant. Je ne le sentais pas, alors je suis allée là-bas pour trouver une solution.

— Baptiste. Tu peux le dire, tu venais voir Baptiste. On est entre nous, Mathilde, tu peux le dire sans honte que tu voulais qu'il joue le héros. Ou qu'il t'invite chez lui pour exaucer tous tes fantasmes.

Sans chercher à nier, je continue :

— Dès qu'il a eu un peu de répit… Ça me fait penser que la copine de Freddy a eu son bébé !

Enfin, depuis le temps, elle doit avoir accouché.

— Franchement, tu me parles de bébé alors que deux secondes avant tu me disais être avec Baptiste ?

— OK, grommelé-je en levant les yeux au ciel. Il m'a raccompagnée chez moi.

J'avise une place et me lance dans un créneau. Concentrée, j'arrête mon récit le temps de me garer, ce qui n'est clairement pas du goût de Charlie, qui piaffe d'impatience.

— Tu vas me tuer…

— Il m'a embrassée, lâché-je en avançant pour aligner mes roues.

Un cri retentit dans l'habitacle. Je coupe le contact et observe mon amie rire comme une démente à mes côtés. Elle a bu ? Où est passée la femme de ce matin qui était stressée par son nouveau boulot et cet atelier dessin ? Et sûrement bien d'autres choses dont elle ne me parle pas.

— Et ce matin, il se peut que j'aie profité de la situation…

— Comment ça ?

En restant la plus évasive possible, je lui raconte l'épisode devant la porte d'entrée et le brusque départ de Baptiste.

— Depuis le temps que vous vous tournez autour ! Il était temps d'avancer et de passer à l'action. Sous la couette de préférence, ajoute-t-elle avec un clin d'œil.

Comprenant la méprise, je secoue la tête. D'un geste nerveux, je replace mes cheveux derrière mes oreilles et remonte mes lunettes.

— Il m'a repoussée.

Son sourire s'agrandit, montrant sa parfaite incompréhension de la situation.

— Charlie, il a juste tenu à s'assurer que je rentrais bien chez moi samedi, déclaré-je fermement. La situation a un peu dérapé et ce matin, il cherchait un moyen de se sortir de cette situation gênante.

— Déraper signifie qu'il y a eu du sexe.

Choquée par la tournure de notre conversation, j'ouvre grand la bouche avant de la foudroyer du regard. Ravie de mon embarras, elle rit à gorge déployée en sortant de la voiture. Le vent a remplacé la pluie et les gens ont rangé leurs parapluies et remonté leurs écharpes devant le bas de leur visage.

— Mathilde, dit Charlie en calant son pas au mien, pourquoi ne pas profiter sans imaginer le pire ?

— Il y a trois semaines encore, je ne voyais Baptiste que comme un ami. Puis les rêves ont commencé à cause de cet homme et cette estampe. Maintenant je ne sais plus trop où j'en suis.

— Profite !

J'acquiesce et entre à sa suite dans son immeuble. Elle prend son courrier puis me suit dans l'escalier. Désireuse de changer de sujet, je m'enquiers de son début de soirée :

— Comment était ton atelier de dessin ?

— Très bien.

Surprise qu'elle se montre si peu prolixe, je me retourne et la découvre avec un sourire aux lèvres. Ses cheveux d'un roux franc relevés en un chignon mettent en avant son côté mutin, qui est contrebalancé par des vêtements stricts, restes de sa première vie.

— Que s'est-il passé ? demandé-je, curieuse.

— Il se peut que ma venue ait déréglé des pacemakers.

— Comment ça ?

— Il n'y avait que des personnes d'un certain âge. Certes, ils étaient doués et étaient là pour rencontrer du monde, mais… Franchement, c'était assez étrange de se retrouver entourée de gens pouvant être mes grands-parents !

— Pas le bon endroit pour trouver un homme, dis-je, amusée.

— Je n'y allais pas pour ça ! rétorque-t-elle avant d'ajouter avec une petite voix. Je ne sais pas si j'en suis capable… Mon ex a été le seul et…

— Et ?

— Et je ne veux pas aller trop vite, ajoute-t-elle en fuyant mon regard.

Comprenant sa retenue, j'acquiesce et l'encourage à poursuivre, persuadée qu'elle ne m'a pas encore raconté le meilleur. D'un air de conspiratrice, elle se rapproche de moi et continue son récit à voix basse.

— Ce soir, nous devions apprendre les nus.

— Oh ! Dis-moi que le modèle était…

Sa main s'agite pour me faire cesser mes pitreries.

— Si ça peut calmer tes ardeurs, Baptiste ou son sosie ne s'est pas présenté devant nous dans le plus simple appareil.

Après un coup d'œil froid, je croise les bras devant moi. Pourquoi se sent-elle obligée de parler de lui ? Il y a d'autres hommes tout aussi séduisants, mais pas forcément aussi doués de leur langue…

— Le modèle nous a laissés en plan, reprend-elle avec un sourire en coin qui n'augure rien de bon.

Et soudain, je comprends. Cette fille est une contradiction à elle toute seule. Faible et forte à la fois, elle porte des vêtements bon chic bon genre tout en étant capable de…

— Tu l'as remplacé, dis-je, sidérée.

Elle hoche la tête frénétiquement, fière de son petit effet.

— Avec l'aide de la prof, nous avons posé un drap aux endroits stratégiques avant de faire rentrer mes nouveaux amis.

— Tu es dingue, tu sais ça ?

— Si tu savais comme c'était libérateur ! s'exclame-t-elle.

Elle ouvre la porte de son appartement et presque immédiatement Robin apparaît sur le seuil du sien.

— Bonsoir, lance-t-il en ne regardant que ma meilleure amie.

Nous lui répondons, Charlie avec moins de chaleur que moi.

— Quoi de prévu ? demande-t-il sans la quitter des yeux.

— Je vais tenter de convaincre Mathilde d'être le prochain modèle nu de mon atelier de dessin.

Mes yeux s'écarquillent alors que je m'imagine simplement vêtue de ma dignité devant un parterre de personnes âgées. Je me vois déjà dissimulant le maximum avec mes petits bras, plaquant mes mains sur ma poitrine, mon sexe, mes fesses… OK, je n'ai pas assez de mains pour cacher tout cela en même temps.

— Je passe mon tour ! déclaré-je en secouant la tête.

— C'est clair, aucune femme saine d'esprit n'accepterait une telle chose, intervient mon frère.

Pressentant une nouvelle dispute, je cherche un moyen de changer de conversation quand Charlie, le menton relevé et insolent, réplique :

— C'est pourtant une expérience d'une sensualité folle ! Sentir le regard de ces gens glisser sur ma peau, comme des plumes effleurant la moindre parcelle de mon corps, a été incroyable !

— Pourquoi ne suis-je pas étonné que tu puisses…

Laissant sa phrase en suspens, il s'appuie contre le chambranle de la porte de son appartement.

— Puisses quoi ? le défie-t-elle en s'approchant de lui.

— T'exhiber de la sorte, comme une…

— Stop ! hurlé-je, anticipant des paroles malheureuses. Avant que Baptiste ne t'en parle, ma voiture a eu les quatre pneus crevés.

— Pourquoi est-il au courant ? réplique-t-il, furieux.

— Il m'a prévenue. Il faisait son jogging et a remarqué le problème.

— Et pourquoi ne pas me l'avoir dit quand je t'ai téléphonée ?

Avec un sourire d'excuse, je lui réponds :

— Pour ne pas t'affoler pour rien.

Un de ses sourcils se redresse, signe que mon argument est vraiment pitoyable.

— Sérieux, je préférais attendre de te voir pour que tu puisses juger sur pièces de l'état de ma personne.

— Ouais, dit-il, peu convaincu. Tu crois que c'est à cause de ton client de vendredi ? Baptiste n'a rien vu de suspect, mais il m'a raconté que tu ne semblais pas très bien après son départ. Et je note que tu n'as pas trouvé nécessaire de me le dire.

— Dois-je te rappeler pourquoi ? répliqué-je sèchement.

Nous nous toisons un instant, chacun restant sur ses positions.

— Et c'est quoi « suspect » ? m'enquiers-je avant de décréter que c'en est trop pour moi. Pas la peine de répondre, je vais aller me saouler et m'inscrire à l'atelier de dessin de Charlie.

— Hors de question ! s'exclame mon frère. Et toi aussi, tu vas me faire le plaisir de ne plus y aller ! ajoute-t-il à mon amie.

Les poings sur les hanches, cette dernière le foudroie du regard quand une petite voix nous salue.

— Bonjour, Ti'Ma ! Bonsoir, Charlie !

Hope, ses cheveux noués en une queue de cheval de guingois, se tient sur le seuil de l'appartement. Vêtue d'un pyjama *Miraculous*, elle paraît encore plus fragile que d'habitude. D'autant plus qu'elle se trouve aux côtés de son père.

— Salut, ma chérie, dis-je en m'approchant pour l'embrasser. Comment a été ta journée ?

— Très bien, affirme-t-elle avec un grand sourire.

Puis ses yeux se voilent alors qu'elle se tourne vers son père.

— Pourquoi cries-tu après Charlie, papa ?

— Pour rien, déclare-t-il en passant la main sur ses cheveux.

Pas bête, ma nièce choisit d'insister auprès de mon amie qui ne se départ pas de son flegme pour lui répondre franchement :

— J'ai servi de modèle pour un atelier de dessin.

— Qu'est-ce que ça veut dire ?

— Rien ! s'exclame mon frère en adressant un regard noir à Charlie, qui n'en a que faire.

— Les gens se sont mis en cercle autour de moi et m'ont dessinée, explique-t-elle simplement.

Ravie qu'elle passe sous silence la partie totalement dénudée, je lui souris.

— Et pourquoi papa te dispute alors ?

— J'hésite, dit mon amie en penchant la tête sur le côté. Soit il est jaloux et aurait aimé être modèle…

Je dissimule mon rire derrière une quinte de toux. S'il y a bien une chose que mon frère déteste, c'est être le centre d'attention !

— Soit le fait que j'aie été nue devant des gens le perturbe.

Oh, punaise ! Elle a osé ! Un silence de mort se fait sur le palier. Aucun doute, Robin ne laissera pas passer cela, et Charlie va encore souffrir. Ne trouvant rien d'intelligent à lui dire, je presse Hope contre moi.

— Hope, entre et bouche-toi les oreilles, grogne mon frère en se rapprochant de Charlie qui relève la tête, prête à faire front.

— Ce ne sera pas la peine, déclare cette dernière en lui tournant le dos. Je n'en ai rien à faire de tes leçons de morale, Robin Piono. Ce qui est fait est fait, et si je veux recommencer, ce n'est pas toi qui m'en empêcheras.

Soufflé, mon frère pivote vers moi. Je le connais depuis suffisamment longtemps pour savoir ce qu'il va dire et je préfère le prendre de court :

— Ne t'en fais pas, s'il me prenait l'envie de poser comme modèle nu, je demanderais à Baptiste de m'accompagner pour qu'il s'assure que personne ne fasse quelque chose de « suspect ».

Sans attendre sa réponse, j'entre chez Charlie et referme la porte. Dans le salon, j'entends déjà la télévision déversant son flot de bruit, comme pour masquer la solitude. Aurait-elle le contrecoup de sa fuite, de son isolement ? Décidée à me montrer présente pour elle, je retire mon manteau et mes chaussures avant de la rejoindre dans le salon.

— Je vote pour une comédie, déclaré-je. On a besoin de se changer les idées.

— Toi ? s'exclame Charlie. Dois-je te rappeler que tu es sur la bonne voie pour réaliser tous tes rêves cochons ?

— Peut-être, mais je n'aime pas te voir malheureuse.

— Pour le « peut-être », il te suffit de parler sans faux-semblants. Tu tranches dans le vif. Plus vite tu seras fixée, plus vite tu pourras avancer.

— Et me prendre un gros râteau dans la foulée, finis-je pour elle. Je ne suis pas d'humeur à la conversation « restons amis », à moins qu'il ne choisisse le couplet « tu es comme une sœur pour moi ».

Je la suis dans la cuisine. Du réfrigérateur, elle sort deux boîtes qu'elle pose sur le plan de travail.

— Que nous proposes-tu ?

— Du poulet rôti avec des pommes de terre sautées, répond Charlie. Tu peux mettre la table ?

— Tu m'en parles ? demandé-je en changeant brusquement de sujet.

— De ?

— De ce qui te tracasse.

Elle me fixe un instant. Dans ses yeux, je vois qu'elle pèse le pour et le contre.

— Peur en l'avenir, je te l'ai déjà dit.

— Je sais qu'il y a autre chose.

Elle lève le visage vers moi. Le doute se lit dans son regard, l'hésitation également. Je dois me montrer patiente, alors je lui laisse une porte de sortie :

— Quand tu voudras en parler, je serai là, quels que soient l'heure, le moment ou le lieu.

Ses cheveux s'agitent tandis qu'elle hoche la tête.

— Je sais, Mathilde.

Son expression se fait plus triste encore, titillant ma curiosité. Qu'a-t-elle ?

Chocolat chaud et filatures

Le jeudi midi, la porte du bureau s'ouvre et mon collègue entre dans un état lamentable. Les joues rouges et les cheveux en bataille, il semble avoir eu un début de journée bien plus exaltant que le mien.

— Ah, c'est bien, tu es encore là ! déclare-t-il en s'asseyant dans son fauteuil.

Mes lèvres s'étirent en un sourire moqueur qui laisse Denis totalement insensible. Peut-être n'a-t-il pas remarqué sa chemise sortie de son pantalon…

— Tu as visiblement donné de ta personne…

— Très drôle, ahane-t-il avec un regard noir.

Amusée, je l'observe tenter de calmer sa respiration et réaliser enfin sa tenue.

— J'ai passé une matinée de merde, explique-t-il en tirant sur les pans de sa chemise. Mme Parvesh…

J'acquiesce tandis qu'il marque une pause.

— Elle a décidé de se mettre au sport ! s'exclame Denis. Elle n'aurait pas pu choisir un moment où tu la suis ? Non, madame change sa routine quotidienne justement quand c'est mon tour et que je ne suis clairement pas habillé pour l'occasion.

Discrètement, je ris en songeant qu'il ne sera jamais « habillé pour l'occasion ». Denis aime trop les chaussures de ville, les pantalons à pinces et la bonne chère pour un jour se mettre au sport.

— Sinon, pour ce qui est du frère caché, l'affaire Nobolé, j'ai pensé que je pourrais chercher les « Daniel » nés sur la période indiquée par notre client.

— Tu risques d'avoir une liste longue comme le bras…

— Oui, nous allons devoir discuter des critères sur lesquels nous baser pour écarter les prétendants au titre.

J'acquiesce en prenant soin d'enregistrer ce que je faisais à son arrivée.

— Où dois-je retrouver Mme Parvesh ?

— Chez elle. Enfin, c'est là où je l'ai laissée.

Je vais pour me lever et retrouver notre cible quand il me demande entre deux inspirations :

— As-tu mené ta propre enquête pour tes pneus ?

Avec un sourire hypocrite, je tente une réponse évasive :

— Tu me connais.

Denis se redresse dans son siège pour me regarder d'un air sévère. Il me connaît bien assez pour savoir que ma curiosité me pousserait à aller interroger les commerçants, ou encore le sans-domicile qui traîne souvent dans ma rue.

— Quelqu'un en a après toi…

— Mais non, lui assuré-je sans trop y croire.

— Ton frère va en faire une jaunisse en apprenant que tu cherches de ton côté le responsable.

Et c'est bien pour cela que je ne lui en parlerai pas ! Pas besoin de l'avouer à Denis, qui prendrait alors un malin plaisir à le prévenir, et tous deux me tomberaient sur le dos avant que j'aie le temps de dire ouf. D'autant plus que personne n'a rien vu, même résultat qu'auprès de mes voisins.

— Tu dois être prudente ! grogne Denis.

— J'ai simplement interrogé le boulanger et l'épicier. Je sais qu'ils reçoivent leurs livraisons tôt le matin, ils auraient donc pu remarquer quelqu'un.

— Et ?

Je secoue la tête sans cacher mon désarroi.

— Et le SDF qui dort régulièrement dans un renfoncement non loin avait trouvé un squat pour ce soir-là.

Refusant de m'appesantir sur cette chance qui lui a été offerte et qui m'a clairement desservie, je retourne à mon rapport après un dernier petit mot :

— Promis, je ne fourre plus mon nez là-dedans, si tu ne dis rien à Robin.

— Tu veux que ton frère me tue s'il apprend que j'étais au courant et que je ne l'ai pas prévenu ? s'exclame Denis, qui a retrouvé de sa superbe.

Il tape du poing en m'adressant un regard noir qui devrait me faire frémir. Oui, devrait…

— Laisse tomber, ça fait des années que tu ne m'impressionnes plus, me moqué-je avant de reprendre mon sérieux. De toute façon, j'ai bien compris la leçon et, mis à part les caméras de la ville, rien ni personne ne pourra me donner la moindre information supplémentaire.

Et ce n'est pas faute d'avoir retourné la situation dans tous les sens hier soir ! Tout en fixant mon repose-mains, je réfléchis aux conclusions pessimistes auxquelles je suis arrivée.

— Comment ça « j'ai bien compris la leçon » ?

Agacée de m'être trahie, je grimace et relève la tête une fois mon expression redevenue impénétrable.

— Il se peut que je sois partie à la recherche du SDF dans un quartier que toi et Robin désapprouveriez.

— L'ancienne zone industrielle à la sortie de la ville ?

Pas besoin de répondre. Quand on cherche une personne vivant dans la rue, cet endroit est le premier où il faut se rendre. Ça, et quand on veut acheter de la drogue, des armes, des filles…

— Raconte-moi ! s'écrie Denis avant de se rétracter. Non, ne me dis pas !

Il bougonne une fraction de seconde dans sa barbe puis ajoute :

— Tu vas me tuer d'un ulcère, plus sûrement que celui que m'a filé mon divorce !

— Deux gars m'ont juste… aidée, dis-je en me rappelant l'air patibulaire de mes prétendus sauveurs.

— À quel prix ?

Je secoue la tête et lui explique d'une voix ferme :

— Il n'y a pas que de mauvais bougres dans cette partie de la ville…

— Mathilde, grommelle mon collègue en se frottant le visage.

— C'est bon ! J'ai fait opposition à ma carte de crédit dès que j'ai atteint un quartier moins craignos.

— C'est officiel, ton frère va me tuer.

— Mais non…

Il me tuera avant. Et Baptiste ?

Frissonnante, je repousse l'idée que ce dernier puisse m'en vouloir. De toute façon, avec un peu de chance et beaucoup de diplomatie, je peux peut-être convaincre Denis de garder cette affaire pour lui.

— Ce n'est pas tout ça, mais Mme Parvesh ne va pas m'attendre !

Consciente que le temps que je me rende chez elle notre cible pourrait avoir filé, je me presse de m'habiller. Me voilà prête pour suivre la parfaite femme au foyer pendant une après-midi des plus banales. Le mari ne veut pas comprendre que nous n'avons rien vu de suspect depuis le début de cette filature. S'il tient tant à dépenser de l'argent, je suis la dernière à m'en plaindre, mais sérieusement si elle réalise ce qu'il fait, elle risque de lui en vouloir, et plutôt deux fois qu'une !

Avant de quitter le bureau, j'encourage Denis dans sa recherche, lui promettant de réfléchir de mon côté au meilleur moyen débusquer de nouvelles « suspectes » pour notre affaire Nobolé. La liste des potentielles maîtresses a été considérablement réduite. S'il me reste encore quelques pistes à étudier en rencontrant les personnes pour les interroger plus en avant, je suis sur le point de hurler de frustration.

Tout en râlant pour énième fois sur l'interdiction de contacter M. Nobolé père afin d'obtenir rapidement le nom de son ancienne maîtresse, je m'installe derrière le volant et pars chez Mme Parvesh. La circulation est fluide et, par chance, une place de stationnement est libre non loin de la maison. Confortablement installée derrière mon volant, j'étudie la face de la maison, traquant le moindre signe de la présence de ma cible.

Ce n'est qu'au bout de cinq minutes qu'une forme se détache devant la fenêtre de la cuisine. Mme Parvesh regarde à l'extérieur, l'air ravie. Soudain, une autre silhouette passe derrière elle. À n'en pas douter, elle a de la compagnie, et je suis prête à parier qu'il s'agit d'un homme. Ressentant cette excitation propre à une montée d'adrénaline, je saisis mon appareil photo et le braque en direction de la façade de la maison. Il me faut un cliché, puis déterminer qui, comment et pourquoi.

Finalement, peut-être allons-nous pouvoir cesser de la suivre partout ! J'attends. Mon bras s'ankylose à force de maintenir l'appareil. Mon doigt se crispe au-dessus du bouton, mais je reste sur le qui-vive. Quand l'homme est enfin visible, j'appuie une fois, deux fois… Je mitraille sans attendre avant de réaliser une chose. L'homme en question est son mari. Notre client. À moins que…

Prestement, je prends mon téléphone et appelle Denis, qui répond à la deuxième sonnerie.

— M. Parvesh a un jumeau ?

— Je ne sais pas. Pourquoi demandes-tu cela ?

— Soit il a pris une journée de congé, soit son frangin fricote avec sa belle-sœur.

— OK, continue la surveillance, déclare mon collègue. Pendant ce temps, je te cherche l'info !

— Je vais en profiter pour appeler une des potentielles maîtresses de M. Nobolé père.

— OK.

Nous raccrochons simultanément. L'excitation qui coule dans mes veines gonfle au point qu'il me faut une minute pour endiguer l'euphorie qui se profile. C'est toujours ainsi quand une affaire est sur le point de se terminer. Le sourire aux lèvres, je compose le numéro d'une des femmes ayant travaillé pour l'entreprise de M. Nobolé sur la période qui nous préoccupe. Elle est tombée enceinte et a quitté son poste trois ans plus tard. Tout me pousse à croire qu'elle pourrait être la bonne.

— Bonjour, Mme Lanauri au téléphone, déclare-t-elle en prenant la ligne.

— Bonjour, madame, dis-je poliment.

Reprenant l'excuse présentée à l'employée des ressources humaines mardi, je lui parle d'un pseudo-mémoire et de questions que j'aimerais lui poser. Si elle semble réticente au début, son âme féministe m'aide à en venir à bout. Nous convenons d'un rendez-vous pour le soir même dans un salon de thé assez chic du centre-ville.

Presque étonnée que tout fonctionne aussi bien cet après-midi, je souris et observe la porte des Parvesh s'ouvrir. L'homme en sort, non sans avoir embrassé une nouvelle fois ma cible. Les bras croisés devant elle pour se protéger du froid, celle-ci le suit du regard jusqu'à une voiture garée un peu plus loin. Dès qu'il est à l'intérieur, elle rentre et referme derrière elle. Je tends le cou pour noter la plaque d'immatriculation, mais l'impossible se produit. Ou presque. L'homme démarre et s'arrête à ma hauteur, m'invitant à baisser la vitre :

— Bonjour, mademoiselle Piono.

— Monsieur Parvesh, dis-je avec un petit signe de tête.

— Merci pour votre travail, mais j'ai l'intention de téléphoner à M. Steiner pour rompre le contrat qui nous lie.

— Très bien.

Avec un sourire, il ajoute :

— Nous avons discuté de la situation avec ma femme à son retour de footing. Je lui ai parlé de mes craintes et… Elle prépare notre anniversaire de mariage. Elle voulait m'en faire la surprise, mais devant mon désarroi, elle m'a tout révélé.

J'acquiesce, comprenant maintenant les rendez-vous chez le coiffeur ou encore chez l'esthéticienne.

— Samedi, nous le fêterons en présence de nos familles et de nos amis.

— Toutes mes félicitations, répliqué-je, touchée par l'amour qui transparaît dans ses propos.

— Je ne lui ai pas parlé de vous… si vous pouviez rester discrète et partir…

— Comme vous le souhaitez.

Il hoche la tête et me souhaite une bonne fin de journée. Il reprend sa route, et je me retrouve bien bête dans ma voiture, devant la maison d'une femme qui n'hésite pas à mettre les petits plats dans les grands pour son mari.

Je soupire et jette un dernier coup d'œil à la maison des Parvesh. Ma cible… enfin mon ancienne cible… apparaît à la fenêtre. Elle porte la main à son front tandis qu'elle téléphone. Son visage est crispé, presque douloureux. Elle s'agite, baisse les yeux, les ferme… Est-elle à ce point déçue d'avoir dû trahir le secret ? Elle se tourne dans ma direction, sans pour autant s'arrêter sur moi. Ses lèvres esquissent un doux sourire. Ses traits se détendent.

Dans mon rétroviseur, j'aperçois un homme arriver. Il discute vraisemblablement au téléphone. Par réflexe, je prends mon appareil photo et suis la scène à travers l'objectif. Et là, comme dans un mauvais film de série B, j'observe Mme Parvesh ouvrir la porte et se jeter dans les bras de l'inconnu qui se tient maintenant sur le seuil. Ils s'embrassent avec passion tandis qu'ils rentrent dans la maison.

Trente clichés. Dont au moins un exploitable pour connaître l'identité de cet homme. Finalement, mon excitation de tout à l'heure a été refroidie. Mon téléphone vibre. Denis.

— Tu seras ravie d'apprendre qu'il n'a pas de jumeau ni de sosie connu ! s'exclame-t-il.

— On est dans la merde, répliqué-je.

— Pourquoi ?

— En partant, il m'a dit de mettre fin à la surveillance.

— Et ?

— Et l'amant est arrivé dans les cinq minutes qui ont suivi.

Silence.

— J'ai bien sûr tout immortalisé, ajouté-je en regardant mon appareil. Portrait du type en prime.

Denis soupire. Normalement ces photos, je n'aurais pas dû les prendre. Le client m'avait relevée de ma mission. Si je peux arguer que seul mon chef a ce pouvoir, je dois déjà m'assurer que M. Steiner ne me lâchera pas sur ce coup.

— Je vais en parler au patron, dit mon collègue. Je te tiens au courant.

En chemin pour rejoindre Mme Lanauri, je pianote sur mon volant en patientant à un feu. M. Steiner m'a demandé de rester jusqu'au retour de notre client le soir. De son côté, il prétendrait que toute journée commencée était due et qu'il était le seul à pouvoir m'ordonner d'arrêter tout. M. Parvesh passera demain, vendredi, pour avoir les conclusions de l'enquête. Peut-être aurai-je le temps de trouver le nom de l'amant, mais j'avoue avoir mauvaise conscience. Comme dans tous les cas d'adultère, il faut dire.

Arrivée près du salon de thé, je me gare et vérifie mon léger maquillage et mes cheveux avant de sortir de ma voiture. Un vent froid s'infiltre sous mon manteau et me pousse à relever mon col. À mon entrée dans la boutique, des odeurs de pâtisseries m'accueillent et me donnent l'eau à la bouche. Contente de ne pas avoir mangé de dessert à midi, je sonde la salle du regard et remarque une femme assise dans un coin. Le visage tourné vers la vitrine, elle paraît absorbée par le spectacle des passants. Une de ses mains remonte jusqu'au foulard bleu marine noué autour de son cou.

Mme Lanauri.

Satisfaite d'avoir su la repérer sans encombre, je me fraie un chemin entre les tables et les chaises, veillant à ne rien renverser sur mon passage. D'un geste sûr, j'ouvre mon manteau, surprise par la température à l'intérieur.

— Bonjour, je suis Mathilde Piono, me présenté-je en tendant la main devant moi.

D'un mouvement léger, elle tourne la tête et me détaille rapidement. Pour une femme comme elle, habillée avec soin et habituée à une certaine aisance, ma chemise longue et mon jean slim noir doivent paraître le comble du mauvais goût. Sans parler de mon âge, qui en rebute certains.

— Bonjour, répond-elle simplement en me montrant la chaise libre devant elle.

Déstabilisée par sa froideur, je laisse tomber mon bras sur le côté et prends place.

— Je n'ai pas très bien compris pourquoi vous désiriez me voir, dit-elle sans attendre.

Ses doigts parfaitement manucurés jouent avec une serviette posée près de sa tasse. Visiblement elle n'est pas très heureuse de se trouver là et tient à me le faire savoir. Très bien ! Elle ne sera pas la première personne qui répondra à mes questions à son corps défendant.

— Je fais une enquête sur les proportions de femmes à des postes de cadres, déclaré-je en reprenant le mensonge servi à la responsable des ressources humaines. L'entreprise Nobolé a accepté de me laisser consulter leurs dossiers d'il y a environ trente ans et ceux actuels afin que je fasse une étude statistique sur le sujet.

Mme Lanauri hoche la tête, impénétrable.

— Vous m'avez déjà dit tout cela au téléphone, réplique-t-elle fermement en tournant l'anse de sa tasse vers la gauche.

— Oui… J'ai vu que vous aviez démissionné…

Soucieuse de ne pas paraître en savoir de trop sur son cas, je plonge la main dans mon sac pour en extraire un petit calepin où je note les informations principales.

— Bonjour, vous désirez commander quelque chose ?

À ma droite, un homme habillé d'un pantalon et d'un gilet noirs sur une chemise d'un blanc éclatant attend ma réponse. Surprise par cette interruption, je regarde rapidement autour de moi pour trouver l'inspiration, et surtout quel type de gâteau je peux demander.

— Ce ne sera pas la peine, elle ne reste pas, décrète Mme Lanauri au serveur qui s'éloigne aussitôt.

Déstabilisée par son ton sec, je l'observe. Son attitude est froide. Il est clair qu'elle n'est pas ravie de me rencontrer, pourtant… Pourquoi aurait-elle accepté de me retrouver dans ce salon de thé pour me renvoyer aussi vite ?

— J'ai donc vu dans votre dossier que peu de temps avant votre démission, reprends-je, vous étiez enceinte.

— En effet !

— Est-ce la raison de votre départ ?

Mme Lanauri me toise un instant avant de répondre :

— En quoi cela vous concerne ?

Préparée à avoir ce genre de rebuffade, je réplique le plus calmement possible :

— J'étudie les proportions de femmes à des postes de cadres, mais je ne me contente pas de faire des statistiques. À travers cette recherche, je tente de trouver les raisons justifiant une telle disparité en trente ans. À mon humble avis, le rôle de la femme dans le couple a beaucoup évolué et peut certainement expliquer une partie. Je ne suis pas assez naïve pour croire qu'il n'existe pas d'autres raisons.

Impassible, elle attend quelques secondes, se repositionne dans son fauteuil et dit d'une voix égale :

— J'ai bien quitté l'entreprise pour convenance personnelle.

— Ça a dû être agréable pour votre fils de vous avoir à la maison, déclaré-je avec un léger sourire.

— Mon fils ? s'étonne-t-elle.

Avec ma question, j'ai tenté le tout pour le tout et visiblement je suis tombée à côté. Au moins je peux rayer cette femme de ma liste. Ne voulant pas griller ma couverture, je consulte mon petit carnet et relève la tête avec une expression piteuse peinte sur le visage.

— Je suis désolée, j'ai confondu…

Pas besoin de m'étendre là-dessus, elle me prend déjà pour une gamine stupide.

— Veillez à ne pas reproduire ce genre d'erreur ! s'exclame-t-elle avec aigreur. Je…

Elle marque une pause avant d'ajouter d'une voix à peine plus cordiale :

— Vous ne pouviez pas le savoir, mais j'ai fait une fausse couche à près de cinq mois de grossesse.

Définitivement pas la bonne personne. Et ce qui explique pourquoi mes recherches ont été infructueuses au point que je doive la rencontrer en personne.

— Désolée, je…

Comprenant que, sur ce point, mes mots seraient vains, je préfère me taire et attendre qu'elle me congédie sans autre forme de procès. Sur ce coup, je suis impardonnable. Denis me dirait que je ne suis pas là pour faire du social, mais pour obtenir des informations. Seulement la tristesse que je vois transparaître dans l'attitude de Mme Lanauri me pousse à chercher un moyen d'alléger sa peine.

— Ça a dû être une épreuve pour vous.

Puis une espèce de relent de professionnalisme mal placé me vient. Me maudissant pour ce que je m'apprête à lui dire, j'ajoute :

— Surtout en voyant les autres femmes enceintes.

Sa bouche se tord en une grimace de dégoût qui n'augure rien de bon. Mon temps est compté, vais-je apprendre quelque chose d'intéressant pour mon dossier ?

— À l'époque, nous étions trois dans l'entreprise à être enceintes…

Trois ? Sur ma liste je n'en avais que deux, il y en avait bien une autre, mais elle appartenait à la sphère privée de M. Nobolé, et je l'ai rayée en début de semaine parce qu'elle n'était pas en France à l'époque des faits.

— … Mais je n'ai pas gardé de contacts avec mes anciens collègues. Je n'étais pas du genre à me faire des amis sur mon lieu de travail.

— Et pourriez-vous me donner les noms des autres femmes ? Dans les dossiers, je n'en ai vu que deux enceintes sur les quatre années concernées.

Son regard se fixe au loin. Elle rassemble visiblement ses souvenirs avant de me donner un premier nom, le même que sur mon carnet.

— Et Nolween Querry.

Ce nom m'est vaguement familier, signe que j'ai dû le rencontrer durant mes investigations. Reste à savoir pourquoi le responsable des ressources humaines de l'époque n'a pas indiqué la grossesse de cette dernière.

— Merci, dis-je en notant ce nouveau renseignement.

— De rien.

D'un geste élégant, elle porte sa tasse à ses lèvres et boit un thé qui doit être froid depuis longtemps. Instinctivement, mon regard se fixe sur une table non loin où un homme déguste une religieuse surmontée d'un glaçage blanc.

— En partant, je vous conseille un éclair au chocolat, ou une tartelette aux fruits. Ce sont des desserts certes très simples, mais divins.

Comprenant le message sous-entendu, je me lève et enfile mon manteau. Mon sac sur l'épaule, je la salue et lui laisse une de mes cartes professionnelles où mon travail n'apparaît pas.

— Si vous souhaitez ajouter quelque chose pour mon enquête…

C'est Denis qui m'a convaincue d'en avoir deux jeux. Un avec mon statut de détective privée afin d'attirer de futurs clients et une autre neutre que je peux donner dans des circonstances similaires.

— Cela m'étonnerait grandement, déclare-t-elle en retournant à sa contemplation de la rue.

L'entretien est terminé, je suis congédiée sans autre forme de procès.

Finalement, je n'achète pas de gâteaux en ressortant. Je marche rapidement vers ma voiture et rentre à l'agence, à la fois déçue et ravie. Mme Lanauri n'est peut-être pas la personne que nous désirons retrouver, elle m'a néanmoins donné une information précieuse : le nom d'une femme dont on a tenté de dissimuler la grossesse.

Excitée à l'idée de tenir la mère de ce Daniel Nobolé tant recherché, je rentre dans le bureau et trouve Denis passablement énervé.

— Que se passe-t-il ? demandé-je en m'installant face à lui.

— Je déteste ces bécanes ! peste-t-il en me montrant son ordinateur.

Avec un peu trop de force, il se rejette contre le dossier de son fauteuil qui roule légèrement en arrière.

— Mon contact m'a refilé discrètement les tableaux Excel des enfants nés au CHU sur la période qui nous intéresse, mais… J'en ai pour des jours à trouver tous les Daniel de ces fichues listes, d'autant plus qu'après je devrai enquêter sur chacun pour savoir si la mère avait un quelconque lien avec M. Nobolé.

— Tu ne connais pas contrôle F ?

— Contrôle F ? De quoi me parles-tu, encore ?

Amusée, je me retiens de sourire et vais me placer à côté de lui. D'une main j'appuie sur les deux touches simultanément avant de taper le prénom tant désiré.

— J'hésite entre te détester et t'applaudir, grommelle Denis en se penchant vers l'écran.

— En y réfléchissant, il y a une autre méthode…

— Arrête d'étaler ta science !

Je lève les yeux au ciel et trie finalement la colonne des prénoms par ordre alphabétique.

— Tiens, tu as maintenant tous les Daniel regroupés ensemble, déclaré-je en retournant m'asseoir.

Un grognement me sert de remerciement, mais je ne m'en préoccupe pas plus. Je dois regarder ce que j'ai sur cette Nolween Querry.

— Et ton rendez-vous ? me demande-t-il une heure plus tard.

— Chou blanc. Par contre, j'ai un nom en plus.

— Je suppose que c'est déjà ça, commente Denis avant de se remettre à travailler.

**

189

Le vendredi soir, je sors de ma voiture avec un sourire en demi-teinte. Le rendez-vous de ce matin avec M. Parvesh a été une épreuve à laquelle *Big Boss* a tenu à assister. Jusqu'au bout il nous a soutenus, arguant qu'il était le seul à pouvoir me relever de mon poste. Notre client a donc découvert avec effroi que son meilleur ami était l'amant de sa femme, un moment gênant qui a ébranlé un peu plus mes convictions en l'Amour tout puissant.

Retournant dans ma tête toutes les raisons qui me poussent à espérer que je ne côtoie que des exceptions et non une norme où la fidélité est une option de moins en moins prisée, j'entre dans le pub et me gorge des bruits et des odeurs. Le sentiment de bien-être tarde à venir, mais il finit par s'insinuer en moi, luttant contre mon scepticisme. Une fois ragaillardie, je file à la table où Robin et Hope m'attendent.

— Ti'Ma ! Tu étais où ?

— J'avais un rendez-vous pour mon travail qui m'a pris plus longtemps que prévu, réponds-je avant d'embrasser mon frère.

Éliminer les Daniel que Denis a collectés par le biais du CHU est assez long et contraignant. Heureusement, nous n'avons plus que ce dossier en cours. Peut-être allons-nous vite clore cette affaire, d'autant que M. Nobolé est passé ce soir – d'où mon retard – et il m'a fait penser à un mafieux. Oui, la comparaison n'est pas très « éthique », mais cet homme me met de plus en plus mal à l'aise.

— Qu'ai-je manqué ? demandé-je en mettant mon manteau sur ma chaise.

— Freddy est venu avec sa fille. Il s'est absenté dans le bureau, sûrement pour changer une couche.

Heureuse, je tape dans mes mains tandis que Vi pose devant moi un chocolat chaud.

— Merci ! dis-je gentiment.

— De rien, c'est le patron qui m'envoie…

Touchée par ce geste qui n'a pourtant rien de bien extraordinaire, je souris et adresse un petit signe à Baptiste, qui est justement tourné dans notre direction. Nos regards s'accrochent et une douce chaleur se répand dans mes veines, effaçant le malaise créé par la visite impromptue de M. Nobolé à l'agence.

— Vous attendez la quatrième pour commander, je suppose ? demande-t-elle.

— La quatrième ? m'enquiers-je.

— Charlie.

— Non, elle a commencé un nouveau travail et deux jours par semaine elle doit se rendre à Paris, réponds-je en notant l'air abattu de ma nièce. Elle part le vendredi matin et ne revient que le samedi.

— D'accord ! Du coup, j'attends ou vous commandez tout de suite ?

Nous nous consultons du regard tous les trois avant d'énoncer nos plats habituels. Dès que nous sommes de nouveau seuls, je me penche vers Hope pour connaître la raison de sa tristesse.

— Charlie… Elle n'est pas venue hier soir.

Perdue, je me tourne vers Robin dont le visage est impénétrable.

— Je…

Je ne sais absolument pas comment terminer cette phrase.

— Depuis que tu as mangé chez elle…

Ma nièce jette un coup d'œil à son père avant d'ajouter à mi-voix :

— … elle n'est pas venue.

Entre ses impératifs professionnels, mon enquête sur Nobolé et la filature de Mme Parvesh, nous ne nous sommes pas trop vues ces derniers jours, mais qu'elle n'ait pas pris de temps pour Hope, voilà qui est surprenant.

— Tu sais, elle doit s'habituer à son nouveau travail. Sans parler de son séjour à Paris…

— Oui, elle n'a plus de temps à perdre.

— Hein ? Pourquoi dis-tu ça ? s'exclame Robin, furieux.

Sa fille se rétrécit sur son siège, visiblement apeurée.

— T'a-t-elle dit…

— Stop ! m'écrié-je. Je t'interdis, Robin, de supposer que Charlie ait pu dire ou penser une telle chose ! Quant à toi, Hope, qu'est-ce qui te fait croire qu'elle n'a plus de temps pour toi ?

— Parce que papa la dispute toujours. Et depuis l'autre soir… on dirait qu'elle ne veut plus nous voir, ajoute Hope, les larmes aux yeux. Avant, je pouvais toquer chez elle et elle ouvrait. Et elle m'a promis que tous les jeudis soir, on se ferait une soirée filles toutes les deux.

— Une soirée filles ? répète Robin.

Je secoue discrètement la tête pour qu'il n'intervienne pas et laisse Hope s'exprimer.

— Oui, elle devait t'en parler, mais…

— Mais je lui ai crié dessus, finit mon frère.

— Oui, et jeudi, elle n'a pas ouvert.

Le cœur lourd, je serre la main de ma nièce. Charlie et elle se sont tout de suite bien entendues. C'est franchement beau de les voir toutes les deux. J'ai même été un peu jalouse de leur relation avant de comprendre que je resterais à jamais sa Ti'Ma.

— C'est de ma faute, déclare Robin. Je n'ai pas réussi à la croiser pour m'excuser et… Et je lui ai dit…

Il ferme les yeux, malheureux d'être la cause de toute cette tristesse. Qu'il est bouleversant de voir un colosse comme lui s'effondrer dès que sa fille ne va pas bien. Cela me fait espérer que jamais rien de mal n'arrive à cette dernière, sinon je perdrai mon frère à coup sûr.

— Coucou tout le monde ! s'exclame Freddy en nous montrant un cosy où un nourrisson repose. Je vous présente ma merveille !

Déçue de ne pouvoir parler plus de Charlie pour alléger la peine de ma nièce, j'accueille chaleureusement le nouvel arrivant avec son précieux fardeau.

— Je vais tout arranger, promet Robin avant d'embrasser le front de Hope. Pour ma merveille à moi.

À minuit passé, nous sortons du pub, et une pluie fine nous attend. Je grogne légèrement contre cette journée qui aura fait son maximum pour être une catastrophe et me tourne vers Robin, qui est bien silencieux. Les bras chargés d'une Hope endormie, il regarde le ciel en cherchant sans doute un moyen de me reconduire chez moi, puis de rentrer à son appartement sans que ma nièce ne soit trempée jusqu'aux os.

— C'était plus pratique quand elle entrait dans un cosy, dis-je en songeant à Freddy, qui s'est émerveillé toute la soirée au sujet de son bébé.

— Oui, mais la vie était plus dure à cette époque-là, réplique-t-il avec un petit sourire.

Émue par la tendresse et la douleur qui percent dans sa voix, je me redresse sur la pointe des pieds pour lui piquer un baiser sur la joue.

— Rentrez, je n'habite pas loin !

— Ça m'embête…

Je secoue la tête et insiste :

— Un texto à mon arrivée ?

— OK.

Bien que réticent à me laisser seule, il s'éloigne dans la direction opposée. L'image de cet homme à l'allure si dure portant une enfant comme si elle était la chose la plus belle et la plus fragile de son existence me touche toujours autant. Il croise deux femmes sans leur accorder la moindre attention, malgré les sourires appuyés de ces dernières.

Sentant la pluie augmenter en puissance, je marche d'un bon pas vers mon immeuble. Je sais que mon frère n'a pas une vie de moine. Il a ce qu'il nomme poliment des coups d'un soir. Pas de promesses et surtout pas de contacts avec sa fille. Mais peut-être serait-il temps qu'il trouve quelqu'un, une amie, une amante avec qui avancer. Quelqu'un qui saurait le soulager de ce mal-être que je sens encore en lui.

Le prénom de Charlie se forme dans mon esprit. Pendant un moment, j'ai cru qu'elle serait parfaite pour eux, mais est-ce que l'inverse est vrai ? Mon frère peut se montrer si méchant avec elle que j'en viens à espérer qu'ils cessent de se côtoyer. Mais Hope… Je lève les yeux au ciel, revoyant la tristesse de ma nièce à l'idée de ne plus passer de temps avec ma meilleure amie.

Mes pensées se figent, alors que je remarque de la lumière dans mon appartement. Une ombre marche devant la fenêtre, s'arrête avant de reprendre son chemin. Quand le noir se fait dans mon studio, je comprends qu'il faut que je réagisse.

Mes talons se tournent d'eux-mêmes et bientôt je cours vers le pub. Affolée, j'ouvre la porte à la volée, sans chercher à la retenir pour le cas où quelqu'un arriverait après moi. Les clients encore présents me dévisagent sans comprendre alors que je rejoins le bar derrière lequel se tient Baptiste, bien campé sur ses pieds.

— Mathilde ? Que se passe-t-il ?

Essoufflée, je m'appuie sur le zinc et tente de retrouver un semblant de calme.

— De la lumière… chez moi…

Il comprend aussitôt le problème. D'un geste preste, il sort son téléphone de sa poche, le déverrouille et compose un numéro. Il me tend son portable en murmurant le nom du policier qui s'était occupé de mes pneus crevés.

— Bonsoir, inspecteur, Mathilde Piono à l'appareil.

— Bonsoir, répond-il.

— Voilà, en rentrant chez moi, j'ai vu de la lumière dans mon appartement.

La main que j'ai laissée sur le bar est soudain recouverte par une plus grande, plus chaude. Par ce simple contact, Baptiste me donne la force de regrouper mes esprits et de reprendre mon récit pour lui, mais aussi pour la personne au bout du fil.

— Une silhouette… J'ai vu quelqu'un passer devant la fenêtre. Puis la lumière s'est éteinte.

— Vous êtes en sécurité ? me demande le policier.

Quelle question ? Il n'y a pas de meilleur endroit qu'ici ! Je suis à ma place et avec la personne avec qui je me sens le plus en sécurité. *Après mon frère*, me susurre une petite voix.

— Oui. Je suis au pub de Baptiste… l'homme qui m'a prévenue pour les pneus et dont vous avez pris la déposition.

— Très bien. Maintenant, je vais vous demander de me confirmer votre nom et votre adresse, s'il vous plaît.

— D'accord.

Après une profonde inspiration, je lui donne toutes les informations et raccroche en lui promettant de patienter au pub.

— Ils viennent ici…

Ce n'est qu'à cet instant que je réalise qu'il est l'heure pour lui de fermer.

— Je vais attendre devant…

Avant que j'aie pu m'éloigner, une poigne ferme me retient.

— Tu restes là pendant que je vais te faire un chocolat chaud.

— Tu n'as pas quelque chose de plus fort ? ris-je nerveusement.

— Pas avant que les policiers n'aient pris ta déposition.

Son ton moralisateur m'électrise et la situation me frappe de plein fouet. Un étranger s'est introduit chez moi. À l'heure qu'il est je n'ai peut-être plus de télévision, d'ordinateur ou de je-ne-sais-quoi avec un peu de valeur marchande.

— Ça va aller ?

— Je n'en suis pas sûre, réponds-je alors qu'un étourdissement me saisit.

— Assieds-toi, je reviens.

Baptiste dépose le torchon qu'il avait dans la main sur le bar et me quitte un instant. Alors que les minutes s'étirent, je regarde les derniers clients. Ils ne sont plus très nombreux, trois pour être exacte. Attablés dans le fond, autour de tasses de café, ils discutent joyeusement sans plus se soucier de ce qui les entoure.

— Tiens, dit Baptiste en déposant une tasse fumante devant moi.

D'une démarche claudicante qui ne le rend que plus séduisant à mes yeux, il rejoint la table encore occupée. Il parle aux personnes assises à proximité et leur tend l'addition. Leurs mouvements me paraissent saccadés, les lumières sont de moins en moins fortes. J'ai l'impression d'observer la scène au travers d'un épais brouillard. Les sons me parviennent comme assourdis.

— Mathilde ?

Une légère caresse sur mon bras me sort de ma transe. Je dévisage Baptiste, qui se tient devant moi, si proche et pourtant si loin. J'aimerais qu'il me serre contre lui comme il l'a fait après l'affaire de l'estampe, que tout cela ne soit qu'un rêve et que je n'aie pas perdu cinq ans de ma vie pour ce déclic qui rythme ma vie depuis des semaines maintenant. Combien de temps devrai-je encore attendre pour qu'il m'embrasse de nouveau ? La dernière fois, il me prétendait bouleversée par mes pneus et ne désirait pas en profiter. Quelque chose me dit que ce soir, il me répétera la même chose. Pourtant, je ne veux qu'une chose : lui. Je me sens si bête de ne pas lui avoir avoué après notre premier baiser qu'il me plaisait. Peut-être aurais-je aussi pu lui expliquer que je regrettais de ne pas avoir passé plus de temps avec lui.

Pour ne pas être une nouvelle fois repoussée, je croise les bras devant moi et j'attends. Quoi ? De sortir de l'état de choc dans lequel j'ai plongé sans le vouloir.

— Mathilde ?

— Oui ?

Ma voix me paraît lointaine, et un léger vertige me prend. Non, je vais rester forte. Pas question de montrer le moindre signe de relâchement. Pourtant, quand sa main prend ma joue en coupe, je ne peux m'empêcher de m'appuyer dessus pour profiter de son toucher.

— Tu ne bois pas ? s'inquiète Baptiste.

J'avise la tasse encore fumante, puis les trois personnes qui s'avancent vers nous. Ils s'éloignent avec Baptiste pour payer tandis que je cherche à remettre de l'ordre dans mes pensées. Je déteste me sentir ainsi sur une corde raide. Je devrais avoir l'habitude des situations délicates !

— Mademoiselle Piono ?

Surprise, je me tourne vers la porte du pub, où se trouve un policier.

— Inspecteur.

— Je vais vous demander de me suivre jusqu'à votre appartement.

Un sourire crispé aux lèvres, j'acquiesce et finis mon chocolat chaud. Sur le point de remercier Baptiste pour son hospitalité, je remarque qu'il a mis son blouson. Quand est-il allé le chercher ? Je n'ai pas le temps de réfléchir plus à la question que la sonnerie de mon portable me parvient de l'intérieur de mon sac.

Robin !

Tout en indiquant au policier que nous pouvons y aller, je décroche.

— Heureusement que tu devais m'envoyer un message pour me dire que tu es bien arrivée chez toi !

— Robin, je ne suis pas encore rentrée, dis-je en attendant que Baptiste ferme le pub.

— Comment ça ?

— En bas de mon immeuble, j'ai vu de la lumière chez moi. Il y avait quelqu'un.

— Ne me dis pas que tu es montée seule pour mettre en déroute le cambrioleur ? s'emporte-t-il.

— Bien sûr que non ! Je suis tout de suite retournée au pub.

— Tu n'as pas attendu que le voleur sorte ?

— Robin, je ne suis pas inconsciente !

Bien que si j'y réfléchis, cela aurait été une bonne idée. J'aurais ainsi pu décrire physiquement la personne sans avoir à prier pour qu'il y ait des empreintes exploitables et connues des services de police.

— Très bien.

— Je vais te laisser. La police est arrivée, et je dois vérifier s'il manque quelque chose.

— Je t'attends, répond-il simplement.

— Comment ça tu m'attends ?

— Dès que tu as fini, tu viens à la maison.

— Il n'en est pas question ! déclaré-je. Je suis une grande fille qui va faire face.

Ou pas. Dix minutes plus tard, alors que j'ai raccroché avec mon frère et que je constate l'étendue des dégâts, j'ai envie de me rouler en boule dans un coin. La personne, non contente d'avoir fracturé ma porte, a mis à sac mon studio. Mes vêtements jonchent le sol, la télévision est à terre à côté de mon ordinateur brisé en deux. Le policier qui m'interroge ne cesse de me poser des questions sur les personnes qui auraient des raisons de commettre un tel acte.

— Je suis détective privée, dis-je d'une toute petite voix.

— Et parmi vos clients, y a-t-il des gens susceptibles de vous en vouloir ?

— Pas plus que la semaine dernière…

Tout en faisant un nouveau tour sur moi-même pour juger de la situation, j'écarte l'idée pernicieuse de l'amant à l'estampe, de sa maîtresse… mais aussi de Daniel Nobolé ou de notre client. Se pourrait-il que ce dernier cherche à m'effrayer parce qu'il me trouve trop… Trop quoi ? Craint-il que je me renseigne sur son père ou que je laisse fuiter la moindre information ?

— Mademoiselle Piono, nous allons ouvrir une enquête. Avez-vous un endroit où dormir cette nuit ?

Dormir ? Cette nuit ? Il croit que je vais pouvoir fermer l'œil alors qu'un abruti a fouillé dans mes affaires. Une bouffée de colère m'envahit tandis que je mesure les conséquences de cet acte gratuit de vandalisme.

— Elle va venir chez moi. Nous nous occuperons de faire le nécessaire demain matin, intervient Baptiste.

— Très bien, dit le policier en lui tendant une carte de visite. Je me tiens à votre disposition si quelque chose vous revenait.

Vous revenait ? Et de quoi pourrait-il se souvenir ? J'étais seule ! J'étais seule en bas de cet immeuble pendant qu'un sale rat touchait à ce qui m'appartient, à ce que j'ai acheté, à la vie que je me suis faite, à mes souvenirs. Quand je songe à tout ce que j'ai économisé pour cet ordinateur afin de ne pas devoir quelque chose à mes parents ! Ou encore pour cette télévision.

Au loin, j'entends une voiture démarrer et s'éloigner. Les policiers sont partis.

— Allons-y, murmure Baptiste qui s'est rapproché.

— Je reste ici.

— Mathilde…

— Je suis ici chez moi.

— D'accord.

D'un mouvement preste, il ôte son blouson, qu'il pose sur une chaise, la seule qui soit encore debout. Un peu comme une rebelle qui aurait regardé le monde tomber autour d'elle sans renoncer. Soudain, j'ai l'impression que cette chaise, c'est moi. La Mathilde d'il y a huit ans, quand son frère a disparu. Toujours debout, malgré tout. Mais aujourd'hui, j'ai envie de flancher. De plier sous le poids des derniers événements, des plus anciens… de tout.

— Tu as quelque chose à boire ? demande Baptiste en enfonçant les mains dans ses poches.

À boire ? Je regarde le réfrigérateur, comme s'il allait me dire ce qu'il contient.

— Baptiste ? murmuré-je.

— Je suis là, Mathilde.

Aussitôt des bras m'enserrent, et je me sens réellement chez moi. L'odeur d'homme qui m'entoure me rappelle insidieusement les étreintes de mon père quand j'étais petite et le bonheur que j'éprouvais quand il me réconfortait. Puis les sensations évoluent, et le souvenir de nos corps-à-corps à Baptiste et moi me revient, si tant est qu'on puisse nommer ça ainsi.

— Je te propose d'aller chez moi… chuchote-t-il, la joue posée sur ma tête. Je dois avoir de quoi faire un martini citron.

Un rire nerveux m'échappe. Il se rappelle cette boisson que j'ai découverte dans l'autre bar alors que j'interrogeais un Daniel Nobolé. Comment fait-il pour se remémorer ces détails ? Et surtout, pourquoi prend-il la peine de le faire ?

— Je t'avouerais que je n'ai jamais essayé, poursuit-il. Il me semble que Rudy a des citrons verts, nous pourrions comparer !

Amusée, je m'écarte légèrement pour le dévisager. Il paraît exténué par sa journée, mais aussi très inquiet. Ses yeux naviguent sur mon visage, s'arrêtant régulièrement sur mes lèvres. Qu'il serait facile de croire qu'en l'accompagnant, je choisis la meilleure option ! Seulement, je sais qu'à un moment où à un autre, mon désir va revenir en force et je ne suis pas certaine de supporter d'être une nouvelle fois repoussée. Perdue dans mes pensées, je contemple le chaos qui règne autour de nous.

— Je sais que tu ne veux pas laisser tes affaires sans surveillance, mais s'il revient, nous ne serons pas en bonne posture. Surtout s'il est armé.

Il a raison, si l'homme n'en avait pas fini et décidait de continuer son œuvre de destruction dans la nuit, que pourrions-nous faire sans défense et sans aucun moyen de nous barricader ?

— Nous allons refermer du mieux possible la porte, et dès les premières lueurs de l'aube, nous serons là pour changer ta porte, prendre des photos, envoyer les papiers à l'assurance…

— Tu travailles le samedi.

— Pas le matin, on verra pour en faire le maximum à ce moment-là.

— Après une nuit à comparer martini citron jaune et martini citron vert ?

— Je sais qu'il est tard, mais je n'ai pas l'intention de passer toute ma nuit à ça…

Sa voix un peu rauque sur la fin me trouble, et mon esprit y voit des sous-entendus qui me plaisent, mais qui sont assurément loin de la vérité. Alors, en brave fille, j'accroche un sourire à mes lèvres et accepte son invitation.

En silence, nous remettons manteau et blouson avant de tirer la porte au maximum. Pour savoir que la serrure est cassée, il faudrait essayer d'entrer. Quelle ironie !

Dans la rue, je marche aux côtés de Baptiste, la pluie continue de tomber. Mon humeur s'assombrit de minute en minute. Et pourtant... pour la première fois en cinq ans, je vais rentrer dans l'appartement de Baptiste. Et je n'en ressens aucune excitation.

— Ne fais pas attention au bazar, déclare-t-il en ouvrant la porte pour me laisser entrer.

— J'aurais peut-être dû te le dire aussi tout à l'heure, plaisanté-je.

Ma blague n'est pas bonne. À vrai dire, le cœur n'y est pas. Sans attendre sa réaction, j'ôte mes chaussures et mon manteau. J'évite autant que possible de regarder dans sa direction, m'interrogeant une nouvelle fois sur le bien-fondé de ma présence chez lui. J'aurais toujours pu me rendre chez Robin. Et comment aurais-je expliqué tout cela à Hope ? À son âge, elle mérite d'être préservée de la violence du monde extérieur.

— Va t'asseoir dans le salon, j'apporte le nécessaire pour notre petite expérience !

J'obtempère et observe autour de moi. Une table dans un coin croule sous les papiers, une chaise est cachée derrière une pile de dossiers en carton. Sur le canapé, deux télécommandes et une couverture attendent le retour de leur propriétaire. Sur la table basse, des magazines de sport, de moto... Ces derniers paraissent encore neufs, comme si Baptiste n'avait jamais pu se résoudre à les ouvrir ni à les jeter. Comment vit-il la perte de ses deux passions ? Espère-t-il toujours retrouver suffisamment de sensations dans sa jambe pour remonter sur une moto ?

— Tu es bien songeuse.

Comme une enfant prise sur le fait, je sursaute et me tourne vers la porte du salon, d'où il m'observe, un sourire aux lèvres. Réalisant que parler de cela avec lui est au-dessus de mes forces, je lui souris et secoue légèrement la tête, espérant qu'il n'insiste pas.

— Tiens, martini citron jaune. J'irai préparer celui au citron vert après.

Sans le quitter des yeux, je porte le verre à ma bouche et me délecte une nouvelle fois du côté acidulé de ce mélange. Sans m'en rendre compte, je bois tout et me mords la lèvre devant ma gêne. Pourquoi ai-je fait cela ? Normalement, j'aurais dû le siroter tranquillement. D'autant plus qu'avec les derniers événements, l'alcool risque de vite me monter à la tête. D'un geste doux, Baptiste reprend le verre et disparaît de nouveau. Quand il revient, il m'annonce un martini citron vert. Peu désireuse de me saouler devant lui, je le laisse sur la table basse, pour plus tard.

— Je peux te poser une question ? demandé-je.

Il hausse un sourcil et s'installe à mes côtés.

— Vas-y, je t'écoute.

J'hésite encore un instant, puis me lance :

— Comment fais-tu pour...

Ma main mouline dans les airs. Pourquoi ai-je eu envie de savoir son ressenti sur la perte de ces passions ? D'autant qu'il y a quelques minutes, je prétendais que cela ne me concernait pas.

— J'ai toujours été nul en devinette, Mathilde, réplique-t-il patiemment. Alors si tu veux avoir une chance que je réponde à ta question, il va te falloir la finir avant toute chose.

— Avec Robin, vous suivez le sport, les matchs de rugby entre autres.

Il se redresse, mais garde un sourire avenant, quoique légèrement crispé.

— Et tu veux savoir comment je le vis ? s'enquiert-il.

— C'était ça ou te demander si tu avais l'intention de m'embrasser de nouveau. Un jour. Je ne parle pas de ce soir, hein ! Bien sûr que tu ne feras rien là, puisque je suis encore... « sous le choc », ajouté-je précipitamment. Enfin, ce n'est pas ça que tu as dit exactement, mais...

Je marque une pause pour tenter de m'arrêter, mais rien n'y fait, je suis lancée :

— Même si tout cela n'a pas cessé de me tourmenter depuis lundi, je t'avoue que je ne suis plus sûre des mots exacts que tu as employés.

Après une profonde inspiration, je réussis à me museler. Honteuse, je fixe un point au loin et cherche dorénavant une excuse potable pour courir me cacher chez mon frère. Peut-être aura-t-il un double de clé de l'appartement de Charlie… Fortement improbable vu leur relation tendue, mais on peut toujours espérer, non ?

— Mathilde…

— Pitié, dis-moi de me mêler de mes affaires et changeons de sujet.

— Quand tu débutes une carrière professionnelle, tu sais qu'elle peut prendre fin en un claquement de doigts. Certes, je ne m'attendais pas à devoir raccrocher si vite, mais… Au final, le plus dur est de ne plus pouvoir faire de la moto. Rien ne m'avait préparé à perdre cette passion et ce sentiment de liberté qui enflait en moi quand je roulais.

— Peut-être un jour…

— Non, réplique-t-il. Mes médecins m'ont assuré que je pourrais très bien conduire une moto…

— Alors pourquoi ne le fais-tu pas ? l'interromps-je.

— Parce que ce ne serait pas sérieux.

L'argument fait mouche et me rappelle celui qu'il a utilisé pour me tenir à distance lundi matin. S'assure-t-il toujours de faire ce qui est pour le mieux, ce qui est le plus sérieux ?

— Certains jours, ma jambe m'élance. Parfois ma main se crispe sans raison… Ce serait bien trop dangereux, et j'aime ma vie.

J'acquiesce et joue avec le bas de mon pull.

— Moi aussi, déclare-t-il à voix basse, il y a une question que je me suis toujours posée.

— Laquelle ? l'encouragé-je en serrant mes bras contre moi.

— La première fois… quand nous nous sommes rencontrés, on a discuté, ri… et pourtant après plus rien. J'ai dit un truc qu'il ne fallait pas ?

Étonnée qu'il m'interroge sur le sujet cinq ans plus tard, je reprends mon martini citron vert et le bois d'un trait, m'accordant ainsi le temps de trouver une excuse valable. Sauf que je ne fais pas bon ménage avec l'alcool, que ma journée a été longue et chaotique. Alors ma langue se délie :

— J'ai adoré cette soirée.

Ma main vient cacher ma bouche, comme pour rattraper les mots qui m'ont échappé. Seulement, il est trop tard et il ne me reste plus qu'une possibilité : la franchise. Enfin, en partie.

— Je me souviens quand vous avez promis d'être comme des frères pour moi.

Une douleur me transperce, mais je la dissimule du mieux que je peux. C'est fou comme une conversation vieille de cinq ans peut encore m'affecter. Et pourquoi, à l'époque, n'ai-je pas cherché à connaître la raison de mon mal-être ? Je l'ai accepté et suis passée à autre chose. Pourquoi ? Avais-je inconsciemment compris à ce moment-là que mes sentiments pour Baptiste ne prenaient pas le chemin d'une amitié fraternelle ?

— Après, je n'ai plus trop su comment me comporter. C'est bête, hein ? avoué-je avec un petit rire.

— Et pourquoi ne pas m'en avoir parlé ?

— Parce que j'avais l'impression que tu n'avais fait ça que pour être sympa avec mon frère. Je me voyais mal t'embêter avec ça.

J'ai répondu sans réfléchir, et je réalise que c'est exactement ça. Avec cinq ans de retard, je mesure à quel point je me suis sentie repoussée ce soir-là par Baptiste. Mon cœur s'est donc refermé pour éviter de souffrir, d'autant que je venais à peine de retrouver mon grand frère.

— Pour Robin ? s'étrangle-t-il. Tu penses réellement que j'aurais pu passer toute la soirée à discuter avec toi, juste pour lui faire plaisir ? Et puis tu ne m'aurais pas embêté !

— Baptiste…

Consciente que ce que je m'apprête à dire va être un peu sec, je ferme les yeux pour enrayer l'émotion qui m'étreint la gorge.

— Tu as attendu cinq ans pour avoir le fin mot de l'histoire. Et encore, ce sont juste les circonstances qui t'ont poussé à m'interroger là-dessus.

— Les circonstances ? s'énerve-t-il. Dès que tu es avec moi, j'ai l'impression que tu rétrécis avec la ferme intention de disparaître, alors excuse-moi d'avoir attendu cinq ans !

— Ce n'est pas vrai !

Enfin si, peut-être. Après tout, je ne le croise qu'au pub, parfois chez Robin, mais à chaque fois je veille à le traiter comme un ami. Et jusqu'à il n'y a pas longtemps je ne le considérais que comme un bon copain sur qui on peut compter.

— Mathilde, j'ai quatre sœurs aînées, crois-tu que j'aie joué la comédie toute la soirée pour en avoir une cinquième ?

— Je...

— Quand tu as débarqué dans ma vie, j'étais à peine humain. Tout m'écœurait, me fatiguait. Je me battais depuis près d'un an pour retrouver une démarche à peu près convenable en tenant un pub où je cassais plus de verres à cause de ma main que je tirais de satisfaction.

Et, à l'époque, j'avais perçu son mal-être.

— Tu as été...

Ses lèvres se tordent alors qu'il lève les yeux au ciel. Désireuse d'entendre la suite, même si elle ne me plaira certainement pas, je l'encourage à vider son sac :

— J'ai été quoi ? Une idiote ?

— Un rayon de soleil.

Mon souffle se coupe sous le compliment et la douleur.

— Mathilde, ce soir-là, dans ton regard, je me suis senti de nouveau humain.

— Baptiste, tu n'as jamais cessé de l'être ! répliqué-je, la gorge nouée.

— Si.

Touchée par ses confidences, je m'approche de lui, prête à lui apporter le réconfort que je n'ai pas su lui donner. Je m'arrête en l'entendant reprendre :

— Quand j'ai compris que cette soirée n'était qu'une agréable parenthèse pour toi, la chute a été rude.

Un petit rire sec ponctue sa phrase.

— Et je m'étais juré de ne jamais y faire allusion.

— Pourtant, tu aurais dû, dis-je tout bas, parce que de mon côté, je ne m'imaginais pas qu'un homme tel que toi puisse s'intéresser à moi, surtout après avoir entendu cette promesse faite à mon frère.

— Promesse que je n'ai pas donnée, et Robin l'a bien remarqué, lui !

Robin ?

— Je vais aller faire le lit, déclare-t-il brusquement avant de quitter la pièce.

Une larme m'échappe. Mon dieu, depuis combien de temps porté-je en moi tous ces sentiments pour lui ? Ils m'inondent désormais et je ne sais plus quoi en faire. Ma gorge se serre à l'idée que tout aurait pu être différent si j'avais osé. Simplement.

— Baptiste ! l'appelé-je.

Arrivée sur le seuil du salon, je le vois un peu plus loin, attendant que je parle. Tant de choses se bousculent dans ma tête que je ne réfléchis pas et prononce la première qui vient :

— Ne t'en fais pas pour moi, je vais rester sur le canapé !

Eh merde ! Ce n'est pas vraiment ce que je comptais avouer. J'aurais préféré m'excuser, lui dire que je comprenais seulement maintenant à quel point cette soirée avait été importante pour moi. Qu'il avait fallu une estampe et un homme particulièrement prolixe sur ses pratiques sexuelles pour déverrouiller quelque chose en moi.

— Mathilde, tu es à fleur de peau. Entre le cambriolage et l'alcool, tu vas avoir besoin de te reposer. Je suis désolé d'avoir mis ce vieux sujet sur le tapis, mais comme tu l'as dit : les circonstances étaient en ma faveur. N'en parlons plus !

Mes épaules semblent peser des tonnes, pourtant je ne détourne pas le regard. Bien que je n'aie clairement pas envie de m'étendre là-dessus, j'ai peur que tout cela ne modifie notre relation. Quelle relation ? Comme il l'a si bien exprimé, je ne lui parle pas ou très peu.

Au bout du couloir, je le vois attendant visiblement que je me range à son avis. Son T-shirt noir le moule parfaitement et, alors qu'il s'appuie contre le mur, je peux apprécier sa silhouette. Il bouge légèrement, sûrement pour soulager sa jambe gauche.

Pourquoi n'ai-je pas osé ?

— Je vais utiliser le canapé, annoncé-je le plus fermement possible. Tu travailles demain, autant que tu puisses dormir. Il est trop petit... ou tu es trop grand, ajouté-je avec une pointe de rire.

— Comme tu voudras.

Son regard se fixe devant lui, à l'intérieur de la chambre que je ne distingue pas d'ici.

— Je vais mettre mon réveil à huit heures. L'ex-mari de ma sœur est serrurier, il pourra certainement te dépanner rapidement.

— C'est gentil.

— Je vais te passer des affaires pour dormir, déclare-t-il en disparaissant quelques minutes avant de revenir les bras chargés. Voilà, je t'ai mis un T-shirt et un caleçon pour que tu sois à l'aise, ainsi qu'un oreiller et une couverture en plus pour le cas où tu n'aurais pas assez chaud.

— Merci.

Nos mains se frôlent. La sensation fugace de sa peau contre la mienne met toutes mes terminaisons nerveuses en action. Mon imagination se déchaîne, me rappelant mes rêves, mais aussi nos autres rapprochements. Alors qu'il est sur le point de repartir, la langueur qui m'envahit me pousse à le retenir d'une quelconque manière.

— Si je n'avais pas agi ainsi, crois-tu que nous serions... amis ?

Ses yeux se posent une fraction de seconde sur moi. En ce si court laps de temps, j'ai l'impression qu'il réussit l'exploit de me déshabiller du regard. Merci dieu martini citron ! Seulement réalise-t-il que je ne veux pas de son amitié, que derrière cette question s'en cache une autre ?

— Non.

Le retour à la réalité est dur, mais j'encaisse. Pas besoin de me torturer l'esprit avec des « et si », pour lui rien n'était possible entre nous à ce moment-là. Et maintenant ? Dois-je continuer à espérer ou, au contraire, étouffer mes envies ?

— Et personne n'aurait osé te cambrioler ici.

Sur ces mots, il se détourne de moi pour aller s'enfermer dans sa chambre alors que l'air contenu dans mes poumons est expulsé. Le message est clair, limpide même. Pour lui, il paraît évident que nous serions ensemble. Qu'ai-je fait ? Ou, plutôt, que n'ai-je pas fait il y a cinq ans ? Une chose est certaine, j'espère que mon cerveau aura tout oublié demain matin, parce que sinon je vais avoir du mal à retrouver le sourire.

Chocolat chaud et filatures

Sonnée, je retourne dans le salon et m'assois dans le canapé. J'étreins les affaires que Baptiste vient de me donner, espérant garder la chaleur qui tend à quitter mon corps. Tant de questions volent dans mon esprit que je finis par soupirer en fermant les yeux. La tête appuyée contre le dossier, j'attends que le calme se fasse pour me préparer pour la nuit. La pire de toute mon existence…

Soudain, un léger bruit se fait entendre. Une vibration continue qui n'est pas sans me rappeler… Mon téléphone ! Je me redresse vivement et pars fouiller dans mon sac à main à la recherche de mon portable. L'appel a été depuis longtemps transféré sur ma messagerie. Sans prendre la peine de la consulter, je compose le numéro de mon frère, qui répond dès la première sonnerie :

— Tu devais me rappeler !

— Désolée.

— Tu ne t'imagines pas les scénarios que je me suis faits en attendant de tes nouvelles, Mathilde !

Je roule des yeux alors qu'il reprend :

— Heureusement, Baptiste m'a dit que tu n'étais pas en forme.

Baptiste ? Me retenant à grand-peine de lui demander de répéter mot pour mot les paroles de son ami, je jette un coup d'œil vers la porte du salon. Est-il toujours debout ? Va-t-il réussir à se reposer un minimum pour son service de demain après-midi ? A-t-il lui aussi revécu des dizaines de fois notre soirée d'il y a cinq ans ? Non, les hommes ne font pas ça. Ou ils ne l'avouent pas. Et pour ce que ça apporte, j'espère pour eux qu'ils ont cette fabuleuse capacité à ne pas se torturer l'esprit avec des « et si… » vains et usants. Ceux-là mêmes qui pourrissent mon quotidien depuis des semaines.

— Mathilde ?

— Pardon… Tu disais ?

— Tu aurais dû venir à la maison, je…

— Non, Robin ! m'exclamé-je. Qu'aurions-nous dit à Hope ?

— Que sa tante avait besoin d'un endroit où se poser.

— Et Baptiste me l'a fourni.

Ainsi que des révélations renversantes, à défaut d'un baiser…

— Tu devrais être auprès de ta famille !

Comprenant que mon frère est en mode « j'aurais dû être avec elle / je dois veiller sur ma petite sœur », je décide de changer de tactique sans pour autant lui dire que je suis exactement là où je voudrais être.

— Autant que Hope n'apprenne pas tout de suite que des gens peuvent être assez mal intentionnés pour entrer chez quelqu'un et tout saccager.

— Je l'aurais déposée chez…

Un flot de jurons s'élève accompagné du prénom de ma meilleure amie. Le voilà bientôt râlant contre Charlie qui part à Paris deux jours par semaine pour son travail.

— Si elle avait été là, je lui aurais confié Hope et…

— Et rien, l'interromps-je. Je suis chez Baptiste, et tout va bien. Demain matin, je vais ranger un maximum et je viendrai te voir le soir, après à ton travail.

Normalement le samedi, je rends visite dans l'après-midi à mon frère dans sa concession. J'en profite pour entraîner ma nièce lors d'une sortie entre filles. Magasins, promenades, le planning varie suivant notre humeur.

— Je passerai prendre Hope pour aller au cinéma, ça nous fera du bien.

— Je te filerai de quoi payer.

— C'est ça !

Refusant d'entrer en conflit, je remonte mes lunettes sur mon nez et lis l'heure sur la box Internet devant moi. Dans trois minutes, il sera deux heures.

— Robin, je vais te laisser, déclaré-je en m'étirant. J'aimerais avoir rangé un maximum demain matin pour que toute cette histoire ne traîne pas trop en longueur, et pour cela, j'ai besoin d'une bonne nuit de sommeil.

Je fais des cercles avec ma tête pour détendre mon cou qui est contracté.

— Si tu as besoin de la moindre chose…

— Oui, oui, le coupé-je, j'appelle les renforts.

— Moque-toi !

Après l'avoir rassuré une dernière fois, je raccroche et soupire. Ma journée promet d'être longue et éprouvante, mais je peux me targuer d'être super bien entourée !

Et personne n'aurait osé te cambrioler ici.

Ces paroles me font l'effet d'un coup dans l'estomac. Ou d'un coup de pied aux fesses. D'un bon pas, je me dirige vers la chambre de Baptiste et toque une première fois légèrement avant de recommencer avec plus de force. La porte s'ouvre sur lui, seulement vêtu d'un T-shirt et d'un caleçon.

— Un problème ? me demande-t-il comme si mes repères n'avaient pas volé en éclats dernièrement.

— Comme lundi, tu ne vas pas vouloir m'embrasser, hein ?

Sa mâchoire se crispe, répondant à ma question. Très bien. Tout en me faisant la promesse que c'est la dernière fois que je me ridiculise auprès de lui, je le supplie :

— S'il te plaît !

Ses yeux se posent sur ma bouche pour ne plus la quitter. Je ne sais combien de temps nous restons l'un en face de l'autre, toujours est-il qu'il finit par s'écarter.

— Si tu ne veux qu'un baiser, je te conseille de retourner dans le salon.

Mon corps réagit à sa voix rauque. Mes seins se tendent tandis que ma respiration se fait plus saccadée. Pas besoin de réfléchir plus longtemps, j'entre dans sa chambre. Je le dépasse, regardant autour de moi. Une armoire, une commode et un lit dont la couette est partiellement ouverte, signe qu'il était déjà couché.

Doucement, un corps musclé se colle à mon dos, me cédant sa chaleur telle une vague engloutissant tout sur son passage. Mes yeux se ferment tandis que ma tête vient se loger contre lui. Puis je sens sa main droite se poser sur ma hanche, remonter lentement jusqu'à ma taille pour descendre de nouveau. Je me mords la lèvre pour ne pas gémir. Ce serait si bête de montrer que cette caresse innocente suffit à me mettre dans tous mes états.

Seulement quand il recommence en glissant cette fois-ci sous mon pull, je réalise que ce ne sera pas une chose aisée que de rester tranquille dans ses bras. Et que je n'en ai pas envie ! Délicatement ses doigts relèvent mon bas de T-shirt et touchent enfin ma peau brûlante. Au début, ils sont immobiles. Je me sens frustrée de ne pas être caressée. Puis ils se mettent en action, de petite arabesque en petite arabesque, ils créent des frissons qui s'étalent de plus en plus sur mon ventre. J'ai l'impression de vibrer, de ronronner et de m'enfoncer dans quelque chose de très doux qui promet d'être un vrai feu d'artifice.

Dans mon cou, son souffle se fait plus profond, effleure ma mâchoire avant d'être remplacé par ses lèvres. Il suçote ma peau, me lèche et me mordille. C'est si bon que mes jambes manquent de lâcher. Au moment où je pense tomber, sa seconde main me retient d'une pression ferme sur mon bassin, et je me retrouve les fesses contre son érection. Et là, tout bascule... Je me frotte à lui, lui arrachant un grognement qui se répercute au plus profond de moi. Ce son m'encourage, alors je continue, profitant moi aussi de ce mouvement.

— Mathilde, murmure Baptiste dans mon oreille.

Fière de moi, je tends mon visage vers le sien et pose mes lèvres sur les siennes. Aussitôt le baiser s'enflamme. Je me retourne complètement et me serre contre lui. J'ai l'impression qu'il ne m'a pas embrassée depuis des années, que s'il s'arrête, je disparaîtrai. Mes mains courent sur son torse, enregistrant la moindre courbe. Les siennes encadrent mon visage et m'éloignent de sa bouche. Haletante, je le regarde détailler mes traits, s'attardant sur mes lèvres.

Il doute. Une petite voix mesquine émet cette hypothèse et la peur de voir tout prendre fin maintenant naît en moi. Refusant de m'arrêter là, je fais passer mon pull par-dessus ma tête. Ce matin, j'ai mis un simple débardeur en dessous, par habitude. Mais je sais que celui-ci me va bien et que la dentelle du décolleté a quelque chose de sexy.

— OK, souffle Baptiste.

Il attrape l'ourlet de mon débardeur et me l'enlève, révélant un soutien-gorge en coton. M'admonestant d'avoir pu mettre un sous-vêtement pratique, mais totalement dépourvu de tout charme, je vais pour croiser les bras sur ma poitrine quand une main tatouée m'empêche de me cacher.

Avec douceur, elle remonte sur mon épaule, effleure la bretelle de mon soutien-gorge avant de la suivre jusqu'à mon sein. Il le caresse au travers du tissu, le faisant pointer douloureusement. Soudain, je le sens bouger. Ignorant ce qu'il fait, je tombe sur son visage perdu dans la contemplation de son pouce recouvert d'encre, qui taquine encore et toujours ma poitrine. Continuant mon investigation, je baisse les yeux, croise la bosse sous son caleçon. Impatiente, je tire discrètement sur son T-shirt, pour l'inviter à s'en débarrasser.

— Non, dit-il doucement.

— Pourquoi ?

— Au-dessus du T-shirt, mais pas sous…

— Pourquoi ? insisté-je en remontant les mains sur son visage.

— Tu ne peux pas te contenter d'un non ?

Avec un petit sourire, je secoue la tête.

— Il est hors de question que je me contente d'un peu de toi, dis-je en ponctuant ma phrase d'un baiser sur ses lèvres.

— Mes tatouages cachent les cicatrices à l'œil, mais sous tes doigts, tu les sentiras.

— Et je saurai que c'est toi, Baptiste.

Mes mots le touchent. Son léger recul le prouve, comme le mouvement de sa pomme d'Adam, pourtant il ne fait rien. Il continue d'observer sa main gauche désormais posée sur ma peau.

— Tu es si douce…

Mon cœur fait un looping. Cette simple phrase est pour moi emplie de tant de sous-entendus, de non-dits que je pourrais lui hurler que je l'aime. Mon dieu, je l'aime ! Depuis quand ?

— Laisse-moi te voir, le supplié-je en repoussant cette question pour plus tard.

Après un dernier regard, il se recule légèrement et enlève son T-shirt. Son torse est magnifique, musclé et ferme comme celui d'un ancien sportif qui continue à s'entretenir. Le rugby lui a donné une hygiène de vie qui l'a certainement sauvé suite à son accident. Sur le côté gauche, les arabesques ornent sa peau. Au milieu de tous ces pleins et déliés, des dessins naissent : une montre à gousset, un gâteau…

Mes yeux suivent l'encre sur son flanc et descendent à sa hanche, jusqu'à une paire de lunettes. Du bout des doigts, je la touche, sentant aussitôt des irrégularités. Ne cherchant pas à m'arrêter sur les cicatrices derrière tout cela, je m'attarde sur ce dessin plus petit que les autres et qui pourtant me saute au visage.

J'ai envie que ces lunettes me représentent, que je sois incrustée dans sa peau à jamais. Décidée à lui poser la question, je relève la tête vers lui pour le trouver fixant ma main. À quand remonte la dernière fois que quelqu'un l'a touché ainsi ? Je sais qu'il a eu des copines ou, à défaut d'autre chose, des maîtresses. Leur a-t-il interdit de… Pas besoin de finir cette question, je suis la première qu'il autorise à voir et à toucher ses cicatrices. Enivrée par un sentiment de toute-puissance, je le caresse avec toute la tendresse dont je suis capable. Je note ses réactions, ses soupirs, ses grognements… Je me gorge de lui avant de m'attaquer à son boxer.

Bouillonnante d'impatience, je désire le voir nu, lui prouver que son corps me plaît malgré les marques de son accident.

Sa main me stoppe dans ma progression. Il me repousse pour mieux dégrafer mon soutien-gorge. Il cajole ma poitrine, puis la porte à ses lèvres, l'aspirant, tantôt avec délicatesse, tantôt durement. Un cri m'échappe alors que je rejette la tête en arrière. Il continue sa torture et quand il se redresse, le sourire fier, je réalise que je suis en culotte devant lui, le souffle court et le corps en feu.

Décidée à lui rendre la monnaie de sa pièce, je passe mes pouces sous l'élastique de son caleçon. Ses yeux s'assombrissent, mais je ne recule pas. Je le veux, et je me suis promis d'aller de l'avant, de ne plus perdre de temps. Sans parler de l'alcool qui court encore dans mes veines et me donne le courage de me dépasser.

Mon regard planté dans le sien, je fais glisser son caleçon vers le bas. Son érection se dresse devant moi, ne laissant aucun doute sur son désir. Il libère ses pieds de son vêtement tandis que je caresse ses jambes, notant que son tatouage se termine sur son mollet gauche en une pointe ressemblant à une épée plantée dans un roc. Avec une lenteur calculée, je remonte jusqu'à sa hanche, mes doigts s'arrêtant de nouveau sur cette paire de lunettes. De ma main libre, je redresse les miennes sur mon nez.

— Mathilde, murmure-t-il en effleurant ma nuque.

Il imprime deux ou trois pressions pour me forcer à me relever, mais quand je vois son érection, une autre envie me prend. Alors je la caresse sur toute sa longueur, exerce des mouvements de va-et-vient et enfin embrasse le bout.

— Mathilde…

Sa voix rauque m'encourage à poursuivre, à me montrer plus téméraire. De la langue, je dessine des arabesques, m'inspirant de celles que je vois sur son flanc. Il gémit et touche tendrement mon visage.

—… S'il te plaît…

Comprenant sa requête, je fais glisser son sexe dans ma bouche et attends. Quoi, je ne sais pas, mais j'ai besoin d'une petite seconde. Ou alors c'est sa main, posant la mienne sur sa hanche, sur ce tatouage en forme de lunettes qui me donne le top départ. Je le suce, l'aspire… Je me fie aux sons que j'entends pour lui procurer le plus de plaisir possible. Et quand son bassin commence à s'agiter d'avant en arrière, mon désir atteint un point presque intolérable.

Soudain, Baptiste me fait lâcher prise et m'aide à me relever. Mes jambes flageolent, mais je me raccroche à lui. Son sexe frôle mon ventre, m'arrachant un soupir de frustration. Tout en m'embrassant, il me force à reculer jusqu'au lit sur lequel je m'allonge. Il ôte ma culotte et s'allonge sur moi. Un gémissement retentit dans l'appartement. Le mien. Les doigts de Baptiste taquinent mon clitoris tandis qu'il me lèche. Plus question de lenteur, de savourer. Non, là il est avide, affamé et terriblement efficace. Mon corps est parcouru de spasmes, de vagues de chaleur… Je ne me reconnais pas alors que je crie son prénom.

Quand je reviens à moi, je le vois ouvrant un tiroir. Il sort un préservatif dont il déchire rapidement l'emballage. Encore faible, je me redresse et l'observe se caressant discrètement tout en enfilant la protection. Dès qu'il est de nouveau entre mes cuisses, je l'embrasse. Sa langue porte mon goût, mais aussi le sien, et l'association de ces deux saveurs me plaît. Je me colle à lui. Mes lunettes me gênent, mais alors que je suis sur le point de les enlever, il m'arrête.

— Garde-les ! m'ordonne-t-il en me pénétrant d'une longue poussée.

Nos râles se mêlent. C'est si bon, si naturel.

— Si tu savais depuis combien de temps j'attends ça, chuchote-t-il à mon oreille en ressortant.

— Cinq ans.

— Presque, souffle-t-il en revenant profondément.

La tête me tourne sous l'effet qu'il produit en moi. Je m'accroche à ses épaules alors qu'il accélère peu à peu l'allure. Nos langues tentent de suivre le même rythme, avant de déclarer forfait. Avec douceur, Baptiste me caresse le visage alors que ses coups de hanches se font frénétiques. Je me cambre, noyée sous les sensations nouvelles qui déferlent en moi. En un gémissement, je sombre dans l'orgasme le plus puissant que j'aie jamais connu. Au loin, j'entends un grognement qui ajoute à mon plaisir.

Une fois le calme revenu, je lui caresse le dos alors qu'il reprend sa respiration, à moitié allongé sur moi. Pour la première fois depuis des années, je me sens sereine. Je souris au plafond, heureuse.

— Puis-je savoir pourquoi tu ris ? demande Baptiste en se redressant un peu.

Mes mains caressent ses joues, recouvertes d'un léger chaume. Ses cheveux bruns, ses yeux verts... Ils m'ont hantée pendant des années et les voilà au-dessus de moi.

— Je suis bien, réponds-je en piquant un baiser sur ses lèvres.

Tellement bien que je me love contre lui quand il revient de la salle de bains et m'endors aussitôt.

Le corps ankylosé, je me tourne sur le dos et observe le plafond de la chambre. La nuit a été courte et sportive. Baptiste s'est révélé exigeant et ô combien soucieux de mon plaisir ! J'ai l'impression d'avoir couru tout un marathon après m'être empiffrée d'une tartiflette accompagnée d'une raclette. Je n'en peux plus, mais je suis prête à recommencer quand il veut.

Avec un sourire coquin, je nous imagine déjà sous la douche... Je crois me souvenir d'un rêve allant en ce sens et la réalité va sûrement être bien mieux !

— Tu es réveillée.

Surprise, je lâche un cri de souris.

— Il est bientôt 9 h 30, dit-il. Que prends-tu pour le petit déjeuner ? Un chocolat chaud ?

— S'il te plaît !

Habituellement, le samedi matin, je profite d'être en week-end pour traîner au lit. Au choix, je somnole ou je lis, mais aujourd'hui c'est hors de question. Une fois la couverture écartée, je me lève sous le regard de Baptiste. Il suit chacun de mes mouvements, savourant le spectacle de mon corps nu. Pas encline à chanter les louanges de ma silhouette, je dois avouer qu'il est très agréable de voir le désir s'installer dans ses pupilles.

— Rien d'autre ? demande-t-il en déglutissant difficilement.

Nos yeux se rencontrent, se quittent avant de revenir s'accrocher. J'aimerais avoir cette part séductrice qu'ont beaucoup de femmes et pouvoir lui dire de but en blanc que je le veux lui, pour le petit déjeuner.

— Mathilde ?

Sa voix rauque me rappelle d'autres moments où il a prononcé mon prénom. Mon corps s'échauffe, alors que la fraîcheur de la pièce fait pointer ma poitrine douloureusement.

— Désolée, j'ai toujours un peu de mal à émerger le matin.

Nerveuse, j'ajoute sans réfléchir :

— Je suis plutôt marmotte…

Bien ! Maintenant, il va me prendre pour une grosse marmotte fainéante ! Refusant d'aller plus loin sur ce terrain glissant, je lui adresse un petit sourire.

— Ça te dérange si je vais me doucher tout de suite ? Histoire de me réveiller.

Discrètement, son regard dérive sur ma poitrine, mon ventre puis mes jambes. Serait-ce la preuve que je peux espérer un moment crapuleux dans la salle de bains ? Ragaillardie, je fais un pas dans sa direction. Le mouvement de trop. Aussitôt il se tend et recule légèrement. Son visage s'est fermé, et j'ai l'impression d'avoir pris une porte dans le nez. Que se passe-t-il ? S'en veut-il d'avoir cédé cette nuit ?

— Je vais te chercher une serviette.

Aussitôt il s'éloigne et un grand froid m'envahit. Mon appartement a été cambriolé, et mes affaires ont été fouillées avec force, je dois me ressaisir. Il sera toujours temps plus tard d'éclaircir la situation entre nous.

— Je l'ai mise sur le lavabo, déclare-t-il en revenant.

— Merci.

Sans m'attarder, je prends mes affaires de la veille qui sont toujours sur le sol et pars m'enfermer dans la salle de bains. Hier je n'ai pas pensé à emporter des vêtements pour aujourd'hui. Tant pis, je me changerai de retour dans mon studio. Sous l'eau, je ne peux m'empêcher de rêvasser. Je suis chez Baptiste, dans son intimité ou presque. J'ai autour de moi tous les objets de son quotidien, jusqu'à sa brosse à dents noire dans son gobelet. Le parfum de son savon se répand, agissant directement sur mes sens. Je me frictionne le corps, fermement, puis de plus en plus lascivement. Ce n'est qu'au premier gémissement que je réalise l'incongruité de la situation.

Je sors de la douche, gênée. Il est urgent que je me ressaisisse. D'accord, cette nuit a été fabuleuse, mais l'heure n'est pas à la bagatelle. Amusée d'avoir utilisé un terme aussi désuet, je rejoins Baptiste dans la cuisine une fois que je suis habillée. Appuyé contre l'évier, il boit son café sans remarquer mon arrivée. Ne désirant pas céder à la tentation de le détailler du regard, je me racle la gorge et entre avec un sourire forcé sur les lèvres.

— Je me suis levé à huit heures pour appeler mon ex-beau-frère, dit-il en posant sa tasse, il nous rejoindra chez toi vers dix heures.

Les mains posées derrière lui, il étire son T-shirt sur son torse. La vision est agréable, tentatrice. Avec regret, je détourne les yeux.

— Merci.

— De rien.

Des bruits de pas me parviennent, rapidement accompagnés de celui caractéristique d'ustensiles de cuisine manipulés.

— Pendant que tu te lavais, je suis allé au pub chercher du chocolat et du lait.

— Merci.

Il laisse échapper un petit son moqueur. Pourquoi ?

— Je vais me préparer ! déclare-t-il sombrement.

Avant qu'il ne quitte la pièce, il marque une pause sur le seuil. Tout en observant son dos et plus bas, je me demande à quoi il pense. Je ferais bien des suppositions, des extrapolations, mais l'évolution de notre relation cette nuit bouleverse la donne. Alors je me contente de patienter, souhaitant comprendre ce qu'il attend réellement de moi.

Avec un soupir, il reprend son chemin et bien vite le chauffe-eau s'allume. Des images d'un corps musclé et tatoué me viennent. Des mains masculines qui le lavent puis des plus fines... les miennes. Mon cœur s'accélère tandis que mes paumes se font moites. Si seulement je ne m'étais pas lavée en premier, j'aurais pu le mettre devant le fait accompli en le rejoignant sous le jet. Peut-être que cette gêne qui semble s'être installée entre nous aurait disparu.

Baptiste est là, nu et à seulement quelques pas de moi. Voilà pourquoi il a été au pub ! En plus de penser à mon petit déjeuner, il a dû vouloir mettre de la distance entre nous. Pourquoi n'a-t-il pas cédé à ses pulsions ?

Mes mains trouvent rapidement comment chauffer le lait et doser le chocolat. Dans un état second, je bois ma tasse, tendant l'oreille, à l'affût du moindre bruit signifiant le retour de Baptiste. Et j'ai beau me douter de sa venue imminente, le voir devant moi, les cheveux encore humides, crée des frissons sur mon corps.

Je suis réellement fichue.

— Prête ?

Dans ma tasse, il me reste un fond de chocolat au lait. Je le fais tourner, pour gagner du temps et cacher ma nervosité.

— Ne t'en fais pas, ça va bien se passer.

Surprise par ses propos, je relève la tête pour le voir me fixant intensément. Parle-t-il de nous ?

— En arrivant, on prend des photos avec nos appareils, il est préférable d'en avoir trop que pas assez, poursuit Baptiste avec un pragmatisme que je suis loin de ressentir.

Ah non, il est passé à autre chose.

— Quand on a terminé, tu envoies le tout à l'assurance pendant que je commence à déblayer. On va emporter mon ordinateur. Mon ex-beau-frère ne devrait plus tarder.

— Tu as pensé à tout, ris-je nerveusement.

— Je n'ai pas beaucoup dormi.

Moi non plus. Pourtant, pas un seul instant cette nuit je n'ai songé à mon appartement et aux démarches qu'il me faudrait faire aujourd'hui pour que tout rentre dans l'ordre. J'étais totalement focalisée sur lui, son plaisir et cette communion entre nos deux corps. Le reste du temps, je dormais comme une bienheureuse, calée contre lui.

— Nous ferions bien d'y aller ! s'exclame Baptiste en brisant notre contact visuel.

Depuis quand le fixé-je ainsi ? Embarrassée, je le suis à l'extérieur, marchant à son rythme. Plongés dans le silence, nous avançons jusqu'à mon bâtiment et, trop rapidement à mon goût, nous sommes de nouveau sur mon palier. D'un mouvement sec, il déloge les cales que nous avions mises pour que ma porte ne s'ouvre pas inopinément en mon absence.

Le désordre est toujours là. Seulement la lumière rend le tout moins effrayant.

— Tu t'occupes de la pièce principale ? demande Baptiste en sortant son téléphone portable.

Perdue, je relève les yeux vers son visage avant de me rappeler que nous devons faire des photos pour mon assurance. J'ai envie qu'il m'embrasse pour me donner la force de supporter la vue de mes affaires piétinées par une personne sans scrupule. Hier encore, j'en étais capable, mais qu'en est-il aujourd'hui ?

— Désolée, je…

De la main, je montre l'étendue du champ de bataille autour de moi plutôt que de lui avouer que je ne sais plus comment me comporter avec lui. J'ai connu le plaisir entre ses bras et je crains maintenant tellement de le perdre que j'ignore comment réagir.

— On va vite tout te remettre…

Il s'arrête brusquement et rit doucement.

— J'allais dire que nous allions tout te remettre en état, mais je ne pense pas que ce soit possible au sens littéral du terme.

— Oui, déclaré-je à mon tour. Moi qui cherchais une raison pour faire un grand ménage de printemps !

— La prochaine fois, essaie un Post-it sur le frigo.

Amusée par notre complicité soudaine, je lui souris, notant les rides qui se creusent autour de ses yeux quand il fait de même.

— Nous devrions nous y mettre, ajoute-t-il à voix basse.

J'acquiesce et le regarde se diriger vers l'espace cuisine. Pressée de me débarrasser de cette corvée, je décide de commencer par le coin de la pièce où se trouvent un placard et une commode.

Les deux ont été vidés et mes vêtements recouvrent le sol. À chaque nouveau cliché, je sens ma poitrine se serrer. Mes habits ont été manipulés par un inconnu, quelqu'un venu toucher à mes affaires avec une indifférence vénale. Cette personne a-t-elle seulement pris quelque chose ou n'a-t-elle tiré de cette intrusion chez moi qu'un plaisir malsain et destructeur ?

Une fois cette partie de la pièce principale terminée, je m'intéresse à mon canapé, que j'avais laissé ouvert en lit. Les draps ont été arrachés et… Du bout du doigt, j'écarte deux pans de tissu pour photographier la déchirure. Parcourue d'un sombre pressentiment, je farfouille plus longuement et réalise que mon drap n'a pas seulement été déchiré, il a été réduit en charpie.

— Ça va ? me demande Baptiste.

Heureuse de me trouver dos à lui et de lui cacher ma macabre découverte, je hoche la tête avant de réaliser qu'il ne regarde peut-être pas dans ma direction.

— Ça va. Et toi ?

— Quelques verres et assiettes de cassés, mais ta plaque et ton four fonctionnent toujours.

La porte de mon réfrigérateur grince derrière moi.

— Le frigo a dû morfler vu le bruit, mais il est encore allumé.

— Non, c'est normal. Il a toujours fait ce bruit, ajouté-je.

Nerveuse, je me relève et continue de prendre des photographies de mon studio. Quand je pense avoir fait le tour de la pièce, je recommence, m'attardant sur des détails. Mon réveil est sur ma table de chevet alors que mes sous-vêtements ont été en partie détruits. La paire de ciseaux trône même au milieu d'une parure en dentelle.

— Qu'y a-t-il ?

La voix toute proche de Baptiste me fait sursauter. Je pivote vers lui et le trouve fixant le sol, là où ma lingerie a été jetée. Mes joues me brûlent tandis que mon cerveau cherche vainement un moyen de l'éloigner.

Tout en bafouillant, je tente de détourner son attention.

— Tu as fait la salle de bains ?

Ses sourcils se froncent tandis que son regard se pose sur moi.

— Tu es sûre que tout cela ne peut pas être l'œuvre d'un de tes clients, ou d'une personne concernée par un de tes dossiers ?

— Non, réponds-je en songeant soudain à M. Nobolé.

Pourquoi faut-il que je pense à lui ? Et puis, pourquoi ?

— Et le gars de l'autre fois, dit Baptiste.

A priori je ne suis pas la seule…

— Mathilde ?

— Il n'a pas de raison de faire cela.

— Tout comme il n'avait pas de raison de venir au pub, réplique-t-il fermement.

— Certes, mais entre s'incruster dans un endroit public pour me croiser et me faire des excuses et s'introduire chez moi pour tout casser, il y a une marge.

— Mathilde, je ne suis pas flic ni détective privé, mais entre tes sous-vêtements découpés et le miroir de ta salle de bains…

— Qu'est-ce qu'il a, le miroir de ma salle de bains ?

— Je vais m'en occuper, grogne-t-il, visiblement furieux contre lui-même.

— Baptiste…

— Quelqu'un l'a brisé.

C'est tout ? Curieuse, je pars voir l'étendue des dégâts. Sur le seuil, je me fige, la main devant la bouche. Mes quelques tubes de crème sont éventrés sur le carrelage et mes brosses à dents et à cheveux sont dans la cuvette des toilettes. Le miroir au-dessus du lavabo est fendu en deux endroits.

Comme si la scène n'était pas déjà assez dérangeante, la poudre noire utilisée par la police pour relever les empreintes complète le tableau pour rendre la pièce un peu plus lugubre.

— Mathilde, ça donne l'impression que tout ceci est personnel.

Réalisant que je ne suis pas seule, je me tourne vers Baptiste, qui me fixe sans cacher son inquiétude. Personnel ? Mais je ne travaille que sur des petits dossiers. Personne n'a été lésé par une de nos affaires et tout le monde était satisfait. Enfin, si tant est qu'apprendre que sa femme a un amant peut l'être. L'unique client qui ait paru contrarié, c'est M. Nobolé, et c'est parce que nous n'avançons pas assez vite à son goût.

— Non, dis-je sans trop y croire. Avec Denis, nous n'avons eu aucun problème.

— Et ailleurs ?

Ailleurs ? Dois-je lui dire que mis à part le pub, mon frère, ma nièce et ma meilleure amie, je ne côtoie pas grand monde ? Que ma vie personnelle se résume à quelques noms, dont le sien ? Et depuis quand ai-je laissé tomber mes amis ? Notant de finir cette introspection plus tard, je continue d'observer les dégâts causés dans ma salle de bains.

— Un ex ? insiste-t-il.

— Non, pas possible.

Sans compter que ma dernière rupture date de plusieurs mois.

— L'actuel ? Peut-être est-ce une de ses ex qui…

— Stop, Baptiste ! m'écrié-je, furieuse. Crois-tu réellement que j'aurais couché avec toi tout en étant en couple ?

D'une main tremblante, je lisse mes cheveux vers l'arrière pour me donner une contenance. Il est temps pour moi de retrouver mon sang-froid et de gérer la situation comme une grande.

— L'année dernière, environ 1,6 % des ménages français ont été concernés par un cambriolage ou une tentative de cambriolage. Près de 8 cambriolages sur 10 ont lieu pendant la semaine et 7 cambriolages sur 10 se produisent en journée, surtout l'après-midi.

Ce qui est surprenant, c'est que le pourcentage de studios cambriolés est très faible.

— Ce n'est pas un cambriolage, Mathilde ! Cesse de te cacher derrière des statistiques et réfléchis à qui aurait pu...

— Baptiste, je ne vois personne ! Accepte que ton impression soit fausse !

Pourtant, si je regarde ça avec un peu de détachement... Les sous-vêtements me font penser à un homme éconduit, quelqu'un qui s'est senti attaqué dans sa virilité et qui veut me toucher dans ma féminité. Quant à cette pièce, elle exprime surtout une rage... contre lui. Son reflet le dégoûte peut-être.

— Mathilde ?

— Franchement, je n'en sais rien, murmuré-je. De prime abord, je te dirais que personne ne pourrait m'en vouloir à ce point. Je ne suis pas de nature à chercher les conflits, je n'ai rien d'intimidant ou de castrateur... Pourquoi s'en prendrait-on à moi ?

Pour la première fois de la matinée, une question reste sans réponse.

— Y a quelqu'un ? crie une voix de l'entrée. Baptiste, t'es là ?

— Mon ex-beau-frère, dit ce dernier avant de partir le rejoindre.

Dire qu'hier, à la même heure, je pensais que dresser une liste sans fin de femmes susceptibles d'avoir été la maîtresse de M. Nobolé père était le comble du supplice. Là, j'aimerais revenir en arrière, quand cette appréhension n'était pas logée dans mon estomac et qu'un mauvais pressentiment ne m'étreignait pas avec force.

Chocolat chaud et filatures

Finalement, la journée s'est passée sans encombre. Certes, dans la rue, je ne peux m'empêcher de regarder plusieurs fois par-dessus mon épaule. À l'affût de la moindre personne suspecte. En présence de Hope l'après-midi, j'ai tenté de me la jouer plus cool, mais j'ai plusieurs fois échoué vu les regards interrogateurs de ma nièce. Bref, ce samedi est fini, et je vais pouvoir dîner avec ma meilleure amie.

En arrivant chez mon frère pour lui rendre sa fille adorée, je suis accueillie par une étreinte d'ours. Robin est visiblement d'humeur démonstrative, ce qui ne me surprend pas vu son appel d'hier soir et le peu que nous avons pu échanger tout à l'heure quand je suis venue chercher Hope à la concession.

— Tu dors ici ?

— Robin… dis-je d'une voix suppliante.

— Je ne comprends pas ce qu'il y a de mal à rester chez nous ce soir !

— N'insiste pas ! grommelé-je en apercevant Hope revenir de sa chambre.

— Tu dors ici, Ti'Ma ?

Outrée que mon frère ait pu embrigader sa fille dans le but de me manipuler, je le foudroie du regard et démens.

— Non, je vais rentrer chez moi. Je sais que le dimanche est le seul jour où ton père ne travaille pas et où vous pouvez être tous les deux, je ne vais donc pas m'incruster.

Elle hoche la tête, le sourire aux lèvres.

— Tu pourrais travailler à la maison mercredi ! propose-t-elle, déjà excitée à l'idée.

Cet été, une enquête m'a permis de faire du télétravail. Nous avons alors passé la journée chez moi à jouer aux cartes tout en essayant de trouver des informations sur Internet pour dissoudre un divorce en faveur de notre cliente.

— Mon dossier actuel ne me le permet pas, mais dès que c'est possible, je demande !

Ravie par ma réponse, elle se colle à moi dans un câlin qui occulte pendant quelques secondes mes soucis. C'est fou comme sentir son petit corps blotti contre moi a des effets apaisants. Hope m'entraîne jusqu'au canapé, où nous nous asseyons l'une à côté de l'autre. Avec une joie évidente, elle continue à discuter avec moi, comme si nous ne venions pas de passer plusieurs heures ensemble. Elle me parle de nouveau des grandes vacances et du stage d'équitation que son père lui a trouvé au haras non loin.

— Tu réalises ? Je vais apprendre tout plein de trucs sur les chevaux !

— Ça a l'air extra, dis-je en lui souriant.

Elle agite la tête énergiquement avant de reprendre sa description :

— Ils disent que si on se débrouille bien, on peut passer le premier galop à la fin !

— Ce n'est pas un peu court ? m'étonné-je en me tournant vers Robin.

Celui-ci hausse les épaules et reporte son attention sur sa fille. L'adoration que je lis dans son regard m'amuse autant qu'elle m'émeut. Refoulant mes penchants de midinette, j'interroge ma nièce sur le contenu de ce premier galop en question.

— Je ne sais pas ! répond-elle. Mais je vais l'avoir !

Convaincue qu'elle fera son maximum, je l'encourage en lui rappelant que ce ne sera pas non plus une catastrophe s'il lui faut plus de temps.

— Après tout, c'est la première fois que tu vas faire un tel stage.

— Oui, oui… grommelle-t-elle, papa m'a déjà dit ça, mais je vais l'avoir.

Consciente qu'il ne sert à rien de polémiquer, je lui pose davantage de questions et apprends qu'elle a récupéré un livre sur les chevaux à la bibliothèque. D'un bond, elle se lève et disparaît dans sa chambre pour revenir quelques secondes plus tard avec ce qui ressemble à s'y méprendre à un manuel de cours.

— Regarde, le début est pour préparer le premier galop ! s'exclame-t-elle en l'ouvrant.

Impressionnée, je remarque en effet qu'il est clairement expliqué ce qu'il faut savoir.

— On dirait que ça te tient à cœur !

— Oui.

Le sourire aux lèvres, elle se plonge dans sa lecture.

— Elle a tellement insisté que j'ai fini par craquer, déclare mon frère en se passant une main sur la nuque. J'ai juste peur qu'elle se blesse.

— Ne t'en fais pas, elle sera entourée de professionnels. Et puis ce n'est pas comme si elle voulait devenir lanceuse de couteaux !

— C'est vrai que, vu comme ça, j'ai plutôt de la chance.

Ses lèvres se relèvent en une petite moue. Il n'est réellement pas rassuré, malheureusement sa fille grandit et demandera de plus en plus à s'éloigner de lui. Son regard quitte enfin Hope pour se poser sur moi.

— Tu manges avec nous ? me demande-t-il en prenant place dans un fauteuil.

— Non, je dois retrouver Charlie chez elle dans quelques minutes.

Il acquiesce, mais ne rebondit pas. Habituellement il me poserait des questions sur la dernière lubie de ma meilleure amie, bien que dernièrement il s'interrogeait surtout sur elle.

— Tu as l'air en forme pour quelqu'un qui a…

Il ne termine pas sa phrase, me désignant sa fille d'un mouvement du menton.

— J'ai fait une nuit correcte, dis-je laconiquement.

— Tu as eu des nouvelles ?

Comprenant qu'il fait référence à la police, je me redresse et secoue la tête.

— Et je ne pense pas que j'en aurai de sitôt.

— Peut-être que la caméra d'un magasin dans la rue… ou de la mairie ? Il n'y en a pas par chez toi ?

— Pour les feux ?

— Oui.

— Je ne sais pas s'il y en a qui filment l'entrée de mon immeuble. De plus, nous ne savons pas quand il est arrivé ni quand il est reparti.

— Tu penses que c'est un de tes voisins ? s'exclame Robin avant de faire signe à Hope de retourner à sa lecture.

— Non, mais je préfère ne pas attendre un quelconque résultat par ce biais-là. Pour une enquête, j'ai eu accès à des enregistrements et la qualité de l'image était pitoyable quand on voit celle des téléphones portables actuels.

— Il faut donc attendre la quatrième fois ? réplique Robin sèchement.

— Comment ça quatre ?

— L'autre soir… ce type devant ton bâtiment qui t'a poussée à faire demi-tour. Tes pneus, maintenant cela…

— Pour le type…

Incapable de prétendre qu'il n'y a peut-être rien derrière tout cela, je songe que mon instinct m'a sans doute permis d'éviter une rencontre malencontreuse. Et si Robin avait raison, et que cet homme était la personne derrière tous les incidents qui m'arrivent ces derniers temps ?

— Je ne sais pas, dis-je en dissimulant un frisson d'appréhension.

Nous nous taisons un instant. Aussitôt je songe à cet homme banal à première vue qui a réveillé toutes les sonnettes d'alarme dans mon esprit. Si seulement je savais pourquoi ! Enfin, l'idée d'une légère paranoïa n'est peut-être pas à exclure, mais c'était « avant », avant les pneus, avant ce cambriolage.

Pour nous détourner de nos pensées moroses, je l'interroge sur la concession de motos qu'il gère. Il me parle du nouveau mécanicien qui ne paraît pas à sa place.

— Ses blagues sur les femmes sont… irritantes, déclare Robin avec un coup d'œil vers sa fille. On a beau lui demander de tenir sa langue, il ne peut pas s'en empêcher.

— Mais il fait du bon boulot ? m'enquiers-je.

— Oui, heureusement ! C'est juste que Teddy va finir par lui en mettre une.

À la mention du chef mécanicien, mes yeux s'écarquillent. Il faut dire que le petit nouveau est mal tombé entre mon frère et Teddy. En effet, ces deux derniers n'ont que des filles, leur instinct de papa poule étant au-dessus de la moyenne, tout propos misogyne est à bannir en leur présence. À mots couverts pour que Hope ne puisse pas suivre la conversation dans son ensemble, mon frère me rapporte différentes disputes auxquelles il a dû remédier aujourd'hui.

— Ça va mal finir, conclut-il en se passant la main sur les cheveux.

— Et le grand patron ?

— Je l'ai prévenu.

— Et ? C'est tout ?

— Non, il a dit qu'il avait toute confiance en moi pour gérer le problème. Seulement la plupart du temps j'ai juste envie de l'encastrer dans un mur pour qu'il arrête de débiter ses conneries.

— Gros mot ! s'écrie Hope sans relever la tête de son livre.

— Tu n'es pas supposée écouter les conversations des grands ! se défend mon frère.

— Et toi, tu n'es pas supposé dire de gros mots, rétorque-t-elle. Tu es mon père, tu te dois d'avoir une attitude irréprochable en ma présence.

Sentant que tout cela cache une histoire croustillante, j'interroge ma nièce pour être sûre d'en connaître le fin mot.

— Il s'est disputé avec Charlie…

Ses sourcils se froncent.

— … mardi soir.

— Ah bon ?

Cherchant dans mes souvenirs une conversation avec Charlie où elle aurait mentionné une énième altercation avec mon frère, je me tourne vers le principal intéressé. Le visage fermé et les lèvres pincées, il ne semble guère décidé à parler. Ce qui explique aussi pourquoi il n'a pas mentionné cet incident hier soir.

— Oui, il n'était pas content parce qu'elle rentrait tard. Et il lui a reparlé de son atelier dessin, mais j'ai pas compris le problème. Je l'ai entendu crier, alors je me suis levée et… Il m'a expliqué qu'il devait toujours avoir une attitude irréprochable en ma présence pour me montrer le bon exemple.

J'acquiesce, amusée malgré moi.

— Ti'Ma, c'est quoi le problème avec l'atelier de dessin de Charlie ?

Préférant rester neutre, je hausse les épaules. Se pourrait-il que mon frère déteste l'idée de savoir mon amie nue devant d'autres personnes ?

— Et Charlie a dit qu'il devrait surtout aller tirer un coup.

Je suis choquée que cette dernière ait osé balancer une telle chose en présence de ma nièce.

— Tu sais ce que ça veut dire, Ti'Ma ? me demande-t-elle innocemment.

— Seule Charlie pourrait te l'expliquer, réponds-je avec un grand sourire.

Heureuse d'avoir ainsi évité une autre discussion gênante, je me félicite de n'avoir mis ce sujet sur la table que ce soir. Avisant l'heure, je me lève pour rejoindre Charlie chez elle. Peut-être devrais-je lui rappeler qu'agiter un tissu devant un taureau furieux est un acte suicidaire, et que mon frère risque un jour de… Soudain, je me souviens qu'il n'est pas tendre avec elle. Dès le début, ils se sont querellés, à croire qu'ils ne savent pas communiquer autrement.

— Hope, tu peux aller dans ta chambre, s'il te plaît ? J'ai un truc à dire à Ti'Ma et je préférerais que tu n'entendes pas.

Obéissante, ma nièce se lève et m'embrasse avant de disparaître dans son antre.

— Tu dors chez Charlie ce soir ?

— Non, je ne pense pas, réponds-je en fronçant les sourcils.

— Tu vas rentrer tard…

— Je n'ai pas long à marcher.

— Ça me rassurerait que tu dormes chez elle ! insiste-t-il. Ou ici…

— Et moi, ça m'infantiliserait !

Il ne réplique pas tout de suite, signe qu'il n'est pas content de la résistance que je lui montre. Avec un soupir, il croise les bras sur son torse, étirant son T-shirt à outrance.

— C'est tout ce que tu as trouvé ? finit-il par demander d'une voix sèche.

— Robin, si je commence à aller me cacher dans tes jupes, je vais tomber dans un engrenage dangereux ! Je t'explique, je suis une grande fille qui doit lutter contre ses peurs…

— Donc, tu avoues avoir peur !

— Mon appartement a été mis à sac et les pneus de ma voiture crevés, bien sûr que je ne suis pas tranquille ! Seulement je veux faire face, et ne pas courir dans tes jupes au moindre problème.

— Mathilde, cesse de parler de mes prétendues jupes, s'il te plaît !

— Robin, tu ne sais pas que le kilt est le *new sexy* ?

— Tu essaies me faire croire que j'aurais besoin de me trimballer les jambes à l'air et le…

— Robin ! m'exclamé-je, amusée. Toi, il suffit que tu entres dans une pièce pour que les femmes se pâment, alors en kilt…

— Elles se pâment ? Carrément ?

Riant de bon cœur, je l'imagine pénétrant dans le pub vêtu uniquement de la tenue traditionnelle écossaise. Avec ses tatouages et sa carrure, l'effet serait garanti sur l'audience féminine ! Aussitôt mon esprit remplace les traits et le corps de mon frère par ceux de Baptiste. Les cicatrices de son accident de moto prennent alors une connotation plus guerrière et...

— Mathilde ? Qu'est-ce tu fous ? Tu t'es endormie ?

Gênée d'avoir plongé dans mes pensées au point d'en oublier Robin, je me redresse et lui réponds :

— Désolée, je me suis laissé happer par l'idée... J'imaginais déjà Vincent tenter sa chance auprès des femmes éconduites.

— Tu ne l'aimes vraiment pas, hein ?

Grimaçant, je feinte du mieux possible :

— Disons que nous n'avons pas réellement d'atomes crochus.

— Il a tenté quelque chose avec toi ? s'enquiert mon frère avec un brin de brusquerie.

Je dodeline de la tête, préférant ne pas répondre.

— Robin, je ne fais pas attention à lui, du coup...

— Et s'il venait en kilt ?

Amusée par ce retournement de conversation, je le rassure en lui répétant que Vincent n'aurait aucune chance. Et encore moins après la nuit que je viens de passer avec Baptiste !

Avec sa voix de grand frère protecteur, il me suggère de réfléchir sérieusement à sa proposition pour demain, arguant que je pourrais ainsi passer le dimanche avec Hope et lui. Formulée de cette manière, l'invitation est plus tentante, mais je reste campée sur ma décision. Je dois tenir bon. Je suis une femme forte qui n'a pas besoin d'aller se cacher chez son frère, parce que quelqu'un cherche à l'effrayer.

— Je vais vous laisser tous les deux, dis-je en attrapant mon sac et mon manteau. Charlie doit m'attendre.

— Baptiste mange avec nous.

À la mention de ce dernier, je sens mes joues se colorer. Il va être là, à quelques mètres de moi. Si seulement ce matin, nous avions pu discuter de cette nuit. Malheureusement son ex-beau-frère est arrivé avant que j'aie le courage d'aborder le sujet, et il est parti bien une heure après le début du service de Baptiste au pub.

— Tu diras bonjour à Charlie de ma part, ajoute Hope en sortant de sa chambre.

— Je n'y manquerai pas !

Après une dernière bise, je sors de chez eux pour me diriger vers l'appartement d'en face, d'où s'échappe de la musique. Je sonne et patiente. La porte s'ouvre enfin sur une version de Charlie fatiguée et décoiffée. Avec un sourire, elle me fait signe d'entrer et referme aussitôt derrière moi.

— Désolée, mon train a eu du retard, je n'ai pas eu le temps de prendre ma douche…

— Ce n'est pas grave, dis-je en l'observant. Tu as l'air crevée.

— Je le suis ! Franchement, l'hôtel pas cher que j'ai trouvé est… miteux.

Retenant une grimace, j'ôte mes chaussures et la suis jusqu'à la cuisine d'où une bonne odeur de nourriture s'échappe.

— Heureusement mercredi soir, j'avais préparé et congelé le repas de ce soir. Il vient de sortir du four à micro-ondes… Tu sais, pour le décongeler…

— Charlie, détends-toi !

— Je n'y arrive pas ! s'exclame-t-elle avant de porter les mains à son visage. Normalement avant d'être en télétravail, on bosse dans les locaux. Ça laisse le temps de s'habituer aux us et coutumes de l'entreprise… Là, j'étais si contente de ne pas avoir besoin de retourner vivre à Paris que je me demande si c'était une bonne stratégie professionnelle. Il faut que je prenne mes marques sans avoir sous la main des collègues à questionner.

— Et ça va bien se passer ! l'interromps-je. Dois-je te rappeler que tu es la reine de l'adaptation ?

— Je veux bien que tu me le répètes une ou deux fois au cours de la soirée.

Avec un sourire malicieux, elle me remercie, puis me demande si elle peut aller prendre une douche.

— Aux dernières nouvelles, tu es chez toi.

— Ce n'est pas faux…

Son regard s'emplit de tristesse, et je devine que le problème est bien plus sérieux. Est-ce à cause de l'attitude de mon frère ? Oscillant une nouvelle fois entre l'espoir qu'ils se mettent ensemble et l'envie qu'ils arrêtent de se voir définitivement, je l'observe s'enfermer dans sa salle de bains. Elle paraît à bout de force, et seule. Dans un coin de la cuisine, la chaudière se met en route tandis que je planifie de la faire parler. Elle doit se confier, ou tout du moins trouver un moyen d'extérioriser ce qui la ronge.

Dix minutes plus tard, elle revient, le sourire figé et l'œil toujours aussi vide. Sans un mot, je lui tends un verre de vin qu'elle regarde d'un air absent.

— Je vais devoir me montrer insistante ou tu vas parler de toi-même ?

Elle soupire doucement, mais n'ajoute rien.

— C'est à cause de mardi ?

— Mardi ? s'étonne-t-elle.

— Hope m'a dit que Robin t'était tombé dessus.

Ses yeux se lèvent au ciel et son nez s'agite à gauche puis à droite tandis que sa main porte le vin à ses lèvres. Une fois son verre vide, elle attrape la bouteille et se ressert.

— J'ai compris que ton frère allait me pousser à partir…

Elle déglutit difficilement et détourne le regard.

— À se demander pourquoi il m'a parlé de cet appartement.

Un malaise m'envahit alors que mon amie laisse le sien s'exprimer. Ce deux-pièces meublé a été une aubaine pour elle quand elle a débarqué au mois de juin. Après quelques jours chez moi, elle y a posé ses valises en m'assurant que tout cela lui convenait très bien. Sur le moment, elle paraissait même heureuse.

— Nous aurions peut-être dû reporter ce dîner, dit-elle en se mordant l'intérieur des joues.

— Non, je pense au contraire que c'est exactement ce dont nous avions besoin.

Un silence nous entoure, porteur de révélations et de peines. Cette soirée que j'espérais légère va être tout autre, et ce ne sera pas forcément un mal.

— Et si nous nous installions dans le salon avec des gâteaux apéritifs ? proposé-je en allant chercher un paquet de crackers dans mon sac.

Les meubles de l'appartement ne collent pas avec le tempérament de mon amie. Alors la voir évoluer dans cet environnement a toujours quelque chose d'étrange. Sauf aujourd'hui. Malgré son apparente jeunesse, Charlie est usée, comme ces meubles qui nous entourent. Démaquillée, elle semble prête à se fissurer.

— Pour Robin…

— Laisse tomber, me coupe-t-elle. Mardi, je suis allée au théâtre. Je suis rentrée à pied et à mon arrivée il m'attendait. Je sais qu'il ne me supporte pas et… tant pis.

— S'il ne te supportait pas, il ne s'inquiéterait pas pour toi, lui fais-je remarquer.

— C'est pour Hope…

Ses yeux se ferment et l'idée pernicieuse que c'est pour retenir ses larmes m'étreint. Seulement je ne veux pas insister.

— Qu'est-ce qu'il y a, Charlie ?

Ses lèvres se tordent tandis qu'elle se tourne vers la télévision éteinte. Une ou deux minutes passent avant qu'elle baisse la tête vers ses mains, posées sur ses genoux.

— Au mois de juin, peu de temps avant le mariage, j'ai surpris une conversation entre mes parents.

Ses yeux croisent les miens, et je tente de rester impassible devant sa détresse. Je la connais assez pour savoir qu'au moindre signe de peine ou de pitié, elle se refermera comme une huître et je serai bonne pour patienter encore longtemps avant de prochaines confidences.

— Y a des choses qui n'étaient pas logiques… Ce qu'ils disaient n'avait aucun sens, alors j'ai fouillé.

Nouvelle pause de sa part. Elle évalue mes réactions et continue :

— J'étais si prise par mon travail que j'ai accepté que ma mère s'occupe des démarches administratives pour le mariage. Et je me suis rendu compte, après coup, qu'elle s'était toujours chargée de ça pour moi. À chaque inscription, elle trouvait un prétexte pour le faire à ma place, ou pour que le dossier ne transite pas par moi. Et pour cause !

Elle secoue la tête, vide une nouvelle fois son verre et le remplit aussitôt.

— Si elle m'avait laissé m'en occuper, j'aurais compris plus tôt que… Ce ne sont pas mes « parents », mais mes grands-parents.

Le coup porte et une petite exclamation m'échappe.

— Ils…

Me ressaisissant au dernier moment, je lutte pour retrouver une attitude sereine. Seulement en moi tout bouillonne. Quelle horreur d'apprendre par hasard et, si tard, que vos parents ne le sont pas au sens biologique.

— Quand j'ai découvert ça, je suis rentrée chez moi et j'en ai parlé à Christian, mon fiancé.

Elle crache le dernier mot avec tellement de hargne qu'il ne fait aucun doute que je vais enfin connaître la vraie raison de son départ.

— Il m'a assuré que cela ne changeait rien.

Déstabilisée, j'attends la suite. Elle ne peut pas l'avoir quitté du jour au lendemain devant l'autel pour une telle affirmation. Tournant et retournant ces quelques mots dans mon esprit, je n'arrive toujours pas à comprendre sa décision de tout plaquer.

— Charlie ?

Elle sursaute et me regarde, perdue.

— Il a dit que cela ne changerait rien à notre mariage, que notre union était le meilleur choix pour nos carrières respectives.

— Oh !

Sa tête opine tandis qu'elle poursuit :

— Il m'a expliqué qu'ensemble nous avions les mêmes valeurs, que nos familles étaient faites pour être liées professionnellement et personnellement.

— Tu veux dire…

— Je veux dire que rien de tout cela n'était vrai. Ma famille, notre couple… J'étais la seule à ne me douter de rien !

— Charlie, ce n'est pas grave, tu as tout découvert avant qu'il ne soit trop tard.

— Mais je suis seule ! hurle-t-elle. Ton frère a raison, je n'ai pas de famille ! J'ai juste des… pseudos-parents qui m'ont élevée pour…

Les larmes coulent sur ses joues en abondance. Elle les essuie rageusement, hoquète avant de reprendre :

— J'ai appris que toute cette histoire de mariage était convenue depuis des années ! Ils n'ont, par contre, pas trouvé utile de me le dire et ils m'ont manipulée. Comme ils l'ont fait pour que je choisisse des études de commerce, que je prenne telle ou telle activité extrascolaire… Je ne suis qu'une marionnette !

Difficile pour moi d'imaginer une personne aussi peu malléable qu'elle dans ce rôle, pourtant.

— Charlie, comment puis-je t'aider ?

— Tu crois que je peux t'engager pour retrouver mes parents ?

— Tu n'en as pas parlé avec tes par… grands-parents ?

— Non. Enfin si, au téléphone la seule fois où je les ai eus après ma fuite. Et ils n'ont rien voulu me dire.

— Cela est possible, en effet. De m'engager pour les rechercher. Seulement je crains que les tarifs où je travaille soient un peu trop prohibitifs pour toi en ce moment, dis-je en lui serrant la main. Mais je pourrais t'aider sur mon temps libre.

— D'accord.

Pour lui donner le temps de se reprendre, j'ouvre le paquet de gâteaux apéritifs et lui en propose.

— Sinon tu vas danser nue sur ta table basse avec le vin que tu viens de boire à jeun.

— Je ne suis pas à jeun, se défend-elle avant de grimacer. Mais il vaut peut-être mieux que je mange un peu.

Un petit rire lui échappe et me rassure.

— Quant à mon frère, je sais de source sûre qu'il s'en veut et n'arrive pas à te parler seul à seule pour s'excuser.

— Mardi, il ne paraissait pas prêt à faire amende honorable.

— Robin et ses contradictions, que veux-tu ? lancé -je en lui adressant un clin d'œil. En tout cas, tu manques à Hope. Quand tu te sentiras mieux, tu pourras affronter Robin et le terrasser.

— « Le terrasser » ? Tu te rappelles que ton frère est une montagne de muscles ? Et je ne te parle pas de son caractère !

Je m'amuse de sa véhémence retrouvée. Ses yeux sont loin d'être gais, mais ils sont plus déterminés. Elle a un coup de mou, maintenant elle sait que je suis là. Elle n'est pas réellement seule et, quoi qu'elle en pense, Robin sera là pour elle, j'en donnerais ma main à couper.

— Bon, raconte-moi ce que j'ai manqué ! s'exclame-t-elle en se redressant.

— Tu es déjà au courant pour mes pneus…

— Des nouvelles ?

— Rien, réponds-je, blasée. Par contre, je n'ai pas eu le temps de te dire que j'ai été cambriolée hier soir et que j'ai passé la nuit avec Baptiste.

Son regard s'illumine.

— OK… Du coup, je dois t'interroger sur le cambriolage ou sur la nuit ? Non, parce que le premier est assez choquant et incompréhensible vu que tu n'as qu'un studio – désolée – et que tu n'as aucun signe de richesse évidente – encore désolée.

— Ce n'est pas grave.

— Seulement vu les avancées du week-end dernier avec le baiser chaud bouillant, je t'avoue que j'ai plus envie de savoir si tu as pu suivre toutes les courbes du tatouage de Baptiste avec le bout de la langue…

Mes joues me chauffent et son rire explose dans l'appartement. Elle n'aura donc pas besoin de poser la moindre question pour savoir si la nuit a été chaste.

— Il est… encore mieux que dans mes rêves.

— C'est toujours appréciable quand c'est dans ce sens-là, s'esclaffe-t-elle.

— Le hic, c'est que ce matin, nous n'avons pas réellement pu parler de ce qu'il s'est passé et…

— Genre il était parti à ton réveil ?

— Non, il m'a réveillée en me demandant ce que je voulais pour le petit déjeuner.

— Et je suppose que tu ne lui as pas répondu « toi nu, avec un préservatif » ?

Ses sourcils s'agitent, déclenchant notre hilarité.

— Non, j'étais encore à moitié endormie, et tout s'est enchaîné.

Je cache mon visage dans mes mains. C'est l'excuse la plus minable au monde ! J'aurais dû le faire après. À mon appartement, ou encore avant d'aller chercher Hope. Si j'étais passée au pub, il aurait pu prendre cinq minutes de pause pour qu'on s'explique.

— Tu le feras ce soir… déclare Charlie en finissant son verre de vin. En rentrant chez toi, tu t'arrêtes au pub et vous allez dans le bureau faire vos petites affaires…

— Charlie !

— Vu ton sourire insolent, je suis sûre que tu vas tout faire pour que cette nuit se reproduise le plus tôt possible. Pourquoi attendre ?

— Il mange chez Robin.

— Oh ! s'exclame-t-elle. On va devoir être malignes.

La soirée promet d'être forte en émotions, de vraies montagnes russes. Seulement, je suis prête à la soutenir, comme elle l'a fait avec moi au départ de Robin de chez mes parents. Et je sens que de son côté, elle fera tout pour que je ne rentre pas seule ce soir…

À presque minuit, je décide qu'il est temps pour moi de partir. Je ne suis pas une froussarde dans l'âme, mais ces derniers temps je ne tiens pas à me trouver trop tard dans la rue. Habillée de mon manteau, je salue Charlie et ouvre la porte de son appartement sans attendre.

— Tu as maintenant dix minutes pour rentrer chez toi, déclare-t-elle d'une voix solennelle.

— Comment ça ?

— Mardi, je me suis demandé comment ton frère avait su que j'étais revenue et la seule explication logique est que ma porte est suffisamment bruyante pour qu'il l'entende de chez lui.

Elle marque une pause, attendant visiblement que j'assimile l'information pour ajouter :

— Mathilde, c'est ça ou il a passé la soirée à sa fenêtre pour savoir exactement quand je rentrais, et c'est bien plus flippant !

Et j'imagine mal Robin regardant dehors pendant des heures tout ça pour… Non, ce n'est pas logique et son explication de la porte se tient. Pour confirmer nos soupçons, je bouge cette dernière et remarque un léger grincement. Ce n'est pas un bruit assourdissant, mais assez fort pour que quelqu'un d'attentif le perçoive.

— Je lui enverrai un texto bien sarcastique, dis-je en réfléchissant.

— Pas trop, il risquerait de nier ou de me mettre ça sur le dos. Il me met toujours tout sur le dos.

— Que veux-tu, mis à part Hope et moi, tu dois être la seule femme sur Terre qui n'a pas peur de lui. Il a une réputation…

Nous éclatons de rire, bien vite calmées par le son d'une serrure dans mon dos. Sans surprise, la porte de l'appartement de Robin s'ouvre. Quand je me tourne, je peux voir Baptiste sur le seuil et mon frère qui nous observe par-dessus l'épaule de son ami.

— Bonsoir, les filles ! nous salue le premier en évitant mon regard.

— Bonsoir, disons-nous en chœur.

Après un dernier clin d'œil vers Charlie, qui explose de rire, je me penche pour lui faire la bise.

— On s'appelle lundi !

— À lundi, répète-t-elle en s'appuyant contre le chambranle de sa porte.

Derrière moi, j'entends les deux autres faire de même. J'embrasse mon frère et suis Baptiste vers la sortie. Sans un mot, nous arrivons sur le trottoir. Ne sachant pas trop comment me comporter après notre interlude de cette nuit, je lève la tête vers lui et le trouve me fixant avec une intensité peu commune.

Ma respiration s'accélère, et je pourrais jurer que mon corps réagit. Mes seins se sont alourdis et pointent sous mes épaisseurs de vêtements. Mais ce n'est pas possible d'être aussi réactive ! Ce n'est que dans les livres que ce genre de choses se produit.

— Je te raccompagne, dit-il en montrant la direction de mon appartement.

— Je peux...

Réalisant que je tiens là l'occasion parfaite de parler avec lui, je ne finis pas ma phrase.

— Je sais, tu es une grande fille. Robin n'a pas cessé de grogner sur ton absence d'instinct de survie. À l'écouter, il faudrait te mettre sous cloche pour t'éviter tout souci.

— Rien que ça ?

Il acquiesce et cale son pas sur le mien. Je remarque qu'il boite un peu plus que d'habitude, la fatigue sans doute.

— Je suppose que je dois être heureuse qu'il ne tienne pas à me parquer dans un couvent.

Réalisant le sous-entendu, je rougis et me retiens de tourner la tête vers Baptiste. J'ai vraiment trop bu ce soir ! Ou pas assez... Après tout, Charlie s'est montrée plus que disposée à liquider les bouteilles toute seule. Découvrir que ses parents lui mentent depuis sa naissance ou presque a dû être un choc. Tout comme le fait qu'elle ne se confie à ce sujet que plusieurs mois après l'avoir appris. Pourquoi n'a-t-elle pas osé m'en parler ?

Repoussant le sentiment d'être une amie pitoyable, je regarde autour de moi, à l'affût de la moindre présence dérangeante. Et l'unique raison du malaise qui se répand en moi à cet instant précis est liée à Baptiste et à son silence. Pourquoi ne peut-il pas m'expliquer ce qu'il attend de moi ? Enfin de « nous ». Et si je me prenais par la main et lui posais la question, comme une grande fille ?

Arrivés en bas de mon immeuble, nous n'avons toujours pas desserré les dents. Vaincue par mon manque de courage, je pénètre devant lui dans le hall et continue jusqu'à l'escalier. Quand je rentre le soir, bizarrement, je déteste me retrouver enfermée dans un ascenseur. La dernière fois où j'ai tenté l'expérience, je suis ressortie sur mon palier les yeux larmoyants et le souffle court.

Après un essai manqué, je réussis à introduire la clé dans la serrure et ouvre mon studio. Une chaleur bienfaisante m'envahit, aussitôt refoulée au profit d'une pointe d'appréhension. Et si l'homme d'hier était revenu ? S'il attendait dans un coin ?

Dans mon dos, la porte se referme doucement pendant que j'enlève mon manteau et mes chaussures. Baptiste... Peut-être désire-t-il parler d'hier soir, de nous, de la pluie et du beau temps. Je ne sais pas et je m'en moque. Sa présence me suffit, me donne l'envie de repousser mes limites et de ne pas flancher face à la personne qui cherche à m'impressionner.

Quand j'ai parlé à Charlie de la théorie incluant M. Nobolé dans mon cambriolage et mes pneus, elle a tout de suite adhéré, arguant qu'il y avait de grosses sommes d'argent en jeu. Durant ses études en école de commerce, elle a effectué des stages dans de grandes entreprises et a pu mesurer l'importance de la réputation. Pour elle, si les gens venaient à apprendre l'existence d'un fils caché et dont M. Nobolé père n'aurait pas pris en charge l'éducation, les affaires de la société pourraient s'en trouver affectées.

Avec de multiples exemples, elle m'a démontré que les patrons d'entreprises se devaient d'être irréprochables, d'autant plus ceux issus des vieilles familles bourgeoises. Comme la sienne...

— Mathilde ?

Doucement, je me retourne vers Baptiste. Il a ôté son blouson et ses chaussures. Il n'a donc pas l'intention de partir tout de suite.

— Qu'attends-tu de moi, Baptiste ? demandé-je dans un souffle.

— Je ne sais pas. Tout, je suppose, ajoute-t-il en se rapprochant.

— Et toi, me donneras-tu « tout » ?

Avec un sourire en coin, il répond et m'embrasse. Maintenant savoir si c'est son « c'est déjà le cas » ou son baiser qui m'enflamme le plus est impossible. Tout ce que je peux dire avec précision, c'est que je ne vais pas dormir beaucoup cette nuit. Et loin de moi l'idée de m'en plaindre !

Le lendemain matin, je flotte toujours sur un petit nuage. Ma nuit a été délicieuse, malgré quelques pensées parasites au moment de me coucher. Au lieu de se réjouir de cette avancée plus que significative entre Baptiste et moi, mon cerveau a décidé de ruiner mon Eden en imaginant la suite des événements de manière négative. Encore une chance qu'il ait pensé à me prévenir de son départ aux aurores pour rendre service à une de ses sœurs, sinon j'étais bonne pour la déprime du dimanche version peine de cœur.

Alors que je finis de m'habiller après la douche, j'entends la sonnette de ma porte d'entrée retentir. Surprise par cette visite imprévue, je pars ouvrir en me demandant qui ce peut bien être. Et si c'était lui ? Peut-être a-t-il pu aider sa sœur rapidement ? Ou il a trouvé une excuse pour ne pas y aller. Mon sourire s'agrandit à l'idée qu'il soit déjà de retour avant de s'affadir. Ce n'est pas réaliste, et pas dans sa mentalité.

Me redressant de toute ma taille, je regarde par le judas. Un homme qui m'est inconnu se tient de l'autre côté de la porte. Nerveusement, il sonne de nouveau tandis que je m'insuffle suffisamment de courage pour ouvrir. Aussitôt une odeur d'alcool me saisit. Mon petit déjeuner encore récent menace de revenir alors que je peine à respirer. Face à moi est un homme d'une quarantaine d'années, à moins que ce ne soit la boisson qui l'ait vieilli avant l'âge.

— Bonjour, dis-je en maintenant ma porte entrebâillée.

— Bonjour...

Sa voix pâteuse confirme ce que mon nez ne peut ignorer. À dix heures et demie du matin, il n'a déjà plus les idées très claires. Et comble de malchance, il a sonné à mon appartement.

— Monsieur Piquerelle, c'est là ?

Surprise que mon voisin si élégant et discret puisse connaître ce genre de personne, je secoue la tête et vais pour lui montrer la porte d'en face quand un doute me saisit. Peut-être est-il préférable de ne pas lui donner l'information vu son état.

— OK, baragouine-t-il sans me quitter des yeux. J'aurais besoin de deux bras musclés pour m'aider... Vous n'avez pas ça ?

Réalisant qu'en répondant je ne ferais que lui déclarer être seule chez moi, je fais un pas en arrière. Et puis, ne vient-il pas de me dire qu'il cherchait mon voisin ?

— Désolée, non.

Sans le saluer, je referme la porte et m'y adosse. Sur le palier, pas un bruit. Est-il toujours là ? Craignant sa réaction s'il comprenait que je l'observe par le judas, j'attends d'entendre des pas ou un signe de sa présence. Rien, jusqu'à ce chapelet de jurons lâché avec véhémence. Le cœur battant, je regarde devant moi. Une boule d'angoisse vient de se loger dans mon estomac, j'ai l'impression que mes ennuis ne sont pas terminés.

Décidée à utiliser cette énergie dans quelque chose de positif, je m'attaque à mon ménage. Linge dans la machine, aspirateur et poussière... tout y passe. Un peu avant une heure de l'après-midi, j'écris un petit mot pour l'afficher dans le hall de l'immeuble. Sans me perdre dans les détails, je préviens les autres résidents que mon appartement a été cambriolé, et que je suis preneuse de la moindre information qu'ils pourraient détenir.

En remontant, j'hésite avant de toquer chez mon voisin.

— Bonjour, monsieur Piquerelle !

Malgré son statut de jeune retraité, il ne se laisse pas aller et conserve ses habitudes de cadre dynamique. Tiré à quatre épingles et ce, quels que soient l'heure ou le jour, il est également d'une politesse à toute épreuve.

— Mademoiselle Piono, que me vaut le plaisir de votre visite un dimanche ?

Gênée de le déranger pendant son week-end, je m'efforce d'être aussi brève que possible pour lui décrire l'incident de vendredi soir. Avec un air désolé, il secoue la tête.

— Je suis navré, je dînais chez ma fille et mon gendre. Comme ils habitent relativement loin, j'ai pris l'habitude de passer la nuit chez eux.

Il marque une pause pour me détailler, cherchant sûrement des traces de coups ou de mal-être.

— Votre frère a dû être de fort mauvaise humeur, commente-t-il.

— En effet. Vous n'avez rien vu ou entendu de suspect avant de partir ? demandé-je timidement.

—Vous vous doutez bien que si cela avait été le cas, je me serais empressé d'appeler la police à défaut de pouvoir vous joindre, vous ou votre frère, directement.

J'acquiesce, touchée par la prévenance dont il a toujours fait preuve à mon égard. Même l'allure de Robin ne l'a jamais chagriné ou intimidé.

— Avez-vous interrogé notre charmante voisine du quatrième ? dit-il en fronçant les sourcils.

Comprenant aussitôt qu'il fait allusion à Mme Boti, qui est aussi gentille que commère, je lui rappelle poliment :

— Malheureusement, elle est en vacances chez sa fille.

— Quel dommage, pour une fois que ses fabuleuses compétences auraient pu nous servir....

Notant l'ironie dont il use avec brio, je lui souhaite un bon après-midi et vais pour le quitter quand je me souviens de ce matin.

— Au fait, attendiez-vous de la visite aujourd'hui ?

M. Piquerelle a un mouvement de recul.

— Un dimanche ?

— Un homme est passé chez moi ce matin et demandait après vous.

Je le lui décris sommairement, évoquant vaguement l'odeur d'alcool pour ne pas risquer de le froisser dans le cas où ce serait une de ses connaissances.

— Cela ne me dit rien, déclare-t-il en secouant élégamment la tête. Vous a-t-il vraiment donné mon nom ou…

— Oui, et cela m'a surprise. Je n'ai pas indiqué votre appartement, parce que cela ne me semblait pas être une chose à faire.

Il acquiesce et se redresse.

— Je vais ouvrir l'œil, dit-il, mais je pense que cet homme n'était pas là pour moi, mademoiselle Piono.

Voilà qui confirme ma crainte. Cet homme venait pour moi, mais alors pourquoi ne pas avoir insisté en apprenant que j'étais seule ? Nerveuse, je m'enferme chez moi et hésite. Dois-je appeler Robin ? Baptiste ? Le policier chargé de l'enquête ? Non, il n'y a rien eu. Je vais juste rester bien sagement chez moi et ouvrir l'œil. Tout cela ne me dit rien qui vaille.

***

Le lundi matin, je suis dans un état de nerfs incroyable. Le moindre bruit me fait sursauter et si je ne suis pas devenue cardiaque avant la fin de la journée, je pourrai me considérer comme chanceuse. Tenant l'anse de mon sac à main avec plus de force que nécessaire, j'avance sur le trottoir en direction d'un bar où je dois prendre le petit déjeuner avec une des potentielles maîtresses de M. Nobolé.

Après une profonde inspiration, j'entre dans l'établissement et me faufile jusqu'à une table vide près de la fenêtre. Le regard perdu sur les passants qui se pressent à l'extérieur, je réfléchis encore et toujours à l'homme de dimanche matin. Son visage m'est inconnu et son absence d'insistance me dérange. Pas que j'aurais aimé qu'il cherche à s'imposer, c'est juste que j'aurais souhaité en apprendre davantage sur ses intentions.

— Mademoiselle Piono ? Mathilde Piono ?

Je sursaute en entendant une voix féminine m'interpeller à quelques pas de moi. Une femme vêtue d'un tailleur hors de prix avec une paire de lunettes de soleil posée sur ses cheveux pour les retenir en arrière me fixe d'un sourire mesuré.

— Madame Querry ?

— Exactement, répond-elle en s'approchant, la main tendue dans ma direction. Si ça ne vous dérange pas, j'aimerais manger rapidement.

— Pas de problèmes !

Elle ôte son manteau et s'installe face à moi avec grâce. Sa main parfaitement manucurée s'élève dans les airs, pour appeler le serveur qui s'activait derrière le bar. Il arrive aussitôt, un sourire aux lèvres et son calepin dans la main. Il note notre commande et nous promet de l'apporter rapidement. Une fois que nous sommes de nouveau seules, Mme Querry se penche par-dessus la table pour me demander, curieuse :

— Si vous m'expliquiez en quoi je peux vous aider ?

Pour la énième fois depuis le début de l'enquête, je raconte mon mensonge, l'excuse derrière laquelle je me cache pour approcher toutes ces femmes. Mimant la féministe convaincue, mais non militante extrémiste, je lui expose les visées d'une telle étude.

— L'entreprise Nobolé a accepté de me laisser l'accès à la liste de son personnel d'aujourd'hui et d'il y a trente ans, plus ou moins deux ans.

— C'est très gentil de leur part !

— Et ils n'hésiteront pas à s'en servir à un moment ou à un autre, dis-je pour qu'elle ne m'imagine pas proche d'eux.

En effet, je me dois de garder une certaine distance par rapport à la famille Nobolé, pour qu'elle se sente en confiance et me parle sans langue de bois. D'autant plus qu'elle est ma dernière chance dans ma quête de la maîtresse…

Alors que je vais poser ma première question, le serveur place devant nous deux tasses de café fumant. Dès qu'il est reparti, je ne perds pas de temps et commence à l'interroger. Discrètement, mais sûrement, je l'amène à me parler de sa grossesse.

— Ce n'est pas pour cela que je suis partie ! s'exclame-t-elle avec un sourire bienveillant.

— Ah bon ? m'étonné-je faussement. J'ai cru que cela avait un lien, puisqu'elle n'apparaissait pas dans les dossiers des ressources humaines.

— Oh, ça…

Sentant le scoop arriver, je m'efforce de garder une expression neutre. Pas question de réveiller sa curiosité en agissant de manière trop intéressée à ce qu'elle est sur le point de me révéler. Le serveur pose devant nous des assiettes contenant des viennoiseries, du pain grillé et des dosettes de confiture, ce qui la force à marquer une pause.

— Je pense qu'avec le temps, je peux le dire…

Elle regarde autour de nous, semblant peser une nouvelle fois le pour et le contre.

— J'ai rencontré mon mari par l'intermédiaire du responsable des ressources humaines de l'époque. C'est son fils, pour être exacte. Je l'avais croisé à une fête donnée par l'entreprise, et nous ne nous sommes plus quittés.

Je hoche la tête, me raccrochant à l'infime espoir qu'elle était la maîtresse de M. Nobolé père et que cette rencontre est la raison de leur rupture.

— Nous avons gardé cela secret pendant près de quatre ans ! déclare-t-elle en souriant. Puis, je suis tombée enceinte. Nous en parlions depuis longtemps, mais mon mari tenait à ce que nous soyons mariés avant. Chose que je refusais avec le soutien de son père.

— Pourquoi ? demandé-je.

— M. Nobolé, notre grand patron, interdisait toute *fraternisation* au sein de l'entreprise. Même si Lilian ne travaillait pas pour lui, j'étais persuadée que le fait que son père appartienne au service des ressources humaines serait un problème.

— Et quand vous êtes tombée enceinte…

— Je n'avais pas le choix : j'ai quitté mon poste, je l'ai épousé et j'ai accouché d'une magnifique petite fille.

Son sourire montre toute l'affection qu'elle a pour sa famille. Sa démission n'a pas dû être une décision si difficile, ou la rancœur est vite partie. Touchée par ses confidences, je regarde mon croissant. Et si en retrouvant l'ancienne maîtresse, je mettais en péril sa vie tranquille et loin de l'influence de M. Nobolé ? Se pourrait-il que le cambriolage et mes pneus soient une manière indirecte de me pousser à arrêter ? Dois-je craindre de détruire quelque chose juste en se faisant rencontrer deux frères ?

— Et je suis grand-mère depuis peu !

— Félicitations ! dis-je en revenant au moment présent.

Elle saisit son téléphone et le déverrouille pour me montrer la photo d'un couple entourant une femme et son nouveau-né.

— Ma fille et mon premier petit-fils !

À ce moment précis, je sais que je ne suis pas en présence de la maîtresse de M. Nobolé. À droite de l'écran se tient Mme Querry, irradiant de bonheur, et à gauche un homme à la peau noire, tout aussi heureux. Leur fille au milieu, une métisse aux traits fins et à la fatigue évidente, arbore la même fossette au menton que son père. Leur ressemblance ne s'arrête pas là et me prive de ma dernière chance de trouver le demi-frère de M. Nobolé.

— Comment s'appelle-t-il ? demandé-je en dissimulant au mieux ma déception.

— Côme.

Elle contemple la photo encore un instant avant d'éteindre son portable et de se tourner vers moi.

— Quand j'ai quitté mon poste au sein de l'entreprise Nobolé, je vous assure que je craignais sincèrement de ne plus pouvoir retrouver un aussi bon travail. Mon mari m'a beaucoup soutenue et, près de trente ans plus tard, je ne regrette rien.

Un petit sourire aux lèvres, elle se penche.

— On a beau dire, le féminisme c'est bien et nécessaire dans notre société actuelle, mais trouver la personne qui nous complète… voilà quelque chose qui a su illuminer ma vie.

Sa main se pose sur la mienne alors qu'elle ajoute :

— Je vous souhaite de rencontrer votre perle rare.

Et je l'ai trouvée, reste à espérer que je réussisse à le garder. Effrayée à l'idée de perdre Baptiste, je bois une gorgée de café pour retrouver une certaine contenance. Ignorante de tout ce que ses mots ont réveillé en moi, elle remarque l'heure et s'excuse de devoir me quitter. Elle mentionne un client avec qui elle a rendez-vous et se lève.

— Mademoiselle Piono ? dit-elle d'une voix douce. Un problème ? Désirez-vous savoir autre chose ?

— Non, c'est bon, réponds-je en regardant mon carnet ouvert devant moi.

— Si vous avez la moindre question, n'hésitez pas à me téléphoner !

J'acquiesce, convaincue que nos chemins ne se croiseront plus.

— Bonne journée ! me salue-t-elle avant de partir.

L'esprit en déroute, je laisse mes pensées s'égarer en finissant mon petit déjeuner. Je règle ma part et me rends à l'agence sans avoir trouvé une solution pour débusquer ce Daniel Nobolé de malheur.

Vingt minutes plus tard, j'entre dans nos locaux et déboutonne mon manteau tout en rejoignant le bureau que je partage avec Denis.

— Bonjour, Mathilde ! s'exclame-t-il. Comment a été le week-end ?

Peu désireuse de mentionner mon cambriolage ou encore la visite de l'inconnu hier matin, j'ignore la question et me contente de lui avouer tout de go :

— On a fait mieux.

— Un problème avec ton rendez-vous de ce matin ? s'étonne-t-il en s'appuyant sur le dossier de son fauteuil.

Celui-ci émet un couinement insatisfait qui me fait imaginer qu'un jour mon collègue finira au sol.

— Elle est mariée et la fille qu'elle a eue à l'époque qui nous intéresse ne peut pas être la fille cachée du père de notre client.

— Seul un test ADN peut le prouver.

— Non, j'ai vu la fille et le père, il n'y a pas de doute possible !

— Admettons, grommelle-t-il.

Les mains posées sur son ventre, il m'observe, attendant visiblement que j'enchaîne. Seulement la théorie que j'ai élaborée dans ma voiture me semble si…

— Nous n'avons pas trouvé de Daniel ni de Danièle au féminin, et avec les deux orthographes possibles.

— Tu crois que le gamin porte un autre prénom ?

— Je ne sais pas. Je me demande surtout si notre client a déjà rencontré son demi-frère. Peut-être que l'existence de ce Daniel est une rumeur familiale qu'il tient à élucider.

Sa tête s'agite, signe qu'il réfléchit à mon idée. Après tout, si M. Nobolé n'est au courant de l'existence de cet enfant par ouï-dire, cela expliquerait le peu d'aide qu'il peut nous fournir.

— Et comment comptes-tu t'y prendre pour dénouer ce sac de nœuds ?

— Aucune idée…

Avec un haussement d'épaules, je me plonge dans mon travail et sursaute en entendant la porte s'ouvrir avec force. M. Nobolé entre dans la pièce, suivi par M. Steiner que nous n'avons pas eu le temps de prévenir. Sans attendre que nous soyons remis de la surprise, notre client se poste devant moi, l'air furieux :

— Je vous avais demandé la plus grande discrétion !

— Bonjour, monsieur Nobolé, dis-je en posant les mains sur mon bureau. Un problème ?

— Un problème ? s'emporte-t-il. Mon père m'a téléphoné ce matin pour me dire que quelqu'un faisait une enquête à son sujet et qu'il se doutait de mon implication dans cette affaire. Quant à ma mère, elle s'est retrouvée prise entre deux feux, puisque c'est elle qui m'a prévenu pour mon demi-frère !

Consciente qu'il est en colère contre moi pour une raison qui m'est étrangère, je choisis d'en faire abstraction et d'attaquer moi aussi :

— Avez-vous quelque chose à voir avec mes pneus crevés ou la tentative d'intimidation dont j'ai été victime vendredi soir ?

— Quoi ? réplique M. Nobolé.

— Et l'homme hier, c'était un de vos hommes de mains ?

— De quoi parlez-vous ? s'écrie-t-il. Je suis venu ici pour obtenir des excuses sur ce fiasco et...

— Et rien ! Nous n'avons pas enquêté sur votre père. Seulement vendredi soir, après avoir rencontré une femme qui était potentiellement l'ancienne maîtresse de votre père, j'ai eu une visite de mon appartement.

— Vous l'avez retrouvé ? m'interrompt-il.

Je secoue la tête, étudiant toutes les expressions qui passent sur son visage.

— J'ai dit potentiellement.

Dans un sursaut de pudeur, il se redresse, tire sur sa veste et m'interroge sur son demi-frère :

— Puis-je au moins savoir où vous en êtes de l'enquête ?

— À l'heure actuelle, nous avons épuisé la liste des femmes ayant côtoyé de près ou de loin votre père, répond Denis. Nos recherches autour des noms « Daniel Nobolé » et « Daniel » et même avec les alternatives au féminin, Danièle È-L-E ou Danielle E-L-L-E n'ont rien donné.

Abattu, il passe la main dans ses cheveux, les plaquant en arrière. Il est temps pour moi d'insister, de m'assurer qu'il n'est pas derrière les incidents qui m'entourent dernièrement.

— Monsieur Nobolé, êtes-vous d'une manière ou d'une autre lié à ma voiture vandalisée, au saccage de mon appartement ou encore à cet homme hier ?

— Et pourquoi le serais-je ?

— Parce que vous êtes la seule personne de mon entourage qui s'est montrée menaçante ces derniers temps. De plus, pour la paix de tout le monde, il est préférable que la police ne vienne pas enquêter plus sur vous.

— Des menaces ?

— Est-ce vous ? insisté-je.

— Non.

Et si je venais à douter de son honnêteté, il ne se prive pas de piétiner mon ego :

— J'ai bien d'autres choses plus importantes que de m'intéresser à une détective privée junior.

— Pourtant, vous l'accusiez il n'y a pas cinq minutes d'avoir vendu la mèche auprès de votre père, intervient M. Steiner. Sans parler de votre rencontre dans ce pub…

Un silence accompagne sa déclaration, bientôt suivie par une invitation qui sonne plus comme un ordre à mes oreilles :

— Et si nous finissions cette conversation tous les deux dans mon bureau, dit *Big Boss* en rouvrant la porte.

Sans un regard à mon intention, M. Nobolé le suit, et le calme règne de nouveau dans la pièce. Enfin, jusqu'au petit cri de Denis qui enchaîne sur un interrogatoire en règle sur mon pseudo-cambriolage de vendredi. Je lui donne le plus de détails possible, m'attardant sur ma théorie concernant notre client. Pourquoi lui plus qu'un autre ? Pour sa venue de vendredi à l'agence et son attitude… Et parce que je n'ai vraiment aucune idée de qui d'autre pourrait être derrière tout cela.

Le soir, je quitte mon bureau et me rends directement au pub. Enfin, pas exactement. J'entre par la porte juste à côté de la terrasse et monte un étage. Je n'ai pas prévenu Baptiste, mais j'ai envie de le voir et je sais qu'il s'occupe bien souvent des commandes le lundi de chez lui. Peut-être oserais-je dire que j'ai besoin de lui, de m'assurer que nous créons quelque chose ensemble. Je sonne et attends, regrettant de ne pas avoir fait un détour par le pub pour m'assurer qu'il n'y était pas. Quand il ouvre, tout l'air que je contenais dans mes poumons est expiré sous le choc. Il est beau. Il me sourit. Et comble de chance, il m'attire à lui pour un baiser décoiffant.

— Bonsoir, dis-je en reprenant ma respiration.

Ses lèvres forment un sourire qui finit de me séduire. Serait-il malvenu de lui sauter dessus de but en blanc, à peine la porte ouverte ?

— Et si tu entrais ? me propose-t-il en s'écartant.

— Tu as bien conscience que si j'entre, tu ne pourras plus travailler à…

Ma main s'agite pour l'inviter à finir ma phrase.

— Ça tombe bien, j'ai terminé.

Sa voix basse et grave m'échauffe aussi sûrement que ses caresses. Son T-shirt délavé lui donne un air canaille que ses tatouages subliment. Jusqu'à aujourd'hui, je ne l'avais jamais vu autrement qu'avec des vêtements certes fonctionnels, mais en parfait état.

— Mathilde entre… J'aimerais garder des relations de bon voisinage.

— Et ?

— Et le baiser que nous venons d'échanger n'est qu'une infime partie de tout ce que je vais te faire.

Un frisson me parcourt et me donne l'impulsion pour pénétrer dans son appartement.

— Et que comptes-tu me faire ? demandé-je en me mettant à l'aise.

— Déjà, t'interroger sur ta journée…

J'acquiesce tandis qu'il ajoute :

— Te nourrir…

— Parce que je vais avoir besoin de force ?

— Parce que nous savons tous les deux que tu as dû manger quelque chose sur le pouce ce midi, et encore, si tu as pris le temps de t'arrêter dans une boulangerie pour acheter un sandwich.

Il me connaît bien !

— Et ensuite ? m'enquiers-je en relevant le menton en signe de défi.

— Ensuite, je compte te faire l'amour une bonne partie de la nuit.

— Voilà un programme intéressant…

Je m'approche de lui et pose la main sur son torse. Le regard plongé dans le sien, je laisse mes doigts descendre jusqu'à sa ceinture, puis se glisser sous son T-shirt.

— Tu ne m'en veux pas de ma venue à l'improviste ? dis-je en me mordillant la lèvre.

— Non.

Il me dévisage un instant avant de me demander :

— Et toi, tu ne m'en veux pas ?

— De ?

— De ne pas respecter le programme…

D'un mouvement sec, il m'enlève mes hauts, révélant mon soutien-gorge à son regard gourmand. La soirée peut commencer…

Deux jours plus tard, nous n'avons pas avancé d'un iota sur l'affaire Nobolé, mais deux nouvelles affaires d'adultère sont venues s'ajouter à notre emploi du temps, à croire que les gens ne connaissent plus la définition de « fidélité » ou s'accrochent à leur mariage uniquement pour le train de vie que cela leur permet d'avoir. Depuis l'enquête sur Mme Parvesh, je suis devenue cynique et j'ai bien conscience que cela m'empêche de profiter pleinement de ma relation toute neuve avec Baptiste.

La tête posée sur le torse de ce dernier, je suis du bout du doigt les courbes de son tatouage. Si je n'ai toujours pas osé lui demander la signification des lunettes sur sa hanche, je reste persuadée qu'elles ont un lien avec moi. Peut-être est-ce mon côté fleur bleue qui tente de perdurer malgré l'adversité.

— Je vais y aller, dit Baptiste sans motivation.

— Je ne te retiens pas, murmuré-je en me collant un peu plus à son flanc.

— À peine, rit-il en se tournant vers moi. Je te rappelle que Robin passe te déposer Hope dans trois quarts d'heure.

Il m'embrasse avec tendresse, loin des baisers sauvages que nous avons encore échangés cette nuit. Sur le matin, nous nous calmons toujours, apaisés. Nos lèvres se séparent et déjà je ressens un manque. Mes doigts courent sur sa mâchoire, ses joues... J'adore le voir, le toucher, l'entendre, le sentir, le goûter... Aucun de mes sens n'est laissé de côté et tous profitent de lui à leurs façons. Si j'ai fantasmé pendant des jours sur une possible relation entre nous, je peux avouer qu'elle est au-delà de tout ce que j'imaginais.

— Foutu audit, grommelé-je.

Mon frère a appris en début de semaine que sa concession serait auditée. Par chance, il a été prévenu en avance. Si Hope est invitée à passer la journée chez une de ses copines, elle doit y être pour 9 heures, soit une heure après le début de l'audit. D'où le passage chez moi... J'ai bien demandé pourquoi il n'avait pas proposé à Charlie de garder sa fille pour la journée, mais les grognements qu'il a lâchés m'ont invitée à ne pas insister.

— C'est assez étrange de penser que ce soir nous ne nous verrons pas, déclaré-je à mi-voix.

— Je n'aurais pas dit *étrange*, souffle-t-il en me dévorant des yeux.

— Et que dirais-tu alors ?

— Frustrant, dérangeant...

Il roule au-dessus de moi. Mes cuisses s'écartent pour que nous soyons au plus proche. Un gémissement m'échappe sous la légère friction de nos sexes, mais je me tiens tranquille, appréciant cette intimité nouvelle entre nous.

— ... rageant...

— Rageant ? l'interromps-je.

— Oui, rageant. Chaque dîner chez ma sœur aînée est soporifique.

Il accompagne sa remarque d'un sourire en coin qui démontre toute son affection pour elle.

— Nous allons parler de ses enfants, de son mari, ou de son travail. Elle ne s'intéresse à rien d'autre et détourne toujours la conversation pour ne pas se sentir mise à l'écart.

— Donc pas de sport en général, de rugby en particulier ? Ou de moto ? le taquiné-je en me rappelant leurs longues discussions avec Robin.

— Non.

Il dépose un baiser sur mes lèvres, puis glisse son visage dans mon cou, y suçotant la peau encore sensible. Bercée par la douceur de l'instant, je lui caresse les épaules.

— Il faut vraiment que je parte, grogne-t-il de sa cachette. J'ai beaucoup de choses à faire ce matin.

— Comme prendre une douche ? dis-je, mutine.

— Et j'ai une douche à prendre, répète-t-il avec un petit rire.

Il y a de ça une heure, Baptiste a déjà tenté de se lever, il a réussi à se glisser dans la salle de bains et… Et c'est tout. Il se pourrait que je l'aie suivi et que l'ambiance n'ait plus été à se laver.

— Promis, je ne bouge pas, lui assuré-je en levant les mains pour montrer ma bonne volonté.

— Je t'ai dit à quel point le dîner de ce soir allait être long et déprimant ?

— Oui, réponds-je en reprenant mes caresses sur son dos. Et je t'ai même proposé de me rejoindre après. *On doit se reposer* a été ton excuse pour décliner mon invitation.

— Ce n'est pas une excuse ! s'insurge-t-il en se redressant. On ne dort que quelques heures par nuit ! À ce rythme-là nous ne tiendrons pas longtemps.

J'acquiesce, surtout pour lui donner bonne conscience.

— Tu ne me facilites vraiment pas les choses, grommelle-t-il.

— Tu ne voudrais tout de même pas que je te mette à la porte de chez moi sans remords ?

Il soupire et finit par s'installer sur le bord du lit. Aussitôt mes yeux le détaillent, courent sur sa peau et observent ses tatouages qui bougent sur ses muscles. Il est beau, captivant plus précisément. Déjà habillé, il est un spectacle hypnotisant dont je ne peux me rassasier, mais je le préfère sans rien sur le dos.

— Mathilde, en l'espace de quelques jours, on est passés de rien à tout...

Glacée, je m'assois en tenant la couette contre ma poitrine.

— Que veux-tu dire ? demandé-je, craintive.

— Que je ne voudrais pas tout gâcher en allant trop vite !

— De mon point de vue, il n'y a pas de rythme parfait, argué-je, on suit le nôtre.

Ses mains glissent dans ses cheveux. Touchée qu'il veuille faire son maximum pour que ça fonctionne entre nous, je me rapproche et lui embrasse l'épaule.

— Tu devrais te préparer. Il serait malvenu que ma nièce te voie dans le plus simple appareil. Et pour ce soir, je vais te passer le double de mes clés. Tu me rejoins quand tu veux.

Après un dernier baiser, il se lève enfin. Nu, il se dirige vers la salle de bains en ramassant ses vêtements au passage. Regrettant de ne pas pouvoir le rejoindre, j'enfile mon pyjama et commence à ranger. Dès qu'il sera parti, je prendrai ma douche.

Le lave-linge démarre tout juste quand j'entends les pas de Baptiste s'approcher. Son léger boitement rend sa démarche reconnaissable, ainsi que les frissons qui me parcourent dès qu'il est dans les environs. Quand je me redresse, deux bras m'entourent et me collent contre un torse qui sent bon mon gel de douche.

— Il va falloir que j'achète ton savon, parce que, là, ta virilité en prend un coup ! ris-je en inspirant une nouvelle fois son odeur au creux de son cou.

— Ou pas...

Attendrie, je l'embrasse et le repousse avant que la situation dégénère.

— À ce soir, murmure-t-il en s'éloignant.

J'acquiesce et regarde la porte de mon studio se refermer derrière lui. C'est fou comme je me sens à la fois heureuse et stupide. Dès que j'entends son prénom, un sourire benêt se forme sur mes lèvres et mes pensées galopent vers lui. Au moindre moment libre, je revis nos étreintes, nos conversations dans le noir, ou encore nos silences. Ce sont même eux qui me plaisent le plus de par la complicité qu'ils m'évoquent.

Décidée à sortir de mon état de rêverie, je secoue la tête et vais dans la salle de bains. Le miroir au-dessus du lavabo a été remplacé hier soir par Baptiste. Avant ce matin-là, et la vue de mon reflet non distordu par les deux impacts de poing, je n'avais pas remarqué à quel point cela me troublait. Tout comme j'ai été soulagée de me débarrasser des sacs contenant les vêtements déchirés. J'espère vraiment que cette histoire est derrière moi.

Je me déshabille et entre dans la cabine de douche. Le jet d'eau chaude me frappe alors que j'ouvre le robinet sans penser à détourner le pommeau. En me savonnant, je replonge dans mes souvenirs. Mes mains s'attardent et insistent sur certaines zones de mon corps. Reprenant mes esprits, je me rince et m'enroule rapidement dans une serviette.

En jean et débardeur, je suis sur le point de commencer à me maquiller quand on sonne à la porte. Robin ! Désireuse de ne pas retarder mon frère pour son audit, j'ouvre en grand sans contrôler qui attend sur le seuil. Ce n'est qu'en voyant l'homme de la semaine passée que je réalise ma bêtise. Son sourire se tord en une grimace repoussante alors qu'il avance et me pousse en arrière. Dès la porte franchie, il la referme sur nous. Mon cœur se serre et je me maudis de ne pas avoir vérifié. *Quelle idiote !*

— Dans le salon !

Frappée par la haine qui se dégage de ce simple mot, je m'exécute et m'interroge sur les différentes solutions qui s'offrent à moi. En passant à côté de ma table, j'aperçois mon téléphone. Une petite lumière signale que quelqu'un a cherché à me joindre.

— N'y touche pas !

Comprenant que ce n'est pas le moment de jouer les super_héroïnes, je m'assois sur mon canapé et croise les mains sur mes genoux. Dépassée par la situation, je refuse néanmoins de lui donner satisfaction en montrant ma peur.

— Puis-je savoir ce que vous attendez de moi ? demandé-je le plus fermement possible.

— De toi, rien.

Peu rassurée par cette entrée en matière, je prends le temps de noter des détails : la saleté de ses vêtements, sa barbe négligée, l'odeur d'alcool… C'est finalement la cicatrice à la base de son cou qui retient le plus mon attention.

— Dans ce cas, pourquoi êtes-vous là ?

Sans me répondre, il me toise avant de se mettre en mouvement. Marchant de long en large devant moi, il baragouine des mots sans queue ni tête. Incapable de déterminer la raison de tout cela, je tâche de réfléchir et relie tous les derniers événements :

— L'effraction et les pneus, c'est vous !

Il s'arrête, fronce le nez comme si quelque chose le dérangeait et se remet en mouvement.

— Pourquoi ? m'exclamé-je.

Toujours aucune réaction autre qu'une petite pause dans ses allées et venues. Comme je n'obtiendrai rien de lui, je choisis de chercher les réponses toute seule. La raison la plus logique de son inimitié à mon encontre serait qu'une enquête sur laquelle j'ai travaillé lui ait porté du tort. Sauf que son visage m'est totalement inconnu, je n'ai pas même une vague impression de déjà-vu. Alors je tente de limiter les dossiers, me contentant de ceux ayant eu des retombées sur de nombreuses personnes. La liste est longue, mais rien d'important au point de créer le ressentiment qui irradie de l'attitude de cet homme.

— Monsieur, vous semblez m'en vouloir, mais si vous cherchez des excuses, ou que je vous aide, il me faudrait des indices à défaut de la véritable raison.

— Vous ne pourriez pas comprendre, grogne-t-il en se postant devant la fenêtre.

Ainsi en contrejour, sa silhouette a quelque chose d'intimidant. Un frisson d'appréhension me parcourt, et je profite qu'il ne soit pas tourné vers moi pour laisser s'exprimer un peu ma peur. Mes yeux parcourent l'intérieur de mon studio tandis que je me mordille la lèvre. Comment vais-je réussir à me sortir de cette situation ? Réalisant qu'il me faut déjà essayer de nouer un contact avec lui pour en apprendre plus sur ses intentions et peut-être le faire revenir sur ses plans, je lui demande franchement :

— Qu'attendez-vous de moi ?

Sentant la panique arriver, je gigote sur mon canapé.

— Rien.

— Je peux donc partir ? l'interrogé-je en feignant de me relever.

— Non !

Parfait ! Ce type me séquestre dans mon propre appartement sans daigner m'informer du pourquoi. Voilà qui va rendre fou Robin ! Il voudra que j'emménage avec lui.

— Ça ne devait pas...

Sursautant en entendant la voix de l'homme désormais immobile devant moi, je me gronde pour cette seconde d'inattention.

— Ça ne devait pas quoi ? m'enquiers-je.

Son regard se fait noir, et je crains une réaction violente. Je suis dans de beaux draps ! Pour désamorcer la situation, je dois le faire parler, alors je regroupe mon courage et lui propose à boire. Il secoue la tête avant de me demander :

— Vous avez du whisky ?

De l'alcool fort ? Et pourquoi pas un couteau bien acéré ? Comme si son état d'ébriété n'était pas déjà clairement avancé !

— Désolée, je n'ai que de l'eau ou du jus d'orange à vous offrir.

— Une bière ? insiste-t-il.

— Non plus. Je comptais justement en racheter aujourd'hui, mens-je.

— Tu veux me faire croire qu'il ne boit pas un petit coup avant de te sauter ?

Légèrement choquée par la véhémence de ses propos, je suis aussi intriguée par sa référence indirecte à Baptiste.

— Depuis quand me surveillez-vous ?

Il redresse le menton et se tourne vers la fenêtre. Dehors le temps est gris et des bruits de circulation nous parviennent. Je suis à la fois entourée de monde et dangereusement seule avec cet individu aussi imprévisible qu'effrayant.

— Je le suis depuis à peu près trois semaines.

Son visage se ferme. Quand il pivote vers moi, il exprime tant de haine que je dois me concentrer pour ne pas chercher à me rétrécir. Sous aucun prétexte, je ne dois lui montrer à quel point son attitude me terrifie.

— Le ?

— Le mec qui t'a baisée toute la semaine.

Écœurée par sa vulgarité, je me retiens de le reprendre. Il ne manquerait plus que je l'énerve en lui signalant que Baptiste et moi ne *baisons* pas. D'autant plus que cela ne le regarde aucunement.

— C'est après lui que vous en avez ? demandé-je en saisissant la portée de sa phrase.

— Tu crois quoi ? Que j'en aurais après une gamine dans ton genre ?

— C'était mon appartement et ma voiture… Je suis donc en droit de penser que j'étais la cible de votre mécontentement.

— Mécontentement, répète-t-il avant de lâcher un rire sans joie.

Le son me glace au plus profond de moi. C'est un rire de dément, de personne prête à tout et consciente de rien. Dans quel bourbier me suis-je donc mise en ouvrant ma porte sans vérifier ?

Soudain, mon téléphone vibre sur la table. Quelqu'un cherche à me joindre. Je déglutis, agacée de ne pouvoir l'atteindre pour prévenir mon interlocuteur. S'il y a bien une chose que je déteste le plus au monde, c'est de me sentir désarmée et dépendante de la bonne volonté d'une autre personne.

L'homme saisit mon portable et l'envoie contre un mur. La vibration a cessé, tout comme mes espoirs d'appeler des secours. Dans un bruit mat, mon téléphone retombe au sol en plusieurs morceaux. Redressant la tête, je reprends la conversation sans paraître affectée par sa crise de nerfs :

— Nous disions donc que ce n'était pas un simple mécontentement qui vous liait à Baptiste.

— À cause lui, j'ai perdu ma femme !

Sa femme ?

— Il ne vous l'a pas raconté, hein ? déclare-t-il en se délectant de ma stupeur. Il ne vous a pas raconté l'accident de moto à l'origine de cette vilaine cicatrice...

Il écarte violemment le col de son T-shirt pour me la montrer.

— Je sais juste qu'un homme en moto a brulé un feu et l'a fauchée à un croisement.

M'efforçant d'être factuelle, je crains d'avoir été trop loin. Ses narines se recourbent et me font l'effet d'être celles d'un taureau prêt à charger.

— Il ne vous a pas dit que j'ai passé des heures sur une table d'opération, incapable de rejoindre ma femme.

Je secoue la tête et me penche en avant pour lui montrer que je l'écoute avec attention. Baptiste n'est jamais très expansif quand il est question de son accident. De plus, vu les séquelles auxquelles il a dû faire face, je doute fort qu'il se soit préoccupé de la personne en tort. Si cela peut paraître égoïste, c'est aussi humain de ne pas vouloir s'appesantir sur les blessures de celui qui a causé la fin brutale de votre carrière.

— Elle m'avait téléphoné pour me prévenir qu'elle avait des soucis avec le bébé.

Sa voix craque, et je sens alors sa détresse suinter par tous les pores de sa peau. Il se passe la main sur le visage, le frottant énergiquement comme pour en chasser quelque chose.

— Que s'est-il passé ? l'encouragé-je.

— Elle m'avait fait promettre d'être plus présent, de cesser de prendre ma moto qu'elle trouvait trop dangereuse.

Et elle n'avait pas tort...

— Elle a perdu le bébé, pendant que des médecins me charcutaient.

Oui, enfin c'était plutôt un sauvetage qu'une séance charcuterie, mais qui suis-je pour le lui faire remarquer ?

— Elle était toute seule, ajoute-t-il faiblement. Elle ne m'a jamais pardonné.

La suite est assez facile à deviner : séparation douloureuse, dépression vu son état actuel. Reste à savoir pourquoi il revient dans la vie de Baptiste tant d'années plus tard.

— La chambre était prête. Nous avions choisi deux teintes de bleu et un ami devait venir dessiner des nuages. Les meubles étaient d'un blanc éclatant et… Je me souviens d'une turbulette sur laquelle j'avais flashé. Il me tardait de voir mon fils dedans.

Il marque une pause avant d'ajouter à voix basse :

— Nous avions même choisi le prénom.

Malgré moi, je ressens une certaine tristesse pour cet homme privé de son enfant à naître.

— Puis-je vous demander pourquoi maintenant ?

Prison, traitement… Il existe beaucoup de raisons pour justifier une attente de quelques années, mais, aujourd'hui, nous sommes à plus de six ans. C'est énorme pour une vengeance !

— Qu'est-ce que ça peut te foutre ? grogne-t-il en essuyant violemment ses lèvres du revers de sa main.

Sa nervosité est palpable, et mes minutes sont comptées avant qu'il ne passe à l'action. Et là tout de suite, je n'ai aucune idée de ce qu'il va faire. Mes mains sont de plus en plus moites et mon esprit commence à être à court de sujet de « conversation ». Je déglutis péniblement sans réussir à déloger la boule fichée dans ma gorge.

— Ça m'aiderait à comprendre, je suppose, dis-je d'une voix calme.

Ses yeux clignent plusieurs fois avant qu'il s'asseye sur la chaise près de la fenêtre. Tourné vers moi, il paraît chercher une information sur mon visage, mais ne la trouve visiblement pas. Alors, après un long soupir, il répond avec une douceur qui contraste avec la brutalité du moment et de son intrusion :

— Elle était belle. J'adorais son rire ou ses gloussements. Des soirs, je faisais le pitre à la maison juste pour l'entendre. Un vrai rayon de soleil.

Sa bouche se tord tandis qu'il se perd un peu plus dans ses souvenirs.

— Quand on s'est connus, nous passions tous nos week-ends à faire de la moto. Elle se serrait contre moi et nous partions à l'aventure. Parfois, nous prenions une tente, et nous nous arrêtions dans un camping. Il nous est arrivé de faire du camping sauvage. Nous dormions dans les bras l'un de l'autre, profitant du moment.

Il inspire et baisse la tête, abattu. Un de ses doigts commence à gratter une tache sur sa cuisse de plus en plus frénétiquement.

— Je savais qu'avec un enfant, nous devrions lever le pied. Mais pendant sa grossesse... je ne voyais pas le souci. Je ne faisais que partir avec les potes pour profiter de mes derniers instants de liberté.

Et elle l'avait mal vécu. Étrangement, je n'ai aucun problème à comprendre cette femme dont le mari continuait de s'amuser pendant qu'elle préparait l'arrivée de leur enfant. La frustration qu'elle a ressentie en le voyant rouler alors qu'elle devait se contenter de regarder.

— Je lui avais promis d'être toujours là pour elle, et ton mec a tout fait foirer.

Oui, enfin *mon mec* a passé pas mal de temps sur un lit d'hôpital et n'a pas retrouvé toute la souplesse de sa jambe gauche ou encore de sa main. À cause de lui, Baptiste a dû faire une croix sur la moto, et sa carrière de rugbyman a pris fin irrémédiablement.

— Vous avez essayé de lui expliquer, je suppose, dis-je en me décalant légèrement vers l'extrémité du canapé.

— Bien sûr ! s'emporte-t-il en sautant sur ses pieds.

Il tangue, se raccroche à la fenêtre avant de se rasseoir.

— Mais elle n'a rien voulu savoir. Les médecins m'ont dit que ce n'était qu'un mauvais moment à passer, qu'une fois le deuil fait, tout rentrerait dans l'ordre. Mais rien n'a changé. Elle est restée distante et froide...

Son regard se fait triste et fixe un point au loin dans la rue.

— Je n'ai plus entendu son rire. Ce jour-là, j'ai perdu mon fils et la femme de ma vie.

Mon cœur se serre devant son désarroi, sans pour autant que j'oublie qu'il me retient contre mon gré.

— Et elle va se remarier.

Et voilà l'élément déclencheur de tout ce cirque.

— Elle va épouser ce bouffon ! crache-t-il en se tournant vers moi. Il est toujours tiré à quatre épingles, il paraît si coincé et… Elle a besoin d'aventure, d'être bousculée et émerveillée. Avec lui, elle va s'ennuyer, mais elle ne veut pas comprendre que je suis le seul… à cause de lui !

Consciente qu'il ne peut être ramené à la raison, je me montre compréhensive. Je hoche la tête et cherche un stratagème pour me sortir de cette situation précaire.

— Je voulais avoir une famille avec elle, mais même ça, je n'y ai pas eu le droit !

Cette phrase fait écho en moi, seulement je la repousse en entendant quelqu'un marcher sur le palier. Ces pas, ce rythme…

La sonnette d'entrée retentit alors que la voix de Robin crie :

— Mathilde, t'es là ?

Il est furieux, et ça se comprend. Il doit avoir cherché à me joindre plusieurs fois et il tombe maintenant directement sur ma messagerie. De quoi rendre mon frère vert de rage…

— Appelle la police ! hurlé-je en me levant.

Je me rue vers la porte d'entrée, mais l'homme est plus rapide et me plaque rudement contre le mur. Emportés par son élan, nous rebondissons dessus, et j'en profite pour lui donner un coup. Visant son entrejambe, je n'atteins que son haut de cuisse. La force est suffisante pour qu'il se plie et m'offre la seconde nécessaire pour me dégager et continuer vers la porte.

Pendant que mon ravisseur éructe tous les noms d'oiseaux qu'il connaît sur les femmes de petite vertu, je fais un premier tour de clé dans la serrure. Je n'ai pas fini le second et dernier tour qu'il m'empoigne par les épaules et me tire en arrière.

Sans se soucier de la porte, il se positionne au-dessus de moi, postillonnant des insultes. Derrière lui, quelqu'un m'appelle, se jette contre la porte… La scène est surréaliste et, bien sûr, c'est à ce moment précis que mon cerveau décide de me lâcher. Assise au sol devant un homme écumant de rage, je ne sais plus quoi faire. La panique me submerge sans que je réussisse à faire quoi que ce soit.

— Robin… pleurniché-je.

— Robin ? répète l'intrus au-dessus de moi. Parce qu'en plus, tu le fais cocu ?

Son rire résonne et me glace. Il est vraiment ivre, dément et incontrôlable. Le visage déformé par la haine, il se penche et m'attrape par les cheveux. D'un mouvement sec, il me force à me relever et à le suivre dans le salon.

— Je veux bien ma part, déclare-t-il, l'œil mauvais.

Au loin, j'entends Robin tambouriner contre ma porte. Mon pauvre frère… Il va assister à ça sans pouvoir m'aider. Convaincue que l'épreuve sera trop dure pour lui, je lui crie de ne pas rester là.

— S'il te plaît, pars ! le supplié-je.

— Pourquoi ? Il pourra dire à notre ami commun comment je t'ai fait couiner. Tu n'aurais vraiment pas dû me frapper !

— Pourquoi ? Vous aviez peut-être l'intention de me laisser tranquille après avoir fini ?

Avec un rire hystérique, je tape son bras pour qu'il lâche mes cheveux. Une fois libérée, je me retourne pour lui faire face.

— Vous pensiez reprendre votre vie comme si de rien n'était ? Et ce après être entré chez moi ? m'écrié-je, hors de moi.

— Nous aurions trouvé…

— C'est tout trouvé, grogné-je. Elle a bien fait de vous larguer, vous agissez comme un con. Un gros con égoïste.

Je réalise à ce moment-là à quel point mon frère et Baptiste ont raison d'affirmer que je n'ai aucun instinct de survie. Une gifle m'envoie voler et, par chance, je me rattrape avant que ma tête cogne le chambranle de la porte du salon. Étourdie, mais gonflée à l'adrénaline, je me précipite vers l'entrée et finis de tourner la clé.

Aussitôt, Robin entre et court vers l'homme qu'il plaque sur ma table basse, qui s'effondre sous leurs poids. Des bruits de coups se font entendre, des injures suivent… Sans m'attarder, je m'accroche aux murs pour sortir de l'appartement et trouver de l'aide. Il faut absolument appeler la police avant qu'un drame ne survienne.

Titubante, je vais sonner à la porte de M. Piquerelle tandis que les bruits de bagarre s'intensifient derrière moi.

— Pitié ! supplié-je en frappant du poing. Appelez la police !

Je frôle l'hystérie quand la voix de Hope me parvient. D'un bond, je me tourne vers l'escalier de service. Debout dans l'encadrement de la porte, elle tient le téléphone de Robin contre sa joue.

— Ti'Ma ? répète-t-elle, visiblement choquée par mon attitude.

— C'est la police ? demandé-je en m'approchant d'elle.

— Oui, ils arrivent. Il est où papa ?

— Il…

Les mots ne franchissent pas mes lèvres. Un bruit de verre cassé me glace d'effroi. Aussitôt mon esprit fait le compte de tous les objets encore intacts après la première effraction, et rien ne me vient. La panique menace de m'inonder à l'idée que c'est peut-être une de mes fenêtres. L'un d'eux serait-il tombé dans la rue plusieurs mètres plus bas ? Ou les deux ?

Les yeux écarquillés d'horreur, je me tourne vers mon studio ouvert, notant le silence.

— Papa ? appelle Hope à mes côtés. Papa !

Instinctivement, je la serre contre moi pour l'empêcher de se ruer dans mon appartement, mais également pour l'entraîner dans l'escalier. Nous devons nous éloigner, pour le cas où le vainqueur de ce combat ne serait pas celui qu'on veut.

— Viens, on va attendre la police dans la rue, déclaré-je alors qu'elle me suit sans discuter.

— Papa, répète-t-elle inlassablement. Il faut aller voir papa, il a peut-être besoin d'aide.

Au rez-de-chaussée, nous entrons dans le hall. Je la pousse vers la sortie quand je l'arrête en la retenant par les épaules. Et si un corps reposait sur le trottoir ? Et si…

— Attends-moi là, lui dis-je avec un sourire que j'espère avenant. Je vais juste voir si la police arrive.

D'un bon pas, je m'approche de la porte de l'immeuble, que j'ouvre après avoir inspiré un grand coup. Sur le sol, rien à signaler, mis à part des éclats de verre. Soulagée, je regarde dans la rue. Au loin une sirène retentit, le son croissant rapidement. Les renforts sont sur le point de débarquer. Aussitôt je me retourne vers le coin où Hope devrait se tenir. Personne. Affolée, je cours vers les escaliers et entends une porte se refermer plus haut dans les étages.

— Non, non et non ! m'écrié-je en regroupant mes forces.

Ma mâchoire est de plus en plus douloureuse, comme le côté qui a atterri contre le mur. Mue par une nouvelle dose d'adrénaline, j'atteins enfin mon étage. Sans m'attarder, je cours jusqu'à mon studio et trouve Hope blottie contre son père. Assis contre un mur, il lui caresse le dos et parle à quelqu'un au téléphone. Sa fille a dû le lui rendre avant de se coller à lui dans une étreinte désespérée.

— C'est compris, je ne bouge pas, affirme-t-il d'un ton las.

Près de la fenêtre, l'homme est allongé face contre terre. Aucune mare de sang ne l'entoure, ce qui me rassure une fraction de seconde.

Ce n'est qu'en voyant son torse se soulever légèrement, révélant qu'il respire toujours, que je me permets de soupirer de soulagement.

— La police arrive, dis-je en m'agenouillant à côté d'eux.

— Tu vas avoir des problèmes ? demande aussitôt Hope à son père.

— Mais non, ne t'en fais pas ! déclare Robin. D'une main tendre, il lui caresse les cheveux et l'oblige doucement à reprendre sa position contre son torse. Nos yeux se croisent et une tout autre vérité se dit. Les prochains jours vont être compliqués, mais nous ferons face.

— Mademoiselle Piono ?

Encore sous le coup de l'action, je sursaute et réalise qu'un policier est sur le seuil de mon appartement. Comprenant que les secours sont enfin arrivés, mon corps se détend légèrement.

— Entrez, l'invité-je.

Suivi de son collègue que je n'avais pas vu de là où je me trouve, il pénètre dans mon studio et observe l'état des lieux. Plusieurs meubles sont cassés, et le sol est recouvert d'objets en tout genre. Il s'accroupit près de mon agresseur et pose les doigts sur son cou. Rapidement, il se redresse en demandant une ambulance. Il décrit sommairement l'individu avant de revenir à nous, et plus particulièrement à mon frère.

Les mains de ce dernier sont égratignées, signe qu'elles ne sont pas habituées à donner des coups. Enfin, ça c'est mon avis, grandement influencé par mon amour pour lui. Robin est l'homme le plus doux que je connaisse malgré son apparence. Il n'y a qu'à le voir là, assis par terre avec sa fille contre lui, pour le savoir. Refusant de paniquer et d'imaginer les pires scénarios, incluant son emprisonnement, je me relève en me tenant au mur.

— Vous devriez rester assise, déclare le policier en cherchant autour de lui une chaise intacte.

N'attendant pas qu'il en trouve une qui ne paraisse pas sur le point de s'écrouler, je prends place sur mon canapé.

— Ça va aller, mademoiselle ?

— Je ne sais pas, avoué-je sans quitter le regard de mon frère.

— Vous voulez que j'appelle une ambulance ? demande le policier avec sollicitude.

La gorge soudain nouée, je déglutis avant de secouer la tête.

— Nous allons attendre pour vous poser des questions…

— Ce ne sera pas la peine ! l'interromps-je sèchement. Pardon, ajouté-je en me tournant enfin vers lui, c'est juste que…

Prise de court, je réalise que j'aurais dû rester assise près de Robin. Sur mon canapé, je me sens affreusement seule. J'ai froid et peur. Comme pour m'assurer qu'il est toujours assommé, je fixe l'homme au sol.

— Il a avoué être entré chez moi par effraction la semaine dernière. Et aussi pour mes pneus la semaine d'avant.

— Vous a-t-il dit pourquoi il en avait après vous ?

Baptiste. Il faut que je le prévienne ! Je tâte les poches de mon pantalon avant de me rappeler que mon portable est lui aussi cassé. Et peut-être est-ce une bonne chose… Il doit travailler à cette heure-ci. Rien ne sert de le déranger maintenant.

— Il y a quelques années, il a eu un accident de moto à la suite duquel sa femme l'a quitté. Il m'a raconté qu'elle allait bientôt se remarier et…

Je mesure seulement à cet instant à quel point il l'aime, ou à quel point il est fou. Fou d'amour, sûrement.

— Savez-vous son nom ?

— Non…

— Mathilde ! entends-je du palier.

Baptiste ! Il est là ! Avec une énergie nouvelle, je saute sur mes pieds et m'apprête à le rejoindre quand le policier m'arrête en me barrant le passage.

— Où allez-vous ? demande-t-il.

Je suis perdue, il me faut un moment pour lui répondre. Je ne suis pas encore totalement sortie de mon état de choc, à moins que, au contraire, je sois en train d'y glisser doucement.

— Baptiste, dis-je en pointant ma porte, c'était avec lui l'accident.

Pas certaine que cela suffise comme explication, j'insiste :

— Cet homme lui en veut à lui, c'est pour ça qu'il s'en est pris à moi.

Les yeux du policier papillonnent, montrant son incompréhension ou mon manque de clarté. Seulement, là tout de suite, ce n'est vraiment pas ma priorité. Je le contourne donc et retrouve Baptiste qui a réussi à entrer.

— Que se passe-t-il ? me demande-t-il en me serrant contre son torse. J'ai vu plusieurs voitures de police passer devant le pub et…

Il m'écarte de lui pour pouvoir m'observer de la tête aux pieds. Ses mains glissent le long de mes bras et remontent sur ma taille pour qu'il se rassure sur mon état.

— Tu es blessée ?

— Non.

D'une main ferme, il relève mon visage qu'il caresse tendrement. *Mince ! Est-ce que mon choc contre le mur est visible ?*

Alors que ses doigts s'attardent sur ma pommette, un élancement me sort de mon silence.

— J'ai juste rencontré ce mur, dis-je en montrant l'endroit où ma tête a frappé. Mais ça m'a permis d'aller ouvrir à Robin.

Malgré la pointe de fierté que j'ai mise dans ma réplique, je vois bien qu'il n'est toujours pas convaincu. Avec un petit sourire, je me redresse sur la pointe des pieds pour l'embrasser rapidement.

— Mademoiselle Piono, pouvez-vous finir votre déposition ?

Sans me soucier des autres, je saisis la main de Baptiste et l'entraîne avec moi. Au sol, Robin ne paraît pas particulièrement surpris. Je dirais même qu'il est heureux pour nous.

— Vous m'expliquiez donc que cet homme a eu un accident de moto et que sa femme est morte.

Je fronce les sourcils et le corrige aussitôt :

— Pas morte, elle est partie. Au sens littéral du terme.

Le mouvement de nos deux mains m'indique que Baptiste a regardé vers l'homme toujours à terre. Il retient à grande peine un hoquet de stupeur. Intuitivement, je resserre mon étreinte sur ses doigts pour l'empêcher de faire une bêtise en présence de témoins, de policiers de surcroît.

Avec autant de calme et de détails que possible, je décrie notre tête-à-tête. Notre conversation, puis ma tentative de fuite avortée. Quand j'arrive au moment où Robin entre, je lui laisse la parole.

— Je venais déposer ma fille. Comme ma sœur habite sur le chemin, je lui ai téléphoné pour la prévenir que j'étais un peu juste sur l'horaire. J'espérais qu'elle descende pour que je puisse rejoindre rapidement la concession moto où je travaille.

C'était donc lui, les appels !

— Elle n'a jamais décroché, et j'ai fini par m'inquiéter. En arrivant ici, j'ai entendu des cris, et j'ai tenté d'ouvrir la porte à coups d'épaule.

Deux bras m'encerclent et mon dos vient s'appuyer contre un torse dur et chaud. Au loin, j'écoute Robin relater la bagarre, jusqu'à l'arrivée des deux agents.

— Et vous, monsieur, qui êtes-vous ? s'enquiert le policier auprès de Baptiste.

— Je…

Il marque une pause, certainement secoué par le récit de notre matinée.

— Ce monsieur là-bas a eu un accident de moto avec moi il y a près de six ans. Il a grillé un feu rouge et m'a percuté. Il a été reconnu coupable, mais je ne sais pas pourquoi, tant d'années après, il en a toujours après moi.

— Sa femme va se remarier, dis-je en frottant ses mains.

— Voilà certainement l'événement déclencheur, commente le policier en notant quelque chose dans son carnet. Avez-vous un endroit où aller, mademoiselle Piono ?

— Oui, répondent Robin et Baptiste en chœur.

— Pourquoi ?

— Votre appartement va devoir être expertisé en vue du procès. À moins que vous décidiez de ne pas porter plainte, dans ce cas…

— Non, je vais porter plainte, l'interromps-je.

Mes yeux naviguent autour de moi, s'arrêtant sur une coupe de fruits brisée, des livres tombés de leurs étagères… Après tout cela, je ne suis plus sûre de réussir à vivre ici. Je pensais déjà déménager, mais la question est maintenant devenue une priorité.

Deux ambulanciers arrivent, suivis de deux autres policiers. Pendant que les premiers s'activent à porter les premiers soins à mon agresseur, les seconds prennent des photos de mon appartement. Quand ils semblent avoir fini, l'un d'eux m'appelle et me propose de regrouper des affaires pour les prochains jours. Sous son œil attentif, je range pulls et pantalons dans mon sac de voyage. J'hésite au moment d'ouvrir le tiroir de mes sous-vêtements.

— Un problème ? me demande mon cerbère.

— Une petite pudeur, répliqué-je un peu trop sèchement. C'est juste que je vais prendre ma lingerie, ajouté-je.

— Je suis désolée, mademoiselle, mais je suis contraint de surveiller ce que vous emportez.

Gênée, j'acquiesce et me sers à l'aveuglette. Ressentant le besoin d'être rassurée, je regarde vers les autres. Robin est assis sur le canapé, Hope appuyée contre lui, pendant qu'un des ambulanciers vérifie ses yeux avec une lampe de poche. Baptiste, quant à lui, parle avec le policier.

Après avoir empaqueté le nécessaire, je referme mon sac.

— Je vais poser les scellés et rentrer au commissariat pour rédiger votre plainte, vous pourrez venir la signer dans l'après-midi, déclare un des policiers. Nous ferons tout notre possible pour que vous puissiez revenir rapidement chez vous.

Je hoche la tête sans y penser et les suis à l'extérieur une fois qu'un des ambulanciers s'est assuré que mon choc sur la tête n'aura pas de conséquences et que quelqu'un pourra me surveiller pendant les prochaines vingt-quatre heures. Une pluie fine nous accueille, et je sens une main ferme se saisir de mon sac, puis une pression sur mon épaule.

— OK, tu vas t'installer chez moi, affirme Baptiste.

— Tout doux, mec ! C'est ma sœur, elle va venir chez nous ! contre Robin.

— Je ne crois pas… grogne le premier en se plantant devant mon frère.

— Ce n'est pas parce que je suis content que vous vous soyez enfin bougé le cul tous les deux que je vais la laisser s'installer chez toi.

— Ah oui, et pourquoi ça ?

— Parce que je n'oublie pas que ce type s'en est pris à elle à cause de toi !

Le coup porte. Baptiste recule d'un pas. Il est temps pour moi d'intervenir.

— Et à quel moment vous prenez en compte ce dont moi, j'ai envie ?

Ils se tournent dans ma direction comme un seul homme, visiblement surpris. Je les défie d'ajouter quoi que ce soit, quand je perçois le malaise de Baptiste. Se méprend-il sur la raison sous-jacente de ma rébellion ? Et où ai-je envie d'aller ?

Un sourire naît sur mes lèvres alors que la réponse me saute au visage :

— Je vais m'installer chez Charlie en attendant de trouver un autre appartement.

— Mais…! s'exclame Baptiste avant que j'intervienne de nouveau.

— Elle parlait de déménager, et je ne pourrai pas vivre de nouveau dans ce studio. À son retour au mois de juin, nous avions envisagé de prendre une colocation ensemble, c'est peut-être le moment…

Du bout des doigts, je caresse la joue de Hope, que je trouve bien silencieuse depuis tout à l'heure.

— Tu as géré comme une brave, dis-je avant de m'accroupir pour lui faire un câlin. Merci.

Je l'embrasse et la serre un peu plus. Dès que je l'ai relâchée, Baptiste la prend à son tour dans ses bras. Il lui promet des jus de fruits gratuits à vie dans son pub, ce qui ne déclenche aucune réaction. Mon regard croise celui inquiet de mon frère. Avec douceur, il récupère sa fille et repousse ses cheveux blonds en arrière pour voir son visage blême.

— Qu'y a-t-il, Hope ?

— Y a que l'amour, ça craint !

— Pourquoi dis-tu ça ? s'enquiert Robin.

— Le monsieur s'en est pris à Ti'Ma à cause de ça. Joachim est triste parce que ses parents n'arrêtent pas de se disputer… Je ne veux jamais que tu aies une amoureuse !

— Tu sais, il y a aussi de bons côtés, affirmé-je.

Le nez de ma nièce se retrousse, signe qu'elle n'est pas du tout d'accord et que ce n'est pas la peine d'insister. Comprenant le message, je change de sujet après avoir consulté ma montre.

— Je suis désolée de te l'annoncer, Robin, mais tu es en retard au travail.

— Pendant que tu préparais tes affaires, j'ai prévenu que je ne pourrais pas être là. Je dois encore me rendre à l'hôpital et au commissariat.

— Ça ne va pas poser problème pour ton audit ?

Il resserre sa prise autour de Hope, qui a le visage niché dans son cou.

— Teddy s'en charge, et s'ils ont des questions, ils reviendront à la fin de la semaine. C'est un cas de force majeure, et ils l'ont bien compris.

Je hoche la tête et propose avec emphase :

— Hope, tu restes avec moi aujourd'hui.

— Non, je veux aller chez Nazira !

— Tu es sûre ? demande Robin.

Elle secoue la tête et insiste pour se rendre chez son amie. Bien que peu convaincue, je laisse mon frère accepter sa requête. Néanmoins, il me prie de demander à la mère de Nazira de l'appeler en cas de souci. J'acquiesce tandis qu'il repose sa fille au sol tout en prenant le temps de lui murmurer des paroles que je suppose réconfortantes. Penchés l'un vers l'autre, ils semblent imperméables au monde extérieur, et cela me touche autant que ça m'effraie. Que deviendront-ils quand, plus âgée, Hope se rebellera contre ce lien, ou encore quand elle cherchera à s'émanciper ?

— Bonne journée, me dit Robin avant de déposer un baiser sur ma joue.

À grandes enjambées, il suit l'ambulancier qui l'attend un peu plus loin. Plusieurs fois, il regarde par-dessus son épaule, comme pour s'assurer que nous ne flanchons pas.

— Mathilde, tu peux apporter toutes tes affaires chez moi, déclare Baptiste une fois que je lui fais de nouveau face. Tu n'as pas besoin de chercher un nouvel appartement...

— Toi-même ce matin, tu craignais que ça n'aille trop vite. Nous venons tout juste de... de faire évoluer notre relation au niveau supérieur. Oui, mais là, ce n'est clairement pas une décision de notre part.

Incapable de formuler correctement mon idée, je me retranche derrière une excuse que je pense raisonnable :

— Nous en parlions ce matin...

— Et je me suis rangé à ton avis d'y aller à notre rythme, rétorque-t-il.

— Oui, mais là, ce n'est pas notre *rythme*, ce sont les circonstances, nuance !

Ma main se pose sur son bras pour alléger mes propos.

— Nous ne savons pas si nous pouvons cohabiter, ajouté-je. Emménager tous les deux serait précipité. C'est gentil de me le proposer, mais je ne tiens pas à regretter cette décision dans quelques mois quand il sera évident que nous aurions dû prendre notre temps.

— Mathilde, n'est-ce pas toi qui m'as affirmé que nous avions perdu assez de temps ? réplique-t-il aussitôt. Pourquoi te cacher derrière cette pseudo-excuse, cette différence entre rythme et circonstances ?

— Baptiste, nous parlons d'une invasion de ton intimité et de nos emplois du temps qui risquent de se télescoper. J'ai parfois des horaires de folie !

— Parce qu'avec le pub, tu crois que je ne te comprends pas ? s'agace-t-il.

— Si, mais dans ton cas, c'est régulier ! Et puis là, cela ne vient pas de toi... Enfin si, mais c'est largement influencé par ce que nous venons de vivre.

— OK, déclare-t-il calmement.

— Comment ça ?

— Je te laisse remporter cette manche, mais je vais me faire une joie de te prouver que nous pouvons emménager ensemble sans craindre quoi que ce soit.

Ahurie par sa détermination, je lui souris avant de me dresser sur la pointe des pieds pour lui voler un baiser. Quelque chose me dit qu'il va vraiment faire son possible pour que je change d'avis.

— Je dois y aller, déclare-t-il, totalement inconscient de tout ce qui se joue dans mon esprit. Je passe te chercher chez Charlie en revenant de chez ma sœur. À ce soir !

Sans attendre de réponse de ma part, il s'éloigne vers le pub. Son léger boitement m'hypnotise au point que Hope doit me tirer sur le bras pour me ramener sur Terre. Je lui caresse les cheveux et prends mon sac de voyage.

— Papa va avoir faim.

Touchée qu'elle soit ainsi aux petits soins pour lui, je me mets en route vers la boulangerie. Je cale mon pas sur le sien et rapidement je replonge dans mes pensées, tentant vainement de ne pas songer à la peur que j'ai eue plus tôt.

— Ne t'en fais pas, il va être entouré de médecins et d'infirmiers qui vont bien s'occuper de lui.

Elle hoche la tête et garde le silence un instant avant de m'appeler :

— Ti'Ma ?

— Oui.

— Tu es l'amoureuse de Baptiste ?

Déstabilisée par sa question, je réfléchis quelques secondes et réponds avec un léger mouvement d'épaules :

— Oui.

Du coin de l'œil, je la vois opiner du chef, sans prononcer un mot supplémentaire. Son commentaire sur l'amour me revient à l'esprit, et je me sens obligée de la raisonner.

— Tu sais, l'amour n'est pas forcément quelque chose de négatif.

Aucune réaction.

— Ce n'est pas parce que cet homme a poussé son amour jusqu'à agresser des gens que tout le monde le fait, insisté-je. Idem pour les parents de ton copain.

— Et pour mes parents.

Mon estomac se serre à l'évocation de ce dernier exemple. Il faut dire qu'elle ne pouvait pas trouver mieux pour étayer sa thèse. Sa mère, non contente d'avoir entraîné mon frère dans l'univers de la drogue, l'a également abandonné avec un enfant sur les bras. Mais était-ce réellement de l'amour ? Si ses sentiments étaient aussi profonds, n'aurait-elle pas cherché un moyen de rester avec eux ?

— Regarde tes grands-parents !

Si leur amour filial est à revoir, on ne peut nier qu'ils sont mariés depuis des années et qu'ils n'ont que très peu de disputes à leur actif. Il faut dire que mon père s'efface toujours devant ma mère, il est allé jusqu'à renier son propre fils sans se battre. Finalement, ils ne sont peut-être pas le meilleur argument pour défendre l'amour. Hope me contemple d'un air vide qui m'attriste un peu plus.

— Changeons de sujet, déclaré-je avec un sourire. Veux-tu manger quelque chose avant d'aller chez ta copine ?

Nous arrivons près de chez Nazira avec une petite heure d'avance. Ne souhaitant pas patienter jusque-là dans la rue, nous entrons dans une boulangerie déserte et commandons en discutant de tout et de rien. Je sens que ma nièce est bouleversée par les événements du matin et j'en viens à me demander ce que je dois faire pour enrailler le phénomène.

— Cet après-midi, je vais aller m'acheter un nouveau téléphone, dis-je avant de porter mon cookie à ma bouche. Tu me conseilles quelle couleur ?

Hope hausse les épaules et continue d'émietter son muffin.

— Zut, j'aurais dû demander le numéro de Charlie à ton père !

— Je le connais si tu veux, dit-elle timidement.

— Cool !

Ravie d'avoir enfin une réaction de sa part, je la laisse me dicter le numéro de téléphone de Charlie, puis celui de son père.

— Je n'en connais aucun par cœur ! m'exclamé-je avec un sourire.

— La maîtresse a dit que nous devions en connaître au moins deux. J'en ai appris quatre : papa, son travail, Charlie et toi.

Ma main recouvre la sienne alors que mon cœur se brise. Où est passée ma nièce si pétillante et joyeuse ?

Après un rendez-vous chez le médecin pour qu'il constate mes blessures en vue de la plainte que j'ai déposée en sortant de son cabinet, je fais un crochet par le centre-ville pour acheter un nouveau portable. Ravie d'avoir pu gérer tout cela en une matinée, je me rends à l'agence de détectives, où Denis doit m'attendre de pied ferme. Sur le trajet, mon esprit ne cesse de répéter en boucle une phrase de mon agresseur : « Nous avions même choisi le prénom. » Incapable de passer à autre chose, je suis sur le point de hurler de frustration quand j'en réalise la portée.

— Salut, Mathilde ! s'exclame Denis sans relever le nez de son clavier.

Il tapote avec application, rédigeant un rapport ou une réquisition. Il est si peu à l'aise avec l'outil informatique que c'est un vrai plaisir de le voir l'utiliser. Seulement là, j'ai autre chose à faire que de me moquer :

— Je crois avoir une idée pour l'affaire Nobolé !

— Laquelle ? grogne-t-il en appuyant frénétiquement sur la touche « supprimer ».

— Et si ce Daniel n'avait jamais vu le jour ?

— Tu veux dire que notre client aurait inventé cette histoire de demi-frère ?

— Oh, mais si je ne me trompe pas, il y en a eu un…

Mon collègue se penche sur son bureau et me jette un œil noir. Avec un sourire moqueur, je prends le temps d'ôter mon manteau en veillant à ne pas lui montrer le côté de mon visage qui m'élance de plus en plus. Après avoir déposé Hope chez Nazira, j'ai fait une pause dans une pharmacie pour me procurer de la crème afin de réduire l'hématome que je ne vais pas manquer d'avoir à la pommette.

— Cesse tes mystères, Mathilde ! Je ne suis franchement pas d'humeur.

Amusée, je lui souris et explique :

— Ce matin, j'ai fait la « connaissance » de quelqu'un qui a perdu un enfant avant la naissance. Sa femme et lui avaient déjà tout, dont le prénom. Peut-être que ce Daniel n'est jamais né, au sens premier du terme.

Il hoche la tête tandis que je décroche mon téléphone. Une fois le numéro composé, je mets le haut-parleur et attends. Une sonnerie. Deux sonneries.

— Mme Lanauri à l'appareil, j'écoute !

Son ton froid me ramène quelques jours en arrière, dans ce splendide salon de thé aux gâteaux appétissants.

— Bonjour, Mathilde Piono.

Silence. Comprenant qu'elle ne se souvient peut-être pas de moi, j'ajoute :

— Je vous ai interrogée au sujet de votre démission de l'entreprise Nobolé il y a de cela vingt-neuf ans.

— Oui, je sais qui vous êtes.

Glacée par cette petite phrase, je cherche un quelconque appui du côté de Denis. Mon collègue me fait signe de continuer, pendu à mes lèvres.

— J'aurais encore des questions à vous poser. Pourrions-nous nous rencontrer aujourd'hui ?

— C'est au sujet du bébé, c'est ça ? déclare-t-elle d'un ton sec.

Décontenancée, je bafouille alors qu'elle poursuit :

— Après notre discussion, j'ai beaucoup réfléchi et je me suis dit que cela devait cacher quelque chose. Et que ce quelque chose était sûrement lié à la famille Nobolé elle-même.

— En effet…

— Le fils vous a engagée pour me retrouver, c'est ça ?

— Je pense, dis-je en espérant ne pas trop trahir le secret professionnel.

— J'ai parlé avec ses parents, qui n'étaient pas heureux d'apprendre l'initiative de leur fils.

Voilà donc pourquoi M. Nobolé fils est venu lundi, scandalisé que toute cette affaire soit remontée aux oreilles de son père. Consciente que je suis sur la bonne piste, je me redresse et attends sagement la suite.

— Oui, je suis bien la maîtresse qui est tombée enceinte, affirme-t-elle avec force. Et d'après votre coup de téléphone, j'en déduis que vous avez compris que l'enfant que j'ai perdu était également celui de M. Nobolé.

— En effet…

— Comme je le leur ai dit, il suffisait de poser la question au principal intéressé. Il savait que l'enfant est… mort.

L'infime pause qu'elle marque avant de prononcer le dernier mot me rassure, elle a un cœur. Il est bien dissimulé, mais quelque part au fond d'elle des sentiments existent.

— De toute façon, je n'aurais jamais accepté qu'ils fassent le test pour savoir s'il était compatible pour la greffe.

Retenant mon exclamation, je commence à voir toutes les pièces du puzzle s'emboiter sous mes yeux. M. Nobolé, notre client, n'a pas fait tout cela pour rencontrer un demi-frère, mais pour tenter de sauver la vie de son père ou la sienne. Ou encore peut-être l'entreprise. Si la maladie d'un des deux était connue, l'avenir de la société pourrait en pâtir. Et puis, n'a-t-il pas été mention de discrétion pour un contrat à venir ? Incapable de me remémorer avec exactitude les faits, je me concentre sur la femme que j'ai toujours au téléphone.

— Aviez-vous d'autres questions ? me demande-t-elle sèchement.

Je consulte Denis du regard. Il hausse les épaules.

— Non, merci.

— Je vous prierais donc d'oublier ce numéro.

Sans même prendre le temps de me saluer, elle raccroche. Le message est clair comme de l'eau de roche.

— J'appelle Nobolé, annonce Denis en saisissant son combiné.

— Et que va-t-on lui dire ?

— La vérité : son frère n'existe pas.

En espérant que cela lui convienne…

— Oh, et quand tu auras le temps, tu m'expliqueras pourquoi tu as le visage tuméfié, ajoute Denis en portant son téléphone à l'oreille.

Le soir, je suis lessivée ! Toutes les émotions de la journée refont surface, et il me faut m'armer de courage pour me traîner jusqu'à ma voiture et rentrer. Si j'ai un moment d'hésitation en arrivant dans mon quartier, je ne perds pas mon temps à me rendre à mon appartement. En fin de matinée, je suis allée au commissariat et le policier qui a pris ma déposition m'a clairement dit que je ne pourrais pas y remettre les pieds avant plusieurs jours. Et ai-je seulement envie d'y retourner ?

Certes, ce studio était tout ce que je recherchais il y a plusieurs années, mais maintenant… Mes attentes ont changé et je crains de ne plus avoir envie de vivre seule. Avant de me rendre chez Charlie, qui a gentiment accepté de m'accueillir, je toque chez mon frère. Les cheveux en bataille, il sursaute en me trouvant sur le pas de sa porte. Espérait-il quelqu'un d'autre ?

— Bonsoir, Mathilde…

— Robin.

Nous nous toisons un instant, mais aucun de nous ne trouble le silence qui s'installe. Je sais qu'il me parlera de ce qui le tourmente en temps voulu, mais après les derniers événements, je préférerais crever le ou les abcès tout de suite pour éviter les mauvaises surprises.

— Entre…

Il s'écarte, me laissant rejoindre Hope dans le salon. Pelotonnée dans un coin du canapé, elle fixe le livre ouvert devant elle sans pour autant le lire. Ses yeux sont immobiles, perdus dans un autre monde.

— Ça a été ta journée, Hope ? demandé-je en la rejoignant après avoir déposé mes affaires sur une chaise.

— Oui.

Sa réponse, quoique brève, semble emplir l'espace. Dans ce simple petit mot, je perçois tant de mal-être que mon estomac se serre. Je me presse d'ôter mes chaussures et m'assois à ses côtés. Par réflexe, je l'attire contre moi et inspire son odeur.

— Je suis tellement désolée que tu aies assisté à tout ça, murmuré-je.

Elle hoche la tête. Son comportement me blesse, alors je regarde Robin, qui passe sa main dans ses cheveux. Son visage porte des marques de coups, mais cela renforce sa virilité. Les femmes vont d'autant plus tomber sous son charme que ses yeux paraissent éteints. Il a là la panoplie de l'homme dangereux et détaché, cette allure de *bad boy* qui plaît tant. Quel dommage ! Mardi quand il m'a téléphonée pour finaliser notre organisation de mercredi matin, je le trouvais étrangement léger, presque joyeux. Une tonalité que je n'avais pas entendue dans sa voix depuis des années, bien avant que la drogue n'entre dans sa vie.

— J'ai fait ma déposition en fin de matinée, dis-je avec un petit sourire.

— Je suis passé peu de temps après toi. Le policier m'a dit que tu étais venue…

— Et à l'hôpital ?

— Que des ecchymoses.

Soulagée, je tends la main vers lui. J'ai besoin d'un câlin de sa part, de m'assurer qu'il ne m'en veut pas de l'avoir mêlé à cela, de réaliser qu'il va bien, tout simplement. Il s'installe dans le canapé, aux côtés de sa fille, et nous serre toutes les deux. Là, dans ce salon, j'ai la sensation que nous sommes seuls au monde, et que... Ravalant les larmes qui menacent de couler, je tente de regrouper mes pensées pour détendre l'atmosphère. Seulement rien ne me vient.

— Tu es sûre de ne pas vouloir t'installer ici ? s'enquiert-il.

— C'est gentil, mais Charlie a accepté de m'héberger. Ce soir, nous allons regarder pour un appartement en colocation.

Il acquiesce et détourne le regard.

— Elle va partir ? demande Hope.

— Ne t'en fais pas, nous n'irons pas loin si cela se fait.

Son regard se brouille de larmes.

— Oui, mais je ne pourrai plus lui faire un coucou en rentrant de l'école. Ou...

— Tu pourras toujours l'appeler, dis-je en caressant sa joue. Et puis, on se fera des week-ends entre filles...

— Elle n'est pas là le samedi, me rappelle douloureusement ma nièce.

— Ce n'est que pour le début, le temps qu'elle prenne ses marques avec les différents dossiers qu'elle a à gérer.

— Tu crois ?

— Oui.

Mesurant le lien qui unit Hope à ma meilleure amie, je lui souris avant de lui proposer de se joindre à nous pour le dîner. Aussitôt, elle se retourne vers son père pour avoir son autorisation.

— Bien sûr que tu peux y aller, répond-il.

Il dépose un baiser sur son front, fermant les yeux un bref instant.

— Mais on ne va pas te laisser tout seul ! s'exclame Hope. Tu pourrais venir toi aussi !

Le visage de Robin se ferme tandis qu'il repousse l'invitation. Il prétend avoir des papiers à remplir, des factures à régler... tous ces prétextes pour ne pas nous accompagner sonnent faux à mes oreilles, mais sa fille s'en contente. Nul doute qu'il n'est pas d'humeur à se fâcher avec Charlie. Ou au contraire, peut-être se sent-il d'humeur trop vindicative pour se frotter à elle.

— Alors, je reste avec toi !

Touchée par l'amour qu'elle exprime avec innocence, je les observe tous les deux. Les mots de Hope me reviennent, ceux où elle affirmait ne pas vouloir que son père rencontre une femme, parce que « l'amour, ça craint ». Quand ils sont ainsi blottis l'un contre l'autre, je serais tentée de dire qu'ils se suffisent, pourtant je sais aussi que Robin a besoin de tout l'amour possible : celui de sa fille, celui d'une sœur et celui d'une compagne. Il mériterait aussi celui de parents, mais les nôtres ont depuis longtemps renoncé à lui offrir cela.

— Ma puce, va chez Charlie ! Elle aura envie de se rendre compte par elle-même que tu n'es pas blessée.

— Et toi ? Elle voudra aussi s'en rendre compte !

Il lui adresse un fin sourire.

— Tu lui diras que…

Sa phrase reste en suspens. Le « ça va » que j'attends ne vient pas, comme si le prononcer était au-dessus de ses forces.

— … dis-lui que ça allait mieux lundi.

Surprise par cette phrase cryptique, je ne l'interroge pas plus. Consciente que Hope n'a pas perçu l'étrangeté de sa réponse, je fixe mon frère, qui ne laisse rien paraître.

— Vous devriez y aller, déclare-t-il en se levant. Hope doit se coucher à 20 heures, il y a école demain.

Il s'essuie les mains sur son jean et part vers la cuisine. Avec Hope, nous nous levons à notre tour et le rejoignons pour le prévenir de notre départ. Sur le palier, je toque en face et patiente. Soudain, la porte s'ouvre sur une Charlie en bien mauvais état. Des mèches rousses s'échappent de son chignon, et ses yeux sont rougis.

— Coucou ! lance Hope.

Elle sursaute, la regarde et se retourne vers moi. L'œil cerné et le sourire aux abonnés absents, elle nous salue :

— Bonsoir, les filles !

Charlie se tient devant nous, pourtant j'ai l'impression qu'elle est à des kilomètres. Que lui est-il donc arrivé ? Ses parents auraient-ils refait surface ?

— Comment vas-tu ? demandé-je.

Ses lèvres se recourbent légèrement avant de retomber, elle est comme à bout de force.

— Tu as pu prendre des affaires ? répond-elle.

Dès mon nouveau portable en poche, je l'ai appelée pour lui parler succinctement des derniers rebondissements. Elle paraissait ravie à l'idée de m'accueillir. Avec un petit rire, elle a même laissé entendre qu'elle avait plein de choses à me raconter. Son ton si gai est à l'opposé de son attitude actuelle.

— Tu es sûre que ça ne te dérange pas ?

Elle hoche la tête, évitant soigneusement mon regard.

— Ton après-midi s'est mal passée ? insisté-je.

Ses épaules s'affaissent, me prouvant que quelque chose cloche. Où est donc mon amie pétillante et prête à tout pour sourire ?

— Non, ça va ! Ces deux jours sur Paris sont fatigants, mais je vais peut-être réduire à un jour par semaine plus tôt que prévu.

— Cool ! s'exclame Hope en s'invitant à nos côtés.

— Salut, miss ! s'exclame mon amie en s'accroupissant pour la prendre dans ses bras. J'ai appris que tu avais eu une dure journée.

Ma nièce acquiesce avant de demander avec toute candeur de son âge :

— Toi aussi, tu penses que l'amour c'est nul ?

— Qu'est-ce qui te fait dire ça ? réplique ma meilleure amie en me consultant du regard.

— Parce que tu n'es pas comme d'habitude.

Charlie déglutit et se relève péniblement.

— La chambre que j'ai prise sur Paris était mal isolée. J'ai donc eu du mal à dormir à cause du froid. Mais à part ça, ça va. Promis, ça va.

— Trop de « ça va », dis-je calmement.

Ses lèvres se pincent, signe qu'elle s'en veut de ne pas avoir fait attention.

— Je t'en parle dès que…

Elle déglutit péniblement avant de finir :

— Dès que je pourrai le faire sans osciller entre larmes et colère.

— Sinon, je peux supporter de te voir dans les deux états…

Une ombre de sourire se forme sur ses lèvres. L'espace d'une fraction de seconde, j'ai la sensation que ma Charlie, celle pleine de vie et de bonne humeur, se tient devant moi. C'est fou comme on peut avoir du mal à imaginer une personne si joyeuse devenir aussi taciturne. Cela paraît contre nature, et pourtant…

— Ce soir, tu vas surtout me raconter tout dans les moindres détails. Je dois avoir quelques bouteilles d'alcool pour nous tenir compagnie.

— Ce ne serait pas sérieux.

La voix de Robin résonne sur le palier. Charlie redresse le menton, dans un effort presque surhumain.

— Le sérieux n'a jamais été une de mes qualités, réplique-t-elle. Tu devrais le savoir depuis le temps.

— Charl…

— Mathilde, l'interrompt-elle, rejoins-moi quand tu veux ! Je ne suis pas d'humeur.

Sans un mot supplémentaire, elle entre dans son appartement, dont elle laisse la porte entrouverte. Que lui est-il arrivé ? Pourquoi ne fait-elle pas front comme à l'habitude ? Surprise et particulièrement décontenancée par son attitude, je me retourne vers mon frère, qui fixe un point par-delà mon épaule. Je ne suis pas la seule à m'étonner de ce revirement.

— Tu sais où me trouver s'il y a un problème, déclare Robin avant de refermer la porte de son appartement.

— OK…

— Et ils sont comme ça depuis des jours, peut-être même des semaines ! murmure Hope.

Elle repousse une mèche derrière ses oreilles en me fixant comme si je détenais la solution. Pour cela, il faudrait déjà que je connaisse le fin fond du problème.

— Chaque chose en son temps, dis-je en l'invitant à entrer chez Charlie.

Ses lèvres se recourbent en un léger sourire qui me laisse espérer qu'elle n'a pas été trop traumatisée par l'épisode mouvementé de ce matin. Je sais que je me voile la face, mais j'ai bien trop peur des séquelles pouvant découler du spectacle auquel elle a assisté malgré elle dans mon studio.

Nous retrouvons Charlie dans la cuisine. Debout devant son évier, elle frotte quelque chose avec tant de force que je crains qu'elle ne finisse par se faire mal. Elle grommelle, grogne et ouvre le robinet en grand, s'arrosant au passage.

— Eh merde ! hurle-t-elle.

— Charlie, l'appelle Hope doucement.

Ma meilleure amie sursaute et contemple ma nièce.

— Désolée, je… Ton père ne va pas apprécier si tu reviens et…

— Charlie, calme-toi, interviens-je.

Nos regards se trouvent, et je lis tant de détresse dans le sien que mon souffle se bloque dans ma gorge. Que lui est-il arrivé pour qu'elle paraisse si fragile ?

— Je crois que toutes les trois, nous avons bien besoin de nous changer les idées, réplique-t-elle avec un petit rire nerveux. Un burger ?

Hope baisse la tête.

— Un problème, mon ange ? demande Charlie en s'accroupissant à son niveau.

— Je suis déjà en pyjama, répond-elle. Et papa, il ne va pas vouloir que je vous accompagne. Demain, il y a école…

— Tu sais quoi ? On va se faire livrer, propose ma meilleure amie. Et pendant qu'ils apportent notre commande, Ti'Ma et moi, on se met aussi en pyjama.

— Ça me va !

Émue, je souris en acquiesçant à mon tour.

— Et que dirais-tu de nous aider à trouver un appartement ? m'enquiers-je.

— Tu vas vraiment partir ? s'exclame Hope en dévisageant Charlie.

— Je n'irai pas bien loin. De plus, mon bureau pourra aussi te servir de chambre quand tu nous rendras visite.

— Je pourrai venir ?

— Bien sûr !

Aussitôt toutes deux s'étreignent, et je réalise à quel point ce déménagement va être un crève-cœur. Finalement, Charlie est la première à se ressaisir. Elle prend son téléphone et pianote dessus pour commander au fast-food le plus proche. Dès qu'elle a fini, nous discutons toutes les trois en regardant les offres de location. Certaines retiennent notre attention, d'autres nous effraient par la vétusté constatée sur les photos. L'ambiance se fait plus légère, pourtant les visages de mes acolytes restent marqués par la tristesse.

À 19 h 55, Hope nous quitte tout en tenant fermement le cadeau contenu dans son menu. Les jointures de ses doigts sont blanches tant elle l'étreint avec force. Avant de refermer la porte, elle nous jette un dernier coup d'œil. Je devine des larmes dans son regard.

— Elle ne va pas bien, murmure Charlie.

— Non.

La gorge nouée, je cherche mon téléphone dans mon sac et envoie un SMS à mon frère pour le prévenir que son ange est au plus mal. Autant sa réflexion sur l'amour et ses dégâts m'a déstabilisée, autant ses traits tirés et le mal-être qu'elle n'a pas réussi à dissimuler ce soir ont fini de me blesser.

Prends soin d'elle. Bonne soirée, bises à tous les deux.

Une bouffée de colère m'envahit à l'idée des dommages irrévocables que cet homme a causés en entrant chez moi. Ma nièce a craint pour la vie de son père, elle l'a vu assis par terre le visage tuméfié. Et toutes les idées qui ont dû lui traverser l'esprit et dont nous ne saurons peut-être jamais rien ! De mon côté, je sais très bien que ma nuit va être rude, d'autant qu'il est hors de question de laisser Charlie seule dans cet état pour rejoindre Baptiste.

Salut, je vais rester ici. Charlie n'est pas bien, et j'aimerais creuser la question... Bonne soirée, M.

— Et si tu me racontais, propose Charlie en me tendant un verre de vin.

Installées dans son canapé, nous nous contemplons un instant. Je cherche à évaluer à quel point elle souhaite se changer les idées et si j'ai une chance de la faire parler. Persuadée qu'elle ne se confiera pas, ou tout du moins pas tout de suite, je prends une longue gorgée et me lance dans le récit de ma matinée. Je décortique tout, les moindres mots que mon agresseur a prononcés ou encore la réaction de Nobolé en apprenant qu'il n'avait pas de frère. Rien n'est laissé au hasard, et je ne me tais qu'après avoir tout décrit.

— Sacrée journée, déclare Charlie en me resservant.

— Tu n'as pas l'air d'en avoir eu une meilleure.

Elle se raidit, confirmant mon impression. J'insiste, espérant qu'elle se lance elle aussi dans le récit de sa journée.

— Tu avais plein de choses à me dire…

— Disons que je me suis réjouie trop vite.

D'un bond, elle se lève et attrape le sac contenant les boîtes en carton de notre repas de ce soir. Ses yeux vont en viennent entre la porte et moi. Elle fuit.

— Je vais jeter ça tout de suite pour que tu ne dormes pas dans les odeurs de friture.

Sans me laisser le temps de répliquer que tout cela m'est bien égal, elle enfile ses chaussures et disparaît un bon quart d'heure. Quand elle revient, les yeux rouges, je comprends qu'elle avait besoin de s'isoler. Hésitante sur la marche à suivre, je l'interroge tout simplement :

— On fait quoi maintenant ?

— On cherche pour un merveilleux appart avec minimum trois chambres.

— Trois ?

— Oui, je paierai les deux tiers du loyer, mais pour travailler, j'aimerais une pièce à moi. Tu sais pour pouvoir déconnecter.

J'acquiesce et l'observe alors qu'elle rallume son ordinateur. Nous fouinons sur un site qui met en relation les particuliers entre eux, nous visitons quelques sites d'agences bien connues et rapidement cinq locations attirent notre attention.

— J'appellerai demain, dit Charlie en finissant de noter les références d'un magnifique cinq-pièces malheureusement situé à l'autre bout de la ville.

— On peut le faire ensemble…

— Non, il vaut mieux ne pas perdre de temps !

Surprise par son ton véhément, je la dévisage. Son teint est blême et sa bouche se tord dans tous les sens.

— Charlie, tu sais que je suis là…

— Mathilde…

Sa voix se brise, et les larmes coulent enfin sur ses joues. La voir si fragile me choque, pourtant il me paraît logique qu'elle finisse par craquer. Seulement quel a été l'élément déclencheur ?

— Je pensais plaire à quelqu'un pour qui je suis et non pour… pour je ne sais quel arrangement avec ma famille. C'était grisant, au point que je n'ai pas pensé que tout cela pouvait n'être que du vent. Ce que tu construis avec Baptiste…

— Charlie…

Son petit rire nerveux m'arrête là.

— S'il te plaît, ne me dis pas qu'un jour je rencontrerai quelqu'un. Je le sais, enfin je l'espère. Le problème est que j'aurais besoin de ce « quelqu'un » maintenant. Je rêve qu'un homme me prenne dans mes bras pour me faire oublier que…

Elle inspire un grand coup et termine dans un souffle :

— Que je suis seule.

— Tu n'es pas seule, répliqué-je aussitôt en la serrant contre moi. Tu nous as moi, Robin, Hope et même Baptiste !

Devant son air dubitatif, j'ajoute :

— Ce n'est pas la quantité qui prime, mais la qualité.

Mon sourire n'a que peu d'effet sur son moral. Elle me fixe un instant sans comprendre avant de s'écarter de moi. D'un geste tremblant, elle repousse des mèches derrière ses oreilles.

— Mathilde…

— Non, Charlie ! Je refuse de t'entendre dire que tu n'es pas aimée ! Certes, on ne te prend pas dans les bras pour te faire des cochonneries, mais on est là pour toi.

Mon petit mouvement de sourcils la déride un peu.

— Et puis je suis à deux doigts d'être d'accord avec Hope sur le fait que l'amour ça craint.

— Ah oui ? s'exclame-t-elle.

— Oui, elle a même exigé que son père n'ait jamais d'amoureuse, réponds-je. Ce qui n'est pas véritablement un problème, puisqu'il est plutôt du genre « usage unique ». Et il n'est pas le seul…

Loin de s'amuser, ma meilleure amie détourne le regard. Que s'est-il passé ?

— Tu as rencontré un…

— Un « usage unique », finit-elle pour moi. Tu me diras, c'était trop rapide, j'aurais dû m'en douter.

— Il a été mauvais au moins ? m'enquiers-je.

— Mauvais ?

— Bah, j'espère pour toi qu'il n'a pas été performant, sinon il met la barre haute pour le prochain.

— Le prochain ?

Soudain, elle se redresse. Les joues rouges et le regard fuyant, elle m'avoue :

— Il était bien meilleur que Christian, ce qui n'est pas vraiment difficile. D'un autre côté, ce n'était pas le même genre, c'était plus… sauvage.

— Moins plan-plan, quoi !

— Oh oui ! Je parle facilement de sexe, mais je ne pensais pas expérimenter ça un jour et…

Et elle souhaiterait recommencer. J'imagine le sentiment de liberté qui a dû rouler dans ses veines, cette impression d'avoir brisé toutes les chaînes de son éducation… Puis le retour à la vie réelle avec un homme qui a mis des paillettes dans notre quotidien avant de s'enfuir comme un voleur. Et un jour, on rencontre celui qui reste. L'envie d'appeler Baptiste pour lui dire que je l'aime me saisit, mais

301

je reste sage. Ce n'est pas le moment de jeter au visage de Charlie mon bonheur. Demain. Oui, demain soir, je le lui dirai.

Le lendemain soir, j'arrive exténuée au pub. Une dizaine de personnes sont déjà installées de-ci de-là, créant un faible bruit de conversation. Des verres tintent, des rires s'échappent… L'ambiance est détendue et bon enfant. Tout l'inverse de moi. Encore sur le seuil, j'hésite. Et s'il était précipité de lui parler de mes sentiments ? S'il m'expliquait que tout cela l'effraie et qu'il préférerait ralentir ? Ce qui serait à l'opposé de son discours en bas de chez moi, quand il tentait de me convaincre d'emménager avec lui.

Lasse de mes spéculations, j'avance vers le comptoir au moment où Baptiste sort des cuisines, accompagné de Vi. Un sourire aux lèvres, ils discutent comme de vieux amis et leur complicité me blesse. Quant à la jalousie, n'en parlons pas ! Prête à affronter les prochaines minutes avec flegme et calme, je m'arrête devant le bar et attends qu'il m'ait vue pour lui adresser un petit geste de la main.

Ses sourcils se froncent et mon horrible pressentiment reprend le pas sur toutes mes bonnes résolutions.

— Bonsoir, Mathilde ! s'exclame Vi en se plantant devant moi. Ça va ?

Avec beaucoup d'efforts, j'esquisse un sourire, acquiesce, puis lui retourne la question.

— Parfait ! Je m'habitue à mon nouveau job tout en en cherchant un dans ma branche. J'ai décroché un entretien pour vendredi, ajoute-t-elle joyeusement.

En discutant avec Baptiste, j'ai appris que Vi était en plein divorce. Son futur ex-mari étant aussi son patron, elle n'a pas eu d'autre choix que de démissionner.

— Je croise les doigts, dis-je sincèrement.

— Merci ! Je te prépare ton chocolat chaud, affirme-t-elle avant de m'adresser un clin d'œil.

Surprise par cette familiarité, je la suis du regard jusqu'aux cuisines. Svelte, elle se faufile entre les tables avec élégance et ce brin d'assurance qui me manque cruellement.

— Mathilde, on peut se parler, s'il te plaît ?

La voix grave de Baptiste me fait réagir au quart de tour, me rappelant des scènes dans la pénombre de nos chambres. Pourtant, je sais que ce frisson est dû à une appréhension qui n'a rien de sexuel, et tout d'irrationnel.

— D'accord, réponds-je simplement sans trouver le courage de lever les yeux vers lui.

— Tu veux bien me suivre dans mon bureau.

Avec l'impression d'être convoquée dans le bureau du proviseur, je quitte le bar pour rejoindre un petit couloir réservé au personnel. Jamais avant je ne suis venue dans cette partie du pub, ce qui renforce le côté solennel du moment et ma nervosité. Dès la porte refermée derrière moi, un poids m'écrase les épaules tandis que mon estomac se tord. Fatiguée de mon pessimisme, je tente de faire bonne figure.

— Tu as l'air éreintée, affirme Baptiste en se postant devant moi.

Son pouce caresse ma pommette, et il renouvelle son geste jusqu'à ce que ma tête, devenue trop lourde, se repose sur sa main.

Persuadée que je devrais entrer dans le vif du sujet, j'ouvre la bouche pour la refermer aussitôt. Avant toute chose, je veux profiter de son contact. Alors je marche vers lui et me colle à son torse, heureuse de ne sentir aucune résistance. Ses bras me serrent un peu plus contre lui, et je crois percevoir un baiser sur le haut de mon crâne.

— Charlie est dans un piteux état à cause d'un sale type et ma nuit a été… cauchemardesque, déclaré-je en écoutant son cœur.

— Tu aurais dû m'appeler.

Bercée par sa voix et les battements dans sa poitrine, je ne réagis pas. Non, je profite tout simplement.

— Je croyais avoir été clair dans mon dernier texto, tu peux me joindre à toute heure, murmure-t-il en caressant lascivement mon dos.

— Je ne voulais pas t'empêcher de dormir.

— On aurait trouvé de quoi s'occuper.

Un rire m'échappe, aussitôt calmé par la vision échevelée de Charlie au réveil. Sa nuit n'a guère été meilleure que la mienne, mais elle ne s'est pas plainte. Nous avons mangé notre petit déjeuner en silence, échangeant de temps à autre des sourires de connivence. La colocation promet d'être excellente.

— Tu crois que je peux venir chez toi ce soir ?

Il soupire et glisse ses doigts dans mon chignon dont des mèches se détachent.

— Tu es la bienvenue, Mathilde, réplique-t-il. N'en doute jamais !

Rougissante, je rétorque :

— Il faut que tu saches que… que je suis en train de tomber méchamment amoureuse de toi. Je ne voudrais pas te faire peur et risquer de te perdre.

Il s'écarte et me force à lever le visage vers le sien. Son regard est d'une douceur telle que je me sens fondre. Non, il ne va pas me repousser. Au contraire, pour lui notre couple est évident. Tout du moins c'est l'impression que j'ai lorsque ses lèvres se posent sur les miennes en un baiser qui devient vite passionné.

Soudain la porte s'ouvre, et Rudy explose :

— Baptiste, un client provoque un scandale en salle !

— Vraiment ? gronde ce dernier en me gardant contre lui.

— Vi s'est réfugiée dans ma cuisine.

— Merde !

Aussitôt Baptiste s'éloigne avant de revenir pour me caresser la joue.

— Cette conversation n'est pas terminée !

Il me pique un baiser sur les lèvres et suit le cuisinier, qui semble prêt à se battre avec la Terre entière. Je retourne dans la salle, où je le vois parlementer avec un homme en costume. Ce dernier le pousse en arrière, le visage déformé par la colère.

— Elle est à moi, tu comprends ?

— Je te demanderais de bien vouloir quitter mon établissement, argue Baptiste en tendant le bras pour le maintenir à distance. Ne m'oblige pas à appeler la police !

— C'est ma femme ! hurle le type en regardant vers la porte des cuisines.

Vi. C'est son ex-mari ! Enfin, son futur ex-mari. L'observant plus attentivement, je remarque la qualité de son costume ainsi que sa coupe parfaite. Tout dans son maintien prouve son assurance et peut-être même une certaine arrogance.

— J'aurais dû me douter qu'elle viendrait immédiatement te rejoindre ! s'écrie-t-il en reportant son attention sur Baptiste. C'est pour toi qu'elle me quitte, hein ?

— S'il te plaît, calme-toi !

Déstabilisée par les propos de cet homme en colère, je m'approche d'eux. J'aimerais poser la question moi aussi à Baptiste, savoir s'il y a bien quelque chose entre Vi et lui. Seulement je ne le ferai pas, non par peur de la réponse, mais parce que je pense qu'il n'est pas ainsi. Non, Baptiste ne peut pas jouer sur plusieurs tableaux, pas en me témoignant autant de douceur si spontanément. Il est impossible qu'il soit comme ces hommes et ces femmes que je suis à longueur de journée et qui piétinent les valeurs du mariage.

Je ne suis qu'à un pas quand je vois le poing du futur ex-mari se lever et manquer de peu le visage de Baptiste. Ma main recouvre ma bouche pour assourdir mon cri.

— Mathilde, éloigne-toi ! m'enjoint ce dernier.

Ignorant son ordre, je fixe l'homme qui a perdu de sa superbe. Dans toutes ses respirations, je perçois son mal-être. Cela ressemble même à du désespoir.

— Elle ne vous a pas dit pourquoi elle partait ? demandé-je.

Il me toise un instant et ouvre la bouche avant d'être apostrophé sèchement :

— Fais gaffe…

Baptiste semble prêt à lui sauter à la gorge au moindre écart.

— Non.

Étrange, quand on sait la propension de Vi à parler de tout et à tout le monde. Depuis qu'elle a commencé à travailler au pub, il paraît évident qu'elle n'a pas sa langue dans sa poche et qu'elle a suffisamment de confiance en elle pour aborder tous les sujets. Alors pourquoi ne l'a-t-elle pas fait avec lui ? Peut-être n'avait-elle pas envie de sauver leur mariage.

— Mais j'ai maintenant une petite idée du pourquoi… crache-t-il en défiant Baptiste. Vous étiez trop proches pour n'être que des amis.

— Stop ! hurle Vi dans notre dos. Il n'y a jamais rien eu entre Bap' et moi !

— Bap' ! s'emporte son futur ex-mari. Même ces surnoms que vous vous êtes donnés sont ridicules.

— Sa sœur est mariée avec mon frère ! Nous avons en partie grandi ensemble. Quand vas-tu le comprendre ?

— Quand tu m'expliqueras pourquoi tu es partie sans un mot pour le retrouver lui !

Un silence. Les autres clients que j'avais oubliés jusque-là suivent avec intérêt la conversation. Suspendu aux lèvres de Vi, chacun attend sa version des faits.

— J'ai trouvé ce que tu me cachais, répond-elle calmement.

— Ce…

Ses épaules s'affaissent alors qu'il cherche péniblement ses mots.

— J'ai vu qu'on perdait de l'argent et que tu ne me disais rien, insiste Vi, les larmes aux yeux. Je t'ai donné dix mille occasions de m'en parler, mais ton « occupe-toi de toi » a été de trop.

— Vi...

Il tend la main dans sa direction, et sa peine me frappe de plein fouet.

— Maintenant, pars, déclare-t-elle en croisant les bras sur sa poitrine en un signe de défi manifeste.

— Non, dis-je en me retournant vers lui.

— Mathilde, ne te mêle pas de ça ! me prévient Baptiste.

L'ignorant, je pose ma question avec le ton détaché que j'utilise lors de mes enquêtes :

— Pourquoi lui avez-vous dit ça ?

L'ex-mari me regarde un bref instant et retourne son attention sur Vi.

— Elle devait commencer le traitement pour avoir un bébé.

Il déglutit et ajoute doucement :

— Je lui faisais déjà subir tout ce cirque médical à cause de ma faible fertilité, je ne pouvais pas l'inquiéter avec ce détournement d'argent.

— Mais j'étais ta femme ! réplique Vi avant de partir vers le bar où plusieurs clients patientent.

Son ex serre les mâchoires, faisant un effort pour ne pas renchérir. Ses traits tirés m'inspirent une certaine pitié. Qui a dit que l'amour était quelque chose de simple ? Les propos de Hope résonnent dans mon esprit, alors que je pèse le pour et le contre de me mêler de cette histoire.

— Tu ferais mieux d'y aller, déclare Baptiste en lui montrant la porte.

— Je ne peux pas. Nous devons parler.

En voyant que Baptiste va insister, je pose la main sur son bras. Il est préférable qu'ils aient leur explication au pub, devant témoins. Bien que je n'imagine pas cet homme s'attaquer physiquement à Vi, cette dernière appréciera certainement de ne pas être seule.

— Et si Vi prenait sa pause et que je t'aidais ? proposé-je avec un petit sourire en coin. Je commence à connaître la maison.

— Si elle est d'accord, bougonne Baptiste en la rejoignant.

— Merci, souffle l'homme.

— Je ne suis pas de votre côté, dis-je fermement, je tiens juste à ce que vous vous expliquiez pour pouvoir avancer tous les deux, ensemble ou séparément.

— Je ne la laisserai pas partir, affirme-t-il sèchement.

— Alors, cessez de lui mentir !

Il encaisse sans broncher. Dans sa poche, j'entends un portable sonner, mais il ne s'en préoccupe pas. Vi s'approche de sa démarche conquérante, elle va le croquer et lui faire regretter. Elle serait presque crédible si je n'avais décelé cette pointe de tristesse dans son regard. Ne souhaitant pas sembler indiscrète, je me dirige vers le bar et m'assois sur un tabouret. Une tasse de chocolat chaud apparaît devant moi et je me presse de le boire pour pouvoir aider.

— Que dois-je faire, patron ?

— M'expliquer pourquoi tu as tenu à ce qu'il lui parle.

— N'est-ce pas mieux que cette conversation ait lieu sur un terrain neutre, et en présence de gens prêts à intervenir ?

— Je vois. Tu surveilles la table de Vi et tu me préviens au moindre souci, répond Baptiste en s'éloignant quelques secondes pour servir une bière à un groupe d'hommes aux tenues tachées de peinture.

— Tu es vraiment très proche d'elle.

— Mais pas autant que de toi, murmure-t-il en se penchant par-dessus le bar. Jamais.

J'acquiesce, heureuse de cette confidence. Décidée à prendre mon rôle très au sérieux, j'ouvre mon livre pour ne pas avoir trop l'air d'espionner et me tourne légèrement vers la gauche pour avoir une vue dégagée sur le couple.

Leur discussion, houleuse au début, se calme. Les mains s'agitent de moins en moins et bientôt les sourires reviennent sur leurs lèvres. J'observe des frôlements, des rougissements, mais toujours une certaine retenue de la part de Vi. Après l'avoir entendue si souvent pester contre son futur ex-mari, je ne suis pas surprise de la voir réticente. Au bout d'un quart d'heure, elle se lève, remet correctement son tablier et vient vers moi.

— Tu n'es pas très discrète, déclare-t-elle sans une once de ressentiment.

— Ça ne faisait pas partie de ma mission, me défends-je.

Son sourire s'agrandit.

— On s'est connus jeunes, dit-elle en jetant un rapide coup d'œil par-dessus son épaule. Parfois, je me dis que nous avons été trop vite. Seulement sur le moment, tout cela nous paraissait si normal. Ça allait de soi que nous étudiions dans les mêmes écoles, que nous suivions des cursus similaires. Pour nos stages, nous tentions d'être proches l'un de l'autre…

— Ce qui a rendu son omission plus douloureuse, conclus-je.

— C'était incompréhensible, corrige-t-elle. J'ai eu l'impression que mon monde s'écroulait, que tout ce que je pensais vrai n'était peut-être qu'une vaste fumisterie.

— Et maintenant ? m'enquiers-je.

— Il m'a expliqué son point de vue. Et ça se tient.

Refusant de jouer plus ma curieuse, je referme mon livre et finis mon chocolat désormais froid.

— Tu en penses quoi ? me demande-t-elle brusquement.

— Rien.

Je descends de mon tabouret, mets mon manteau et me retourne vers elle.

— Finalement si, une chose : ne perds pas ton temps à réfléchir. Si tu l'aimes, donne-lui une seconde chance et trouvez la solution ensemble pour ne pas regretter.

Sans prévenir, elle se penche vers moi et m'embrasse la joue. Cette marque d'amitié me va droit au cœur, et je ne peux m'empêcher de la suivre du regard alors qu'elle rejoint Baptiste. Ce dernier s'approche, les sourcils froncés.

— Tu pars déjà ?

Mon sac dans la main, je réalise qu'en effet, je suis sur le point de rentrer chez Charlie, bien plus tôt que d'habitude.

— Tu m'appelles quand tu as fini ? demandé-je spontanément.

— Je fais la fermeture, Mathilde.

— Je pourrais réchauffer ton lit…

Son regard se fait brûlant.

— Ça me va.

Heureuse, je vais pour partir quand il m'attrape le poignet pour me retenir. Il se penche par-dessus le bar, pour souffler tout contre mes lèvres :

— Pour cette histoire de « tomber amoureuse »…

J'acquiesce, toute mon attention focalisée sur son regard hypnotique.

— Que les choses soient claires, je ne vais pas me contenter de ça.

— Que veux-tu dire ?

— Que je veux que tu m'aimes, tout court.

Sa répartie déclenche des frissons qui s'étalent sur ma peau.

— Et tu vas donner de ta personne pour cela ? demandé-je en approchant un peu plus mon visage du sien.

— Tu n'as pas idée…

Sa réponse est comme un ronronnement à mon oreille et promet mille délices.

— Tous les deux ! intervient Vi. Vous êtes trop mignons, mais je suis à deux doigts de vous balancer un seau d'eau froide.

Amusée, je plante un baiser sur les lèvres de Baptiste et recule. Son regard noir de désir ne laisse planer aucun doute sur ses projets pour la nuit. Et il me tarde !

Je lui adresse un petit signe de la main et quitte le pub. À l'extérieur, j'inspire à pleins poumons, souriant malgré la pluie qui tombe abondamment. Et dire que tout cela a commencé par une estampe…

Remerciements

Une fois n'est pas coutume, je m'en vais saluer toute mon équipe de bêta-lectrices qui a encore fait des étincelles avec ce texte que j'ai remanié de A à Z pour que le girl power de Mathilde s'exprime à fond.

Amélie et Marion, vos chamailleries pour savoir à qui appartiennent Robin et Baptiste m'amusent toujours autant, ne changez rien ! Alexandra, tu es la pro des super titres, il n'y a pas à dire tu as un talent pour me dénicher des perles. Gwenlan, tes couvertures sont toujours aussi magiques et ton don pour Canva est indiscutable.

Florence, tu sais comment me torturer en corrigeant mes manuscrits pour en tirer le meilleur. Merci encore d'avoir accepté de travailler sur celui-ci. Ne t'en fais pas, la suite arrive…

Et un énorme merci à vous qui m'avez lue, suivie dans cette histoire et qui avez été jusqu'au bout de cette enquête. C'est un plaisir d'écrire pour vous, et je me régale toujours autant de vos réactions.

Prenez soin de vous,

Et à bientôt,

Mily

P-S : Oui, je n'ai pas cité Grand Chef, mais je ne voudrais pas qu'il prenne le melon.

P-P-S : De toute façon, il ne lit pas mes livres, donc il ne l'apprendra jamais (mouhahahaha).

À PROPOS DE L'AUTEUR

Maman d'un âge indéterminé (et qui change chaque année !), Mily a néanmoins une excellente mémoire pour retenir les titres des livres qu'elle doit acheter (et dévorer dans la foulée). Écrivain pendant les siestes de ses princesses, elle imagine des histoires romantiques résolument modernes et rythmées avec des personnages qui n'en font parfois (souvent) qu'à leurs têtes.

Retrouvez Mily sur les réseaux sociaux :

https://www.facebook.com/MilyBlackpage/
https://www.instagram.com/mily.black/
https://twitter.com/BlackMily

DÉJÀ PARUS

Once upon a time… in Scotland (Plumes du Web)
Objectif : saboter le mariage (et choper le témoin!) (&H)
Love, sex & campus (&H)
All about us (&H)
Mon voisin est un ours (un poil agaçant) (&H)
Cap de me séduire pour Noël ? (HQN)
Un (super) héros n'a pas que de grandes oreilles
Irish therapy (HQN)
Chez toi ou chez moi (HQN)
Avec toi, je suis moi (HQN)
Secrets fondants et mojitos
Something about her (&H)
Mon ange, mon pirate
Un secret sinon rien (&H)
Something about you (&H)
Ne pas déranger (Diva)
Sextoys et bulles de savon (Diva)
Ma nuit, ton jour (&H)
Petits dérapages et autres imprévus (Diva)
Prête à t'aimer ? (HQN)
Avec ou sans toi (HQN)
In my real (love) life (HQN)
Juste un malentendu (HQN)
Mon blog et moi (HQN)

©2023 Mily Black.

Conception graphique : Gwenlan

© Canva / pinterest / pngtree

ISBN : 9798386691967

Printed in France by Amazon
Brétigny-sur-Orge, FR

13980574R00179